BAHAA TAHER

El oasis

Traducción del árabe de
Ignacio Gutiérrez de Terán

TURNER KITAB

Título original
واحة الغروب

De esta edición

Rafael Calvo 42, Madrid
www.turnerlibros.com

De la traducción

Versos de p. 198 por
J. M. Rodríguez Tobal, Hiperión, 2010

Asesor de la colección
Gonzalo Fernández Parrilla

Diseño de la colección
Setanta

ISBN: 978-84-15832-47-8
D.L.: M-24005-2012

Impreso en España

La editorial agradece todos los comentarios y observaciones:
turner@turnerlibros.com

Para Stefka Anastassova

ADVERTENCIA

El nombre verdadero del prefecto de policía del oasis de Siwa a finales del siglo XIX era Mahmud Azmi, y a él se le atribuye una acción que dejó una huella imperecedera en el oasis. El lector la reconocerá cuando se produzca, según avance la novela.

A excepción de este episodio, no constan noticias ni crónicas publicadas sobre el personaje en cuestión ni sobre su biografía.

PRIMERA PARTE

1

Mahmud

«Su esposa es una mujer valiente», me ha dicho. ¡Como si yo no la conociera! ¡Si ha sido ella quien ha insistido en acompañarme a pesar del peligro! Aunque no sé muy bien si de verdad conozco a Catherine... En cualquier caso, no es el momento de pensar en eso; lo importante es que no ha hablado de ella por casualidad. Cada una de sus palabras tienen una razón de ser, pero Catherine no constituye ahora el problema principal. Además, no voy a resolver nada deambulando por los pasillos de este Ministerio del Interior en penumbra, rumiando los pormenores de la deprimente reunión con Mr. Harvey.

No hay nada nuevo en lo que me acaba de contar; ha dejado caer alguna que otra alusión más o menos explícita. Algunas las he podido captar y otras no sé muy bien cómo tomármelas. Antes de ver a Mr. Harvey sabía que el asunto estaba ya zanjado. El general Saíd bey ya me informó en su momento de que el inspector de la comandancia había enviado un informe a su excelencia el pachá secretario de Interior y que este había emitido la orden de mi traslado. No me quedaban más que unos días para unirme a la caravana que partía de Kirdasa. Se limitó, pues, a aconsejarme, como amigo, que no me hiciera acompañar por mi mujer.

—El viaje al oasis no es sencillo y tu misión, como sabes, es ardua. Pero la decisión te corresponde tomarla a ti. Mi obligación es advertirte de los riesgos de la travesía, que en condiciones favorables no dura menos de dos semanas, y eso con un guía experto.

Estoy convencido de que Saíd no quiso asustarme y de que ha hecho todo lo posible por librarme de esta misión. Nuestra amistad viene de lejos, por mucho que se haya enfriado con el paso del tiempo hasta el punto de verse reducida a una relación entre jefe y subordinado. Pero las historias y los secretos de otra época nos mantienen unidos. Hace años que no hablamos de todo aquello, pero ambos sabemos que el otro no ha dejado de acordarse. Los demás, sin embargo, me siguen previniendo del viaje con sospechosa compasión. Algunos están felices por haberse librado de la tarea y por que me haya tocado a mí. Otros se esfuerzan en ocultar la alegría que les produce mi desgracia mientras me hablan de todas las caravanas que se extraviaron en el desierto y terminaron engullidas por las dunas; de pequeñas cáfilas condenadas a deambular sin rumbo y de un portentoso ejército persa que enviaron en tiempos remotos a conquistar el oasis y que acabó siendo derrotado por el desierto, cuyas arenas lo sepultaron para siempre.

Afortunadas son las caravanas —me han dicho— que consiguen terminar la travesía antes de que se les agoten las provisiones de agua y de que el viento altere los hitos del camino, forme colinas que antes no existían o anegue los pozos en los que abrevar a los camellos. Afortunadas también si el campamento levantado para pasar la noche no sufre el embate nocturno de hienas y lobos o si a uno o dos de sus componentes no los muerde una serpiente.

Esto y más es lo que me han contado, pero yo no he prestado la más mínima atención. El miedo a que la caravana no llegue sana y salva a su destino no es menor que el que me inspira la posibilidad de que nos perdamos. Sé muy bien que me dirijo al lugar donde habrán de matarme a mí y quizá también a Catherine.

¿Es el anuncio de mi muerte una de las cosas que me ha intentado decir Mr. Harvey en nuestra reunión de hoy?

Entré en su despacho dispuesto a provocarlo. ¿Qué podía perder a estas alturas? Nunca antes había estado en la oficina de aquel secretario, que manejaba todos los hilos que movían el ministerio. Su diplomática forma de hablar me ha parecido más bien afectada. Él mismo me ha resultado falso, sentado todo lo menudo que es tras su inmenso escritorio, con un nada convincente fez bajo el cual sobresalía el pelo rubio. No se ha dirigido directamente a mí, más bien invocaba algo imperceptible que debía de estar situado a su derecha, en un rincón de la estancia, sin parar de repetirme lo que ya le había oído decir al general Saíd, pero poniendo especial cuidado en incidir en lo que él suponía que era mi punto débil.

—Sin duda, estará usted contento, señor capitán Mahmud Abdel Zahir... Perdón, mayor Mahmud, debería decir ahora que ha sido usted nombrado prefecto de policía del oasis.

Fingió revisar mi expediente de servicio, colocado ante él, y continuó:

—Lleva usted mucho tiempo esperando este ascenso.

Lo interrumpí con una sonrisa que intenté que fuera educada:

—Pues es curioso, excelencia, porque pocos en este ministerio se han alegrado de este ascenso.

No hizo ningún comentario, ni tampoco me miró, y siguió pasando las hojas de otro expediente con el membrete, en inglés, de «Oasis de Siwa». Parecía disfrutar de la lectura. De vez en cuando murmuraba *«interesting, very interesting...»*. Después, alzó los ojos hacia mí con algo parecido a una sonrisa esbozada en los labios:

—Sabrá usted, señor mayor Mahmud, que solo podrá tratar con los cabezas de las familias principales, aquellos a quienes llaman en el oasis los «notables».

—Por supuesto, Saíd bey me ha dado toda la información necesaria.

Pero él continuó, como si yo no hubiera dicho nada.

—No debe mantener ningún trato con los campesinos, los... —Volvió a mirar el informe buscando la palabra.

—Los zejeleros —le recordé.

—Sí —repitió, echando otra ojeada al informe—, los zejeleros, eso es, si a ellos les gusta ese sistema, ¿qué nos importa a nosotros? Aquello se parece a Esparta, de alguna manera. ¿Sabe usted lo que es Esparta, en la Grecia antigua, Mr. Abdel Zahir?

—Lo sé, Mr. Harvey.

Algo parecido a una ligera decepción pareció surcar su rostro ante el hecho de que yo conociera aquella ciudad, pero no estaba dispuesto a renunciar a su disertación.

—Sí, se parece a Esparta, salvando las diferencias, claro está. Esparta era una ciudad hecha para producir soldados. Educaban a los niños desde su más tierna infancia para convertirlos en guerreros y los separaban del resto de ciudadanos. Hasta el punto de que toda Esparta era un ejército concentrado en una urbe. El mayor ejército de toda Grecia antes de la aparición de Alejandro. Y los tales zejeleros, en el oasis, son también reclutas del campo; trabajan hasta que cumplen los cuarenta años. Durante todo ese tiempo se les prohíbe casarse o entrar en la ciudad después del atardecer.

Poco le faltó para decir que a él le parecía una ordenación social y un régimen de trabajo digno de consideración.

—Piense usted, Mr. Mahmud, en nuestras colonias en África y Asia, sumidas en el caos porque el trabajo allí...

—Excelentísimo secretario Mr. Harvey —lo interrumpí de nuevo—, nosotros no tenemos ninguna colonia en África y Asia. —Me abstuve de añadir que nosotros somos una colonia.

Durante unos instantes frunció el ceño, renunciando a explayarse sobre el asunto de las colonias y volvió a enfrascarse en los documentos. Luego alzó el rostro mostrando una sonrisa astuta.

—Los otros aspectos del modo de vida de esta gente no son de nuestra incumbencia, como la separación de hombres y mujeres en la edad juvenil... —dijo—. Nada, no tenemos que meternos en sus primitivas costumbres.

Comprendí el sentido de sus palabras, pero no hice comentarios. Él, por su parte, volvió a interpelar a ese alguien intangible situado a su derecha:

—Por supuesto, habrá escuchado ya de boca del señor Saíd bey que allí todos se dividen en dos clanes rivales.

—Sí, sí, ya lo sé, andan siempre guerreando —dije, comenzando a perder la paciencia.

—Eso tampoco nos incumbe —dijo, con la mirada fija de nuevo sobre mí y poniendo énfasis en sus palabras—. Las batallas y los conflictos que puedan tener entre ellos forman parte de su idiosincrasia, y son libres de hacer lo que les venga en gana con su vida, siempre y cuando nos sea posible mantener el dominio entablando alianzas concretas con uno u otro clan. Está probado y siempre funciona, a condición de no perpetuar la alianza con un mismo clan durante mucho tiempo. Hoy nos apoyamos en uno y mañana, en el rival. ¿Me sigue?

—Lo intento, excelentísimo Mr. Harvey, conozco esa política pero nunca la he llevado a la práctica.

—Ya aprenderá, señor prefecto —me respondió, con un nuevo deje de regodeo en sus palabras—. No olvide que su primera tarea es la de recaudar impuestos. Una tarea ardua, como usted bien sabe. Muy ardua. El instinto de supervivencia le enseñará a aplicar esta política y otras, mayor... —De repente se detuvo y volvió a sonreír—. En cualquier caso, no deja de haber algo cómico en el asunto. Esa gente construyó fortalezas en las montañas y erigieron un pueblo detrás de ellas para protegerse de las algaradas de los beduinos. Hoy, sin embargo, la sangre que los beduinos solían derramar en campo abierto la derraman ellos detrás de esos muros...

Le parecía algo muy sorprendente, muy oriental. En ese momento la sangre se me subió a la cabeza y proferí:

—Estas guerras intestinas dentro de una población las hay tanto en Oriente como en Occidente, Mr. Harvey. No tienen nada que ver con las invasiones extranjeras.

—El mayor Mahmud Abdel Zahir —continuó con tono gozoso después de mirarme detenidamente— sigue bajo los efectos de las ideas del pasado. ¿No será que de algún modo u otro sigue simpatizando con aquellos sediciosos?

Incapaz de contenerme, salté otra vez:

—Yo nunca he simpatizado con sedicioso alguno. Cumplía con mi deber, nada más. Y he pagado un precio injusto por ello, en dos ocasiones.

—En cualquier caso —replicó, sacudiendo la cabeza—, debe saber que su desempeño será objeto de seguimiento y supervisión.

Pensé que era mi última oportunidad y traté de hablar con un tono completamente neutro.

—Espero que cuando evalúen mi cometido lo encuentren satisfactorio. Pero, ¿y si fracaso?

—Sabe muy bien que usted será quien pague el precio —respondió con concisión, y añadió al instante, como si hubiera leído mis pensamientos—: Pero pase lo que pase, la recompensa no será volver a El Cairo —dijo. De repente cambió de asunto—: Debe saber que Saíd bey se oponía a que lo acompañara su esposa. Preocupado por su integridad física, por supuesto. Pero le repuse a su excelencia que el ministerio no se inmiscuye en la vida privada de los oficiales. Además, su esposa, según se piensa... —se detuvo de pronto, como si no supiera muy bien qué término elegir— es una mujer valiente —concluyó. Y volvió a repetirlo, asintiendo—: Sí, una mujer muy valiente.

No dije nada. Él se puso en pie y yo hice lo mismo.

—Irá con la cáfila de Kirdasa —comenzó, con tono oficial—, porque ya está dispuesta para el viaje. Pero debo enviar algunos caballos en la de Matruh, que parte dentro de dos semanas, y —hizo una pausa, con un esbozo de sonrisa en los labios— se me ruega que los corceles lleguen vivos.

Al salir de su despacho me he dicho: «Los ingleses me han derrotado una vez más». ¡Cuánto te odio, Mr. Harvey! ¡Cómo os odio a todos y a este ministerio! Pero no hay escapatoria.

Tengo que volver a casa a prepararme para el viaje. En todo caso, son pocos preparativos. Catherine ya dispuso el equipaje necesario en cuanto le informé de que los intentos por librarme de esta misión habían fracasado. También ha hecho acopio de todos los libros que hay dedicados al oasis o en los que se hace mención de él. No se le ha pasado nada. Ayer me estuvo hablando de su asombroso plan para hacer frente a las picaduras de los alacranes y las serpientes. La remití a uno de los maestros de la cofradía sufí de la Rifaiya y la convencí de que tenía experiencia en el tratamiento de mordeduras venenosas. Así que también le tiene miedo a eso. Entonces, ¿por qué tanto empeño en hacer este viaje? He hecho todo lo posible para que desista y se quede aquí. Pero ha sido en vano. Conoce muy bien los peligros que me esperan pero no le importa. Si fuera un ingenuo diría que todo esto lo hace por amor y para no dejarme morir solo. Me quiere, creo, pero no hasta ese punto.

He caminado desde el ministerio, a través de la calle de Dawawín, hasta llegar al departamento de policía de Abidín. En esa comisaría, cerca de la única casa que he conocido desde que nací, he pasado toda mi vida, y también la he echado a perder. Cuando era un niño jamás imaginé que acabaría trabajando ahí. En cualquier caso, ya no hay tiempo para arrepentirse. Además, ¿de qué debería arrepentirme? ¿Cuáles eran mis sueños de juventud? No tenía ningún proyecto de futuro, solo que las cosas siguieran como estaban. Una infancia feliz y una pubertad más feliz aún. Mi padre nunca nos privó de nada ni a mi hermano ni a mí. No nos prohibió ningún placer ni nos impuso normas estrictas para que termináramos los estudios en el plazo debido. A mi hermano Suleimán le gustaba pasar la mayor parte del día con mi padre en su tienda del Muski, aprendiendo los fundamentos del oficio. Yo, por mi parte, no tenía ninguna preocupación que turbara mi existencia. El país estaba en plena agitación —vivíamos en los estertores del mandato del jedive Ismael— y yo remoloneaba a placer en la escuela preparatoria, donde permanecí casi hasta cumplir los veinte años. Me dedicaba a alternar con mujeres y sirvientas, pasaba las noches con mis amigos de taberna en taberna. En nuestra gran casa de Abidín se celebraban casi a diario fiestas interminables, banquetes y veladas; entre los invitados se encontraba una nutrida representación de los cantantes y artistas más famosos. Todas las noches menos la de la víspera del viernes. Los jueves por la mañana los sirvientes retiraban los muebles de la sala grande del primer piso, cubrían los suelos con alfombras y la perfumaban con incienso, distribuyendo por los rincones jarras de cobre con agua de azahar. Era la noche reservada a los miembros de las taricas sufíes, las salmodias y la recitación del nombre de Dios, veladas en las que mi padre, y yo con él, renunciábamos a los placeres mundanos. Repetía, sentado en círculo con ellos, las jaculatorias, declamando el nombre de Dios, dando vueltas hasta quedar exhausto y bañado en sudor; después me iba a dormir, un sueño profundo y plácido que duraba la noche entera. Por la mañana iba temprano con mi padre y mi hermano Suleimán a la mezquita de nuestro señor Husain a rezar la oración del viernes. Pero, por la noche, retomaba la rutina habitual. Así hasta que una tarde acabamos Subhi y yo, por casualidad, en la plaza de Ataba y vi a ese hombre con turbante que hablaba el árabe a la manera de los turcos o los sirios. Nunca había oído nada parecido antes; o quizá sí lo había hecho pero, hasta ese momento, no le había prestado atención. No obstante, las palabras de Gamal Afgani y el fervor de sus discípulos, sentados en corrillos en torno a él, me obligaron a escucharlo. Y así, a mi adicción al alcohol y a las mujeres, sumé las reuniones políticas de al-Afgani y los periódicos publicados por sus seguidores: *Misr*, *Al-Tiyara* y *Taif*. Cada vez que el Gobierno del jedive cerraba uno, ellos abrían otro para continuar publicando lo que publicaba el recién confiscado, centrando sus críticas en los gobernantes que habían endeudado y arruinado el país. En especial, arrojaban su furia sobre el dominio ejercido por los europeos, cuyos representantes supervisaban las decisiones del Gobierno y disponían de consejeros en todos los ministerios. También oí por aquel entonces que Afgani y parte de sus discípulos eran masones y que los adeptos a esa gran comunidad profesaban diversas confesiones y creían en la libertad y la fraternidad entre todas las razas; así que yo hacía lo posible por sumarme a una de esas logias, a la espera del día en que la Tierra entera se convirtiera en una inmensa hermandad formada por personas libres. Del mismo modo, cuando me contaban que se había creado un partido nacionalista clandestino, corría a leer sus panfletos, como el de «Egipto, para los egipcios»;

pletórico y entusiasmado, iba a afiliarme a él sin saber siquiera cómo ni a quién acudir para hacerlo. Pero todo aquello cambió cuando la traición —la primera de ellas— entró en mi vida y el negocio de mi padre se fue a pique.

Aún hoy sigo sin comprender cómo pude hacer todas esas cosas sin ningún asomo de duda. Una cosa conducía a otra con fluidez; no había tensión, tampoco remordimientos. Tan natural resultaba que me emborrachara como que frecuentara los cónclaves masones, fornicara con toda clase de mujeres, acudiera a los mítines de Afgani o entrase en éxtasis en las veladas sufíes con mi padre y el resto de cofrades. Más aún, también me dio por pensar en estudiar y sacarme un título en la facultad de Derecho, donde todos los estudiantes soñaban con entrar. Me veía capacitado para ello, sobre todo porque en la escuela lo que más me gustaba eran la retórica y la literatura; sin embargo, mi padre se arruinó y todo aquello se vino abajo. Un comerciante griego lo embaucó con la promesa de grandes beneficios si importaba aceite de oliva de su país, pero luego lo abrumó con un sinfín de obligaciones e intereses, hasta quedarse como pago la tienda del Muski. Nos quedamos sin ninguna fuente de financiación para aquella mansión repleta de doncellas y sirvientes, y mi padre tuvo que utilizar todos sus recursos para enrolarme en la policía. En poco tiempo, con la educación que había recibido y con unos meses de adiestramiento, me convertí en oficial, y mi padre pudo sumirse en un estado de aguda melancolía con el consuelo de que mi sueldo podría, al menos, mantener a mi madre y a mi hermano y conseguir que la casa siguiera abriendo sus puertas, si bien sin banquetes, conciertos, ni veladas místicas. Las visitas se acabaron y con ellas los cofrades y los recitadores. Ya no volvería a asistir a uno de esos círculos sufíes hasta muchos años después, cuando el almirante Saíd me invitó a un *dhikr*, una ceremonia de recitación del nombre de Dios según los usos de su cofradía. Pero ya no era lo mismo, ya no sentía la emoción ni el frenesí de antaño.

Ahora me pregunto si todo aquel pasado lejano ha desaparecido para siempre, si aquel joven de espíritu disoluto ha podido recomponer su ser o si el tiempo lo ha vuelto todavía más inconsistente. Cuando después de muchas cavilaciones acabé casándome con Catherine, pensaba que por fin podría hallar un equilibrio. Pero ahora que tengo un hogar y una esposa inteligente y audaz, ¿por qué sigo sin disfrutar de ninguna estabilidad? ¿Por qué se me sigue resistiendo? Mi única certeza es este uniforme de oficial y este empleo que nunca deseé pero que, no obstante, es el único que sé desempeñar, a pesar de todos los sinsabores... Ah, y también está ese oasis.

2

Catherine

Sé que Mahmud va a echar de menos esta casa tan espaciosa. En el silencio del desierto sentirá nostalgia del bullicio de este barrio, en el que siempre se oyen los gritos de los vendedores. Por supuesto, lo que no va a echar de menos es el palacio del jedive, que está pegado a nuestra casa, y del que, aunque nunca hemos entrado en él, a mí me encantan los árboles que se vislumbran tras los muros que rodean ese bonito jardín. Mahmud no se imagina viviendo lejos de su casa, la única que ha conocido. En cuanto a mí, he vivido en tres casas diferentes y no siento especial cariño por ninguna de ellas. Cuando me acuerdo de un lugar es porque me llega algún recuerdo de las personas que viven en él. Solo entonces recupero los olores familiares y los rincones olvidados, y me sorprendo al pensar en las malas pasadas que nos juega la memoria.

Mahmud se está retrasando un poco. Ha ido al ministerio a hacer las últimas gestiones y dijo que volvería cuando acabase para ayudarme con las maletas. No queda mucho por hacer, todo está listo para el viaje, salvo el propio Mahmud. Ya me acostumbré hace mucho tiempo a sus continuos cambios de humor. Al principio me desconcertaba que dijera una cosa y la contraria, o que hiciera cosas contradictorias sin más. Pero esta vez es diferente, su tristeza se está haciendo más y más profunda.

Él no era feliz cuando lo conocí, ni yo tampoco. Pero juntos pudimos alcanzar la felicidad y vivir en ella durante un tiempo. Siempre me acordaré de la primera vez que lo vi a bordo de la *dahabiya,* donde coincidimos por casualidad en un viaje a Asuán. Me fijé en él, con su figura imponente, vestido de uniforme y con un fez que apenas cubría su pelo canoso y coronaba su rostro juvenil. Su belleza me llamó la atención de inmediato, pero no fue eso lo que me atrajo. Desde el primer momento me di cuenta de que era diferente a los oficiales que había conocido en El Cairo. En realidad, no tenía nada que ver con ningún otro hombre que pudiera haber conocido en Egipto. Acostumbraban a tratarme como a una extranjera, una inglesa en un país ocupado por los ingleses, sumisos pero con una mirada lasciva en los ojos; como mendigos implorantes a punto de llorar. Cuando me acerqué, el fez se me antojó una corona faraónica. Su gesto adusto, sus ojos negros y grandes y sus rasgos equilibrados componían el rostro de un monarca egregio trasladado desde los muros de un templo a la cubierta de la *dahabiya*. Le pregunté cuánto nos quedaba para llegar a Asuán y él no se giró hacia mí inclinando la cabeza como hacían los demás; al contrario: había un destello de hostilidad en sus ojos. En el horizonte no se veían más que regadíos a ambos lados del río y pueblos, todos idénticos, a lo largo de los campos. Me miró a los ojos y me dijo con el mal inglés que por entonces hablaba:

—No lo sé. Yo estoy con la guardia de la *dahabiya*.

Velaban por la seguridad de un príncipe o un ministro que estaba de viaje, según creo recordar.

—Si lo desea puedo preguntar a un marinero —añadió con tibieza al verme allí de pie, inmóvil.

—Lo acompaño —repuse yo.

Desde ese momento he estado siempre con él. En la *dahabiya* navegando por el Nilo, recorriendo las calles de Asuán, en los templos de Luxor y, después, en El Cairo, donde nos casamos. Estuvo mucho tiempo sin decidirse a acercarse a mí. Yo era la que acaparaba la conversación. El cambio se produjo, creo, cuando averiguó que en realidad yo era irlandesa, que odiaba a los ingleses, que ocupaban mi país al igual que el suyo, y que soportaba como una afrenta la nacionalidad inglesa, de la cual habría de desprenderme el día que Irlanda alcanzara la independencia. Entonces se vino abajo el dique que nos separaba y, con él, la reticencia que se podía leer en sus ojos tanto como el amor que sentía hacia mí. ¿O quizá eran imaginaciones mías? ¿Era amor o deseo? En aquel momento no me importaba mucho: él mismo me había dicho al inicio de nuestra relación que había hecho la promesa de no casarse jamás. Pero no la cumplió.

El cadí que ofició nuestra unión en El Cairo parecía abatido por tener que unir en vínculo sagrado a un varón musulmán, y oficial respetable, con una mujer extranjera de otra religión. Preguntaba, cada vez con mayor temor en su mirada, repitiendo las respuestas como si no pudiera creer cuanto estaba oyendo: «¿No es virgen? ¿Es viuda? ¿Es dos años mayor que él? ¿No tiene tutores que la representen, ni el padre ni el hermano? ¿Se casa por su cuenta y riesgo?».

Mahmud me decía que no había nada en nuestro enlace que contraviniera su ley religiosa, pero me di cuenta de que el funcionario encargado de consignar nuestras respuestas mantenía la vista clavada en el papel para que no pudiéramos comprobar la enorme indignación que bullía en sus ojos. Aun así, el cadí se comportó con una educación exquisita en comparación con la ofensiva desfachatez de los británicos cuando fui a su consulado. «¿Se casa con un egipcio? ¿Y según su rito? Antes de que tenga que volver por aquí, ¿sabe a qué derechos está renunciando?». Les repuse en el mismo tono. Les dije que prefería su ley a la de los ingleses en Irlanda, y que por lo menos me casaba con quien quería, que nadie me lo había impuesto a la fuerza. Al oírme hablar así, abreviaron los trámites. No deseaban prolongar mi estancia en el consulado.

Mahmud imaginaba que el consejero británico del ministerio no aprobaría mi decisión de viajar con él al oasis. Pero lo aprobaron con mucho gusto, supongo que deseosos de que, pronto mejor que tarde, encontrara allí mi ruina.

Durante nuestros primeros días, en los primeros meses, conocí junto a Mahmud una felicidad que nunca imaginé que pudiera ser posible tras la dolorosa experiencia con Michael. Desde el principio supe que a Mahmud no le gustaba hablar de amor ni tampoco que yo lo hiciera. Para él el amor era sexo, ni más ni menos. En ese terreno también era un soberano excelso. Siempre estaba dispuesto a dar, siempre era capaz de despertar mis pasiones, gracias a las múltiples experiencias de sus años de juventud, que nunca se molestó en ocultar. Yo tuve que aprender guiada únicamente por el deseo, que había olvidado con Michael, a ponerme a su nivel. Y tal vez yo también le haya enseñado algo. Le hice comprender que no me gustaba ni la violencia ni el arrebato que él creyó que eran mis deseos en la noche de bodas, sino las caricias y la delicadeza, la comunión reposada de los cuerpos, la ternura y el viaje conjunto hacia el éxtasis y el placer máximos.

Poco a poco se instaló entre nosotros la armonía y durante meses nuestra vida en común fue una fiesta. Él era generoso y yo no hacía preguntas. Nunca me habría creído capaz de asumir ese concepto de amor y vida. Pero lo acompañé con suma satisfacción, plenamente feliz. ¿Fue él quien consiguió arrancar de mí tantas convenciones ilusorias o es que yo estaba desde el principio dispuesta a transformarme? ¿Se limitó Mahmud a ayudar a que me despojara de una castidad absurda?

Con él también comencé a aceptar cosas que jamás pensé que aceptaría. Pasados los primeros meses, sentí que yo no era la única en su vida. Cuando estábamos en la cama, podía oler el perfume de otras mujeres, su sudor, y percibía cómo su espectro se interponía entre nosotros. Trataba de engañarme diciendo que no podía ser, en especial cuando lo veía afanarse, más incluso que antes, a la hora de darme placer. Pero sabía que mi cuerpo no me engañaba: lo compartía con otra. Los celos acabaron siendo insoportables y necesité un día entero para reunir fuerzas y poner en orden mis ideas antes de hacerle frente. Cuando volvió a casa del trabajo, todas mis resoluciones se fueron al traste cuando le pregunté, nada más verlo en el salón:

—Mahmud, ¿me eres infiel?

Él me repuso con otra pregunta.

—¿Quieres decir si voy con otras mujeres?

Asentí y él sentenció:

—Sí.

Rompí a llorar, mi cuerpo era una pura convulsión.

—¡Ah, sí! ¿Qué pasaría si yo también fuera con otros hombres?

—Te mataría en ese mismo instante —respondió él tranquilamente.

—¿Y por qué no podría yo matarte a ti ahora mismo? —grité.

Guardó silencio durante un momento, como si estuviera reflexionando, y acto seguido sacó la pistola de la funda y me la ofreció con el brazo tendido. Sonreía.

—En realidad, es justo. Tú también tienes derecho. Toma. No te lo impediré.

Le aparté el brazo y me fui a mi habitación gritando.

—¡No viviré con un loco!

Me encerré y me puse a recoger mi ropa y mis cosas para marcharme.

Estuve cuatro días sin verlo. Al quinto, ya estábamos juntos en la cama de nuevo.

—Mentir es lo más fácil que existe, pero yo no miento. Mi cuerpo es el problema, no se contenta con una sola mujer —me dijo mientras me abrazaba—. Siempre podemos divorciarnos. Tú también podrías dejarme en cualquier momento, pero no lo has hecho. Nos necesitamos el uno al otro y por eso nos casamos.

—Pero ¿dónde queda el amor en todo eso? —le pregunté casi en un susurro.

Se inclinó sobre mí y me besó.

Acepté esa clase de amor y de matrimonio. Era algo así como vivir en el corazón de la verdad. ¿O en el de una mentira? No se equivocaba. Nos necesitábamos. ¿Por qué? ¿Hasta cuándo? Ahora tengo la sensación de que incluso aquella relación que habíamos terminado asumiendo había cambiado. Ya no se trataba de las otras mujeres, sino del propio Mahmud. Nunca antes lo había visto tan reservado. ¿Sería por la misión que le acababan de encomendar? La odiaba desde el primer momento en que oyó hablar de ella e hizo todo cuanto pudo por eludirla, pero fue en vano. Una tarea ciertamente peligrosa, pero Mahmud no es un cobarde. Cumplirá con su obligación, como siempre ha hecho a lo largo de su vida, le agrade o no. Estoy segura. Hasta guarda silencio cuando le asalta el dolor del brazo por la bala que se le incrustó en el hueso. En invierno, con el frío, el dolor es más fuerte. Yo me doy cuenta por los gestos de su rostro cuando, con la mano, se aprieta el brazo con fuerza. Ni un solo gemido, ni una queja. Cuando le dije, para consolarlo, que allí en el oasis al menos no sufrirá por el frío porque hace calor todo el año, él sacudió la cabeza y dijo:

—Ojalá el problema fuera el calor...

No se me escapa cuál es el principal problema. He leído todo lo que historiadores y viajeros han escrito sobre el oasis. Conozco su historia antigua y moderna. Mejor el pasado, cierto, pero estoy al tanto de lo que viene ocurriendo en el oasis desde principios de siglo, cuando fue conquistado por las tropas de Muhámmad Ali pachá. Él lo anexionó a Egipto y puso fin a una independencia de cientos de años durante los cuales Siwa nunca había pertenecido a ningún Estado o fuerza extranjera. Había leído sobre su tenaz oposición al Gobierno egipcio, sus rebeliones y enfrentamientos armados. Por su parte, los egipcios siempre sofocaron las revueltas con tanta dureza que lo único que provocaban eran nuevos alzamientos. Y sé muy bien, tanto como Mahmud, que el prefecto o comandante del cuartel, la máxima autoridad egipcia en el oasis, constituía un objetivo muy preciado para ellos. Al principio mataban solo a los alcaldes locales elegidos por El Cairo entre los habitantes de Siwa. Un mensaje dirigido al prefecto, como si quisieran decirle que lo tenían a tiro si querían. Pero en las dos últimas revueltas mataron a los prefectos y El Cairo respondió enviando un gran ejército que restableció la calma y se retiró una vez conseguido el objetivo. ¿Seguirán ahora las cosas igual de tranquilas?

Eso espero. He soñado muchas veces con recorrer el desierto; sin embargo, nunca imaginé que sería de esta manera. Ver el oasis por cuyas arenas anduvo Alejandro Magno, y donde vivió una excepcional experiencia que lo marcó hasta su muerte. Tengo otros sueños sobre el oasis, pero no es el momento de pensar en ello. Cada cosa a su tiempo. Lo importante es que, allí, Mahmud y yo estaremos completamente solos. Sin la amenaza de que otra mujer compita conmigo. Los otros peligros no constituyen un precio tan elevado como para no devolver a nuestra vida la pureza perdida.

Mahmud se está retrasando mucho.

A lo mejor sigue en el ministerio. O, quién sabe, estará despidiéndose de las calles de su amada ciudad, perdido en sus pensamientos, como yo. Estará haciendo un repaso de su vida, preguntándose cómo llegó a este momento, a la víspera de la partida hacia lo desconocido con esta irlandesa que el azar puso en su camino.

Yo estoy igual. Me pregunto cuántas casualidades me habrán conducido a este momento. Pero no, no son solo casualidades. Soy la responsable de todas mis decisiones y no me arrepiento en absoluto. Puede que fuese mi padre quien me pusiera al inicio del camino, pero ha sido mi voluntad la que me ha traído hasta aquí. Si estuviera vivo vería en todo lo que me está pasando con Mahmud una especie de penitencia. Como buen católico, nunca habría dado el visto bueno a este matrimonio. Sin embargo, él fue el primero en enseñarme a amar Oriente y sus ruinas. Sí, él fue quien me incitó a buscar los restos inexplorados de griegos y romanos en estas tierras, con la condición, por supuesto, de que me mantuviera lejos de los orientales contemporáneos, que solo son los depositarios de la historia. Nunca debía olvidar que soy irlandesa y católica.

Siempre recordaré cómo se enfadó una vez en la que hablábamos sobre las religiones y sobre los antiguos griegos, su asunto favorito. La conversación se centró en sus dioses y yo dije que los griegos, por aquellos tiempos, al igual que los egipcios de la Antigüedad y, en esencia, igual que todo el mundo antes y después de ellos, adoraban al creador tal y como se lo figuraban, y puesto que Dios es siempre el mismo en todo tiempo y lugar, ha de aceptar las oraciones de todos aquellos que lo veneran, sin distinción. Yo era joven, debía de tener unos catorce o quince años, pero mi padre no trató de razonar ni de instruirme.

—Entonces, ¿para ti son lo mismo quienes adoran al Dios verdadero y los que rinden culto a una estatua, un árbol o cualquier falsa divinidad? —me gritó encolerizado—. ¿No hay diferencia entre quienes creen en el Dios redentor y los paganos y los salvajes que rezan a sus dioses para que los ayuden en la caza y la guerra?

A pesar del pavor que me inspiraba su enfado me decidí a responderle.

—No quiero decir eso, en absoluto, padre, sino que todo el mundo busca al creador y lo adora con fe y buena intención, aunque se equivoque en su modo de hacerlo. Él conoce con toda certeza la sinceridad de nuestros propósitos porque Él lo sabe todo.

Pero mi padre no me escuchó e insistió en que fuera a la iglesia para confesarle mis pecados al sacerdote y pedirle su absolución. Por supuesto, fui: yo también era una católica fiel.

A pesar de todo lo echo de menos. Si estuviera vivo le pediría que me ayudara en mi búsqueda. Él fue quien me enseñó griego y latín. Decía que tenía un don para los idiomas y que debía sacar partido de él. Creo que no se equivocaba: he aprendido sola a leer jeroglíficos y sus escrituras derivadas, y después de casarme con Mahmud aprendí el árabe. Por lo menos en esto mi padre estaría hoy orgulloso de mí. Acostumbraba a leerme sus investigaciones y traducciones del griego y siempre me estaba animando a que yo también tradujera. Además, leía con entusiasmo todo cuanto yo escribía. Sin embargo, no creo que hubiera sido capaz en ningún caso de convencerlo para que aceptara mi matrimonio con Mahmud. Imposible.

A mi madre tampoco la había vuelto a ver desde que vine a Egipto y no sé qué pensará ahora. Me escribe de vez en cuando cartas breves y por obligación, nada más. Nunca le gustó mi primer matrimonio y este, imagino, mucho menos aún. Mi hermana Fiona fue la única capaz de comprenderlo desde el primer momento, y del mismo modo que aceptó mi matrimonio con Michael, dio su bendición a mi matrimonio con Mahmud. A pesar de su perdón, yo nunca pude perdonarme a mí misma lo de Michael. Con toda razón mi padre la llamaba Fiona la Santa. Me escribe con regularidad cartas extensas y afectuosas. ¿Vendrá algún día a Egipto como ha prometido? Y si lo hiciera, ¿cómo podría encontrarse con nosotros ahora que estamos a punto de alejarnos de cualquier atisbo de civilización? Le escribí para pedirle que aplazara cualquier proyecto de viaje. Pero eso no es lo importante. ¿Deseo realmente que venga o, a pesar de que la quiero, prefiero mantener una cierta distancia entre nosotras? No quiero que nadie me recuerde aquel doloroso episodio. Me costó mucho superarlo. Por supuesto, estoy segura de que no hará nada por sacar a relucir todo aquello y, muy probablemente, ni siquiera pronunciará el nombre de Michael cuando nos encontremos. No, el problema no es ella, soy yo. Cargo con la culpa de haberle arrebatado a mi propia hermana el hombre al que amaba. Si supiera Fiona qué suerte tuvo de haberse librado de él...

Michael era nuestro vecino, amigo de mi padre y joven colega suyo, profesor como él, de rostro angelical y voz dulce, compartían su pasión por la civilización y la lengua griegas. Pero mientras que mi padre se había contentado con hacer de ello la pasión de su vida, Michael había comenzado a publicar artículos en una pequeña revista local y, en ocasiones, en una revista mensual especializada en historia. Yo también pensaba, como todos, que sus visitas a casa eran para ver a Fiona. Se pasaban horas hablando en el jardín y a todos nos parecía de lo más natural. Fiona era la más guapa, la más joven, la más delicada. El simple hecho de mirarla ya inspiraba felicidad. Sé que mi cuerpo es bello, pero mi rostro es de lo más normal. Por eso me sorprendí tanto cuando vino a pedirme la mano un año después de la muerte de mi padre, de la cual aún no me había repuesto.

Una mañana soleada entré en su despacho y lo vi tendido de bruces sobre un libro abierto. Su corazón estaba bien y nunca se quejaba de nada. Ese día, incluso, parecía más contento de lo normal. Mahmud me diría después que él también vivió un trauma parecido. Nunca entendí el sentido de aquella muerte, no entiendo nada de la muerte salvo el hecho de que es ineludible, y antes de dejar esta tierra hemos de dejar algo que justifique nuestra existencia.

—¿Por qué yo? —le pregunté a Michael cuando me abordó en el jardín.

—Porque te amo a ti —respondió.

—¿Y Fiona?

—Eres tú a quien amo —repitió.

Cuando se enteró mi madre, muy enfadada, exclamó, como si se tratase de una ofensa:

—¡Nos hizo pensar a todos que quería a Fiona y ahora pide tu mano! ¡Qué escándalo! ¿Ha habido algo entre vosotros dos que no sepamos?

Le juré, sin mentir en ningún momento, que jamás había pensado en él, que su petición me había sorprendido y que yo no lo quería. Pero fue la misma Fiona quien zanjó el asunto: para ella, Michael era un buen amigo de mi padre y de la familia, nada más, y si se lo hubiese propuesto a ella lo habría rechazado.

Si aquello era verdad, no solo era la más guapa sino también la más inteligente.

Seguro que lo conocía mejor que yo. Dijo que en ningún caso se casaría con Michael y me dio libertad plena para aceptarlo o rechazarlo. Reflexioné un tiempo y luego le dije que sí. Me dije que la hermosa Fiona tendría ocasión de encontrar a alguien mejor. ¿Por qué no presté atención a mi madre, que insistía en que, dijera lo que dijera mi hermana, aquello era una traición? Debí haber caído en la cuenta, como ella, de que ese hombre no era digno de confianza pero, por aquel entonces, no conocía su verdadera forma de ser. Solo después de casarme descubrí sus celos enfermizos hacia los otros hombres y su estricto régimen de aislamiento. Apenas salíamos de casa y casi nadie venía a vernos. Pero también tenía celos de los libros.

Cuando me veía estudiando con mi padre me animaba, en su presencia, a seguir investigando y leyendo. Pero después de casarnos odiaba verme con un libro en las manos. Se burlaba de mis lecturas y traducciones. ¿De qué me iban a servir si no era mi trabajo? ¿No sería mejor que me centrara en las tareas de la casa? Siempre me trataba de ignorante cuando encontraba errores en mis traducciones del griego y el latín. Al principio yo intentaba alabar su trabajo, mostrándome excesivamente interesada en sus artículos y estudios, aunque sabía que no eran más que plagios. No servía de nada. Se daba cuenta, por el tono de mis palabras, de que eran falsos halagos y palabras huecas. Lejos de reconocer sus carencias, se empeñaba en que yo, al igual que otros lectores, no había comprendido la esencia de sus textos. La culpa era mía en realidad: sus ideas eran un obstáculo infranqueable entre nosotros.

También descubrí al poco de casarnos otro de sus rasgos: la tacañería. Y no solo con el dinero, cosa que por otra parte no constituía un gran pecado en un país pobre como el nuestro, en el que la gente no podía permitirse el lujo de ser espléndida. Era tremendamente austero con todo lo demás, incluidos sus sentimientos. En las pocas ocasiones en las que trató de mostrarme su amor lo hizo como si se tratara de un favor, una tarea que estaba deseando acabar. No descubrí mi cuerpo hasta que estuve con Mahmud, tras todos aquellos intentos infructuosos con Michael. Fue Mahmud quien me enseñó que el acto sexual constituye un momento excepcional en el que los cuerpos, unidos, traspasan las fronteras del mundo sensorial y hallan, cada vez, una dicha que siempre es distinta, un placer diferente al anterior, como si cada envite fuera el primero, como si ese espasmo final constituyera el nacimiento de algo nuevo, una resurrección. Algo que nunca llegué a experimentar con Michael, algo muy diferente a la viscosidad del sudor, a la repulsión, a la tensión de un cuerpo que ansiaba saciar su sed y desprenderse a la vez del padecimiento de una desoladora unión que me hacía sentir asco de mí misma y de la persona con la que compartía la cama.

En cierta ocasión le pregunté por qué se había casado conmigo. «Para mortificarme a mí mismo», me respondió con su ironía habitual. Puede que dijera la verdad. Ningún hombre toma por esposa a una mujer a la que no ama si no es para hacerse daño a sí mismo. Pero, ¿por qué? Hasta el fin de sus días seguí viendo en sus ojos aquella mirada triste y humillada con la que contemplaba a Fiona. ¿Por qué no se casó con ella y me eligió a mí? A lo largo de mi vida he conocido a hombres que rehusaron casarse con una mujer hermosa por temor a las miradas de los demás —¿acaso un hombre así se merece a esta mujer?—. A lo mejor era un cobarde o, simplemente, creía que no la merecía y por eso se contentó con la hermana, una mujer normal por la que nadie iba a envidiarlo. De este modo podría mortificarse, como le gustaba decir, y mortificarme a mí durante cuatro largos años.

Pero no tardó en descubrir, pasados mis primeros intentos por complacerlo, que yo no era quien él pensaba. No soy de esas personas que soportan las humillaciones: le respondí crueldad por crueldad y odio por odio. Al poco de casarnos le propuse ir juntos a Egipto. La historia de los faraones de la tierra del Nilo siempre me había fascinado y, además, tenía la esperanza de que un largo viaje nos ayudara a entendernos y a acercarnos. Le dije que podíamos compartir los gastos del viaje porque la herencia de mi padre bastaba para pagar mi parte. Pero Michael lo consideró una locura, una estupidez y un despilfarro sin sentido. Me bastaba con leer los libros clásicos para conocer toda la historia del antiguo Egipto, si es que mi entendimiento era capaz de asimilar tantos conocimientos. Y yo recogí el guante: comencé a estudiar el egipcio antiguo, el jeroglífico y el demótico. Pero eso tampoco le gustó. Me arrebataba los libros de la mano y los rompía porque perdía el tiempo en bagatelas en lugar de trabajar en la casa; debía tratar al menos de dominar los otros idiomas que había comenzado a estudiar. Yo, con la mayor naturalidad, me dirigía a su librería, cogía un libro y me ponía a rasgar las hojas. Él se abalanzaba sobre mí para pegarme y tratar de retenerme, pero yo le golpeaba con los libros sin perder la oportunidad de romper el mayor número posible de ellos. En más de una ocasión estuvimos a punto de matarnos en el transcurso de aquellos combates, y la cosa habría terminado en homicidio, o más bien en escándalo, de haber llevado a cabo mis impulsos de salir huyendo de Irlanda. Si no lo hice fue por no hacer daño a mi madre y a Fiona, o porque él terminó muriendo antes víctima de su tacañería y su tozudez.

Todo empezó con una tos que le estaba carcomiendo el pecho y que él se empeñaba en considerar un vulgar constipado. Se trató él mismo con hierbas y jarabes calientes, vino templado, baños fríos y de vapor y todos los remedios que pudieran llegar a sus oídos. Pero su cuerpo seguía ajándose y sus toses se parecían cada vez más al estruendo de un ladrido. Mi insistencia, la de mi madre y la de Fiona no pudieron convencerlo de que fuera al médico. No merecía la pena, siempre aparecía con un nuevo remedio, un jarabe o una hierba, cualquier nueva receta que lograra la cura de aquel supuesto golpe de frío. Al final, cuando los esputos comenzaron a teñirse de rojo y se decidió a consultar al médico, ya era demasiado tarde.

Verlo postrado en la cama del hospital, con el rostro cetrino incapaz siquiera de toser, me dio pánico. Pero por mucho que busqué un poso de tristeza o pesar en el fondo de mi ser no encontré nada, ni siquiera cuando clavaba sus ojos aterrados en mí en busca de una salvación de la que yo carecía. Me asusté de mí misma cuando, con su muerte, sentí a mi pesar un gran alivio. ¡Por fin! No había sido mi voluntad; ni lo maté ni le deseé la muerte. Terminó de forma natural. ¿Qué culpa podía tener yo? Con todo, cumplí con mi obligación durante el periodo de luto y observé la conducta que podía esperarse de mí en tal situación. El pesar de Fiona sí era sincero. Quién sabe si no lo amaba de verdad, por mucho que lo hubiera negado antes; o, quizá, se trataba de una muestra más de su bondad natural, siempre padeciendo por los males de los demás. ¡A saber! ¡Como si mi vida no fuera ya lo suficientemente complicada!

Cuatro años con Michael hicieron morir en mí muchas cosas; me bastaron dos con Mahmud para hacerlas renacer. Sí, una verdadera resurrección, el nacimiento de una mujer nueva. La mejora debió de iniciarse con el viaje al Alto Egipto, costeado con los ahorros que Michael había acumulado a lo largo de su vida, penique a penique. Mientras deambulaba entre las ruinas, contemplando las pinturas y las estatuas, descifrando por mí misma las inscripciones talladas en las columnas y en las paredes y apuntándolas en mi cuaderno, sentí que aquel placer excedía todo cuanto había soñado antes. Después conocí a Mahmud. Afortunadamente, él y Michael eran como la noche y el día. Un hombre generoso, que no ponía límites a nada. Desmedido en todo, hasta en las contradicciones y los repentinos cambios de humor.

¡Ya está de vuelta, por fin! El ruido familiar de sus pasos en la escalera. ¡Ven, Mahmud! Iremos juntos al desierto, allí volveremos a nacer juntos. No voy a renunciar a ti, tú serás siempre mío.

3

Mahmud

¿Este es el jardín del alma al que se refería Saíd? Será de la suya, porque de la mía no. Este jardín amarillento no me provoca nada. Irritación, si acaso.

El desierto se extiende ante mis ojos pero no veo más que arena, dunas, piedras y espejismos deslumbrantes en el horizonte. Un calor extremo durante el día y un frío atroz por las noches. Y, de vez en cuando, cadenas de montañas cenicientas que parecen restos de un único e inmenso monte que un rayo hubiera reducido a montones disformes. Catherine y yo montamos los camellos que van a la cabeza de la comitiva. Ella, embutida en sus bombachos, inflados a la altura de los muslos, ocupa el único palanquín de la caravana, cubierto por una tela gruesa pero descubierto por los lados. El guía y los beduinos del séquito nos profesan grandes atenciones. Por la noche levantan para nosotros una tienda mientras ellos se echan a dormir a la intemperie, protegiéndose del viento con el único sustento de los camellos postrados. Los diez soldados que conforman la guardia cierran el grupo, a excepción del sargento Ibrahim, el ordenanza que me recomendó el almirante Saíd.

A medida que avanzamos va calando en nosotros el silencio, y nuestras miradas se fijan en el horizonte, escrutando el vacío. ¿En qué irá pensando cada uno? Lo ignoro, pero tanto silencio me abruma y me inunda de sonidos y de imágenes que despiertan en mí los recuerdos del pasado. Rostros de vivos y muertos, una sucesión de imágenes que quizá comenzó antes de iniciar el viaje. Pienso mucho, sobre todo en el final. ¿Miedo a la muerte quizá? Por supuesto, ¿quién no le tiene miedo? Me preguntaba de qué forma sería: ¿una bala en el oasis?, ¿una muerte natural tras una enfermedad breve o prolongada?, ¿un accidente repentino?, ¿asfixiado en el *hammam*?, ¿o envenenado?, ¿vendrá sin ningún tipo de aviso? La muerte nos acecha en todas sus formas, escondida en los recovecos oscuros del camino, lista para abalanzarse de una vez y sellar el punto y aparte. Me impongo con frecuencia el olvido, pero durante este viaje no he podido dejar de pensar en mi madre. Vuelvo a verla, aquella noche, al volver a casa, sentada en su sofá grande junto a la cama, mientras la sirvienta dormía con sueño profundo en el suelo. Sabía que mi madre no se iba a dormir sin antes asegurarse de que yo hubiera vuelto y formular la pregunta de siempre: si mi hermano Suleimán había escrito desde Damasco. Por lo general nunca había cartas pero yo le decía, para tranquilizarla, que me habían contado que él y sus hijos estaban bien. Le besé, como era habitual, la cabeza y la mano, y le pregunté si necesitaba algo. Pidió un vaso de agua porque no le parecía bien despertar a la criada. Antes de llegar a la puerta de la habitación me recordó que «de la jarra marrón», para añadir al instante: «Y en el vaso de cobre». Fui a la sala, donde las jarras estaban dispuestas en una bandeja en el alféizar de la ventana que daba al lado norte. Alcé la jarra marrón, que ella perfumaba con aroma de almácigo y cubría con un paño de tela fina con agujeritos, de tal manera que el agua se conservaba más fresca ahí que en cualquier otro recipiente. Vertí el líquido en el vaso de cobre ribeteado con tallos de plantas de colores y regresé al dormitorio dispuesto a gastarle alguna broma a propósito de ese vaso, el único del que bebía porque era un regalo de mi padre. La operación no debió de llevarme más de un minuto o dos, pero al abrir la puerta y entrar de nuevo en el cuarto con el vaso en la mano la vi con la cabeza colgándole sobre el pecho. Me acerqué a ella llamándola, pero no me respondió. Se había ido para siempre.

Estuve dos meses sin comprender nada. Se lo repetía a cualquiera que viniera a darme el pésame, el tiempo que había pasado desde que salí del dormitorio hasta que regresé a él, como si tales detalles contuvieran un secreto o un enigma capaces de explicar el suceso. Me temblaban las piernas al andar. No entendía nada; sigo sin ser capaz de entenderlo.

Sí, temía a la muerte. Sin embargo, hubo un tiempo en que estaba dispuesto a encontrarme con ella sin titubeos. Eran tiempos en los que había algo por lo que morir, pero aquella época ya pasó y solo me queda el dolor intermitente de la herida de la bala que me entró en el hueso del brazo. Ahora, ¿por qué habría de morir en este oasis olvidado, en mitad de todos esos beduinos a los que en realidad odio? Según Catherine, los habitantes del oasis no son beduinos, pero todos los habitantes del desierto lo son, los conozco de sobra. Ella también se arrepentirá de haberse empeñado en venir. La previne muchas veces pero siempre respondía que nada le haría arrepentirse mientras ella pudiera elegir. Con todo, no podía comprender su desmedido afán en hacer este viaje. Sospecho que tiene que ver con su pasión por las ruinas, ya me dejó reventado en los templos de Luxor, el Alto Egipto, Saqqara y Dahshur, hasta el punto de que al final tenía que dejarla ir adonde quisiera con la única compañía del ordenanza. Ahora no dejaba de hablar con adoración de Alejandro Magno y su visita al oasis, no podía creerse que estuviese dirigiéndose al mismo lugar en el que él había estado hacía siglos. Quería surcar el desierto para seguir sus pasos y rastrear sus huellas y no le importaba si el precio era su propia vida. Una mujer valiente... o una loca. Cuánto me costó que descartase la idea de que nos dejásemos morder por una serpiente antes del viaje para hacernos inmunes a los reptiles del desierto. Le aconsejé que pidiera opinión a los jeques de la cofradía de Rifaiya, quienes le dieron unos cántaros con líquidos que no pude reconocer. Puede que sean precisamente estas locuras lo que me une a ella. Ninguna mujer cabal habría podido convencerme de las bondades del matrimonio. Cierto, había estado antes Nima, «la Morena», pero fui yo quien la perdió porque nunca se me había pasado por la cabeza casarme con ella... Pero dejemos eso ahora.

En cualquier caso, no hago este viaje por Catherine, ni tampoco por el ascenso del que me habló Mr. Harvey. Si no hubiera sido por la deshonra del consejo militar que insinuó Saíd y por el hecho de que yo no supiera hacer otra cosa, habría rechazado el ascenso y el viaje de un plumazo. Que pase lo que tenga que pasar. Aún me acuerdo de unos versos que aprendí en la escuela:

Sé lo que es el hoy y fue el ayer,
pero ante el mañana, soy ciego.

Deseo que la cosa sea al revés, no volver a saber qué fue del ayer y a cambio conocer el porvenir. Más aun, podría ser un ciego frente al mañana a condición de que el ayer también desapareciese. O incluso contentarme con menos, que saliera el sol y vivir al día, si mi espíritu pudiera vaciarse de los recuerdos... Qué disposición más cómoda para la vida, vivir cada día sin los tormentos del ayer ni los del mañana. Pero en este desierto mi espíritu solo conserva el pasado, que detesto.

Durante el día, los mismos paisajes, una monotonía rota únicamente por las variaciones del color de la arena, roja o blanca, o por la aparición de dunas que obligan a los camellos a emprender una esforzada ascensión y aminorar el ritmo. Cada dos o tres días el guía se pone a dar gritos, anunciándonos la buena nueva de un pozo o un pequeño oasis despoblado donde descansar y abrevar a los camellos. Mi mirada va deambulando por los contornos del camino, sin fijarse en nada en especial, y acaba en Catherine, que no deja de mirar a un lado y a otro desde la giba de su montura con un asombro fascinado en sus ojos. ¿Estará viendo también ella el paraíso del que hablaba el almirante Saíd? ¿Qué puede haber aquí de excitante para que se sienta tan atraída por todo? Se lo pregunté una noche, sentados frente a la tienda, mientras contemplaba absorta el cielo estrellado.

—¿Cómo no puedes verlo tú mismo? —me contestó—. Las estrellas, por ejemplo; nunca las había visto ni tan abundantes ni tan brillantes en la ciudad.

—Porque sigue habiendo media luna —respondí alzando la vista.

—Cierto —dijo—, pero aquí las estrellas se ven más grandes y más cercanas. Brillan como si estuvieran acercándose a mí continuamente, como si pudiera llegar a tocarlas con las manos; es como si estuvieran nadando en el cielo y vinieran a zambullirse sobre la tierra.

—Sé que muchos irlandeses son poetas, pero el caso es que el desierto nos cambia a todos. Aunque a cada uno de una manera distinta —comenté entre risas.

—Y a ti, ¿cómo te ha cambiado?

—En mi interior se extiende otro desierto, pero que carece por completo del silencio de este que estamos atravesando. El mío está lleno de voces, personas e imágenes.

—Eso también es muy bonito.

—Sería bonito si esas imágenes fueran tan profundas como el desierto. Todas conducen a un pasado muerto; no dejan de perseguirme.

—Puede que el desierto no tenga ninguna culpa en todo esto —suspiró—. A lo mejor son cosas que has traído contigo.

—Puede ser —murmuré poniéndome en pie.

Nuestras conversaciones se fueron haciendo más breves según pasaban los días.

Al final de la novena jornada de nuestro viaje nos detuvimos a dormir, lejos aún de los pequeños oasis que jalonaban el camino. A la mañana siguiente, en lugar de los lacerantes rayos del sol, había una luz pálida y mortecina. Aquel sol era como una pelota naranja en el cielo, recubierta por una niebla densa o una cortina de polvo. El guía tenía gesto contrariado y se mostraba muy nervioso. Urgía a sus hombres para que cargaran los camellos y los embridasen cuando se levantó un siroco acompañado al principio por un leve silbido. El aire comenzó a levantar polvaredas dispersas de tierra blanca que echaban a volar en forma de torbellinos y que se desplomaban después sobre la arena.

El guía, que no paraba de ir de un sitio a otro, nos aconsejó que nos cubriésemos bien la cara para protegernos la nariz y los ojos. La caravana reanudó la marcha como de costumbre, pero había acelerado el ritmo. Me daba la impresión de que el viento arrastraba a los camellos sobre la arena como el oleaje las barcas en el mar. Las túnicas de los hombres se inflaban por detrás y todos agachábamos la cabeza para evitar los embates del aire y la arena. Los camellos se pusieron a gemir, después a correr hasta que se detuvieron de golpe cuando en el horizonte comenzó a formarse una enorme nube blanquecina en forma de caracol que se iba arrastrando lentamente hacia nosotros. Con una voz chillona el guía nos ordenó que pusiéramos pie en tierra y obligásemos a nuestras monturas a postrarse. Debíamos agarrar a los camellos fuertemente de las bridas, pero hubo dos que se desprendieron de la carga y se lanzaron en desbandada en direcciones opuestas. Un fardo lleno de telas se desmadejó en el aire formando un crisol de velas henchidas en el espacio al compás de unas cacerolas que entrechocaban entre sí con un ruido metálico que se mezclaba con los bufidos de los camellos y los gritos de los hombres. Mientras, la nube con forma de caracol se acercaba hacia nosotros a toda velocidad, arrojando hacia nuestros rostros cubiertos ráfagas de arena como dardos afilados; se acercaba y, con ella, el silbido del viento que estalló en un violento estrépito, hasta el punto de que ninguno de nosotros era capaz de oír los gritos del guía. Estreché a Catherine contra mi pecho, tambaleándonos como los demás, arrodillándonos y cayendo al suelo para luego levantarnos y volver a vacilar en mitad del círculo formado por los camellos echados en la tierra. Trataba de protegernos de la lluvia de guijarros y pedruscos con los que nos lapidaba la tormenta cuando de repente se hizo la oscuridad más absoluta y nos envolvió un rugido tal que ni siquiera podía oír los gritos de Catherine, que se aferraba a mí. Solo era consciente del diluvio de arena y piedras que provenía de todas partes y que se precipitaban sobre nosotros. Intentaba sacudírmelas de encima, pero cada vez me pesaban más. Llegué a pensar que aquel alud de rocas iba a durar hasta el fin de los tiempos.

Cuando ya no pude respirar y una angustiosa estrechez me oprimía el pecho deseé mi muerte con todas mis fuerzas. Un pensamiento repentino se me pasó por la cabeza mientras abrazaba el cuerpo trémulo de Catherine. ¡Que venga ya! Dolía pero no resultaba aterrador. ¡Que llegue deprisa! Deseaba el fin, ansiaba liberarme de una vez de aquel lastre insoportable. ¡Ven ya!

Pero no vino.

Todo se detuvo de repente.

La nube se disipó con la misma rapidez con la que nos había envuelto y diseminado por el desierto, y se retiró hacia algún lugar desconocido. De repente, silencio y sol radiante. Estuvimos un buen rato tosiendo y escupiendo una arena amarillenta que nos llenaba la boca y la garganta. Oí la voz extenuada del guía ordenando a sus hombres que recuperasen los restos de las mercancías desperdigadas por el desierto.

—¡Pero si hemos perdido dos camellos! —se oyó bramar a un beduino.

—Si han sobrevivido, volverán —respondió el guía.

Distribuyeron lo que quedaba de las cargas de ambos camellos entre el resto. Catherine, que había estado todo el tiempo con la cabeza embutida en mi pecho, alzó el rostro, pálido y embadurnado de arena, se apartó el velo y estuvo un buen rato inhalando aire con fuerza. Después trató de sonreír.

—No daba tanto miedo —dije, todavía aturdido.

—¿Qué? —susurró ella.

—La muerte.

Dio un paso hacia atrás y alzó la mirada hacia mí:

—¿Quieres decir que no ha estado tan cerca?

Pensé durante un instante antes de responder.

—Al contrario, la hemos tenido delante de nuestros ojos.

Pero ya no me oía. Sin dejar de hipar y toser, se puso a sacudirse la arena del rostro y de la ropa. Yo no podría explicar cómo la proximidad de la muerte la hacía tan familiar y deseable. En ese preciso momento apareció el sargento Ibrahim con el rostro cubierto por una máscara de granos de arena amarillos incrustados unos en otros entre los cuales solo podían verse sus ojos y sus labios.

—¿Está usted bien, señor? ¿Y su esposa? —preguntó con preocupación.

—Sí, ¿y usted, Ibrahim?

—Como puede ver, señor, soy un hombre viejo. Cuando todo se quedó a oscuras puse mi alma en manos de Dios y su Profeta, pero estaba escrito que debíamos seguir con vida, gracias al Todopoderoso.

Ibrahim era el único de los integrantes de mi guardia que ya había hecho antes el viaje a Siwa. En su juventud había participado en una de las campañas militares contra el oasis, por eso el general Saíd me lo había recomendado.

Catherine seguía nuestra conversación.

—¿Has visto? —dijo, y señaló a Ibrahim.

No le pregunté qué quería decir; tampoco había tiempo para preguntas. La caravana en pleno entró en ebullición y los camellos se pusieron en pie, dispuestos a partir.

Reanudamos la marcha en medio de una calma absoluta. Atrás quedaba el aullido del viento y el estrépito de los camellos; ahora todo eran suaves y apacibles dunas, como si el desierto jamás hubiera conocido una tormenta. Los animales, cansados, avanzaban despacio y sus camelleros no hacían ningún ademán de azuzarlos. El cansancio podía verse también reflejado en sus rostros. A mediodía llegamos a un pequeño pozo rodeado de unos pocos árboles, casi todos ellos marchitos. Allí encontramos a uno de los camellos que se habían extraviado. Estaba tendido y gemía, con el cuerpo cubierto de heridas abiertas de forma alargada, como de latigazos. El guía le palmoteó el cuello mientras le decía:

—Amigo mío, tenías que haberte quedado quieto en mitad de la tormenta en vez de correr hacia tu ruina. ¿Es que no has aprendido nada del desierto y las caravanas?

Después se inclinó sobre él y le ungió las heridas con un aceite que vertía de un frasco de metal. Yo iba siguiendo sus movimientos y él se volvió hacia mí.

—No estamos en época de tormentas —dijo, como si quisiera justificarse—. Se ha adelantado como poco un mes. Este desierto ha sido mi compañero desde siempre y lo conozco como la palma de mi mano. Me conozco todos sus caminos y sus estaciones, y aun así todavía me sorprende. Por mucho tiempo que pases con él, por muy seguro que creas estar de él, siempre existe la posibilidad de que te traicione.

—Nunca tanto como los seres humanos.

—¿Qué decía, señor? —me preguntó, sin dejar de aplicar la cura al camello.

—Le he preguntado cuánto tiempo vamos a permanecer aquí.

—Los camellos tienen que descansar. Pasaremos aquí lo que queda de día y toda la noche.

El guía ordenó que Catherine y yo fuéramos los primeros en utilizar el pozo. El resto de miembros de la caravana se quedó a un lado mientras nosotros nos bañábamos y nos cambiábamos las ropas llenas de arena. Luego nos apartamos cuando llegaron los hombres dando gritos de alegría y saltando en la charca de escasa profundidad que rodeaba el pozo. Nos guarecimos bajo la sombra de una palmera. Desde allí oíamos cómo reían y gritaban al tiempo que jugueteaban con el agua.

—Podría decirse que estos hombres están felices por haberse salvado de la muerte —dijo Catherine sonriendo—, o que la vieron y la encontraron realmente temible.

—También puede decirse que yo la temía, como ellos, pero que cuando se me acercó y pude tocarla vi que era tierna y suave y me susurró: «Ven, cuanto más deprisa, mejor». No es la primera vez que me las veo cara a cara con la muerte, pero hoy, en este desierto, ha habido algo que no puedo explicar, una tentación, una llamada.

—¡Basta! —gritó Catherine enfadada—. ¡Sabes que no le tengo miedo a la muerte, vendrá cuando tenga que hacerlo, pero ni la deseo ni la cortejo! Esta vida está para vivirla, intentemos buscarle un sentido. ¡La verdad es que eres tú el que me está dando miedo ahora!

—Si es así, no te preocupes. Puede que solo sea un momento, algo pasajero. Desde que comenzamos el viaje no he dejado de pensar en las cosas que me han pasado a lo largo de la vida. Alguna que otra alegría y tristezas muy hondas. Es como si el desierto me estuviera preguntando: «Si la situación está así, ¿no será mejor acabar cuanto antes?».

—Ya te he dicho que el desierto no tiene la culpa, y no son tus pensamientos sobre la muerte lo que me molesta. No eres el primero que se enfrenta a ella, y es muy probable que la mayor parte de la gente piense de la misma manera en situaciones críticas. Sin embargo, a ti te ocurre algo, desde hace tiempo, mucho más profundo y que no tiene nada que ver con las tormentas ni con el desierto. ¿Qué te pasa, Mahmud? Tú eres el único que lo sabe. Solo puedo decirte que este desierto nos va a declarar la guerra, lo mismo que el oasis y que todos los enemigos que ya conocemos y los que aún no sabemos quiénes son, y todos, por supuesto, terminaremos muriendo. Pero no por ello se debe renunciar a la vida.

—¿Y quién ha dicho que quiero suicidarme? —Me reí y añadí—: Ya se encargarán de mi muerte los habitantes del oasis. ¿Por qué te imaginas que pienso en el suicidio? ¿Qué otra cosa tenemos además de esta existencia? Hemos de vivirla hasta el último instante.

Catherine alzó las manos hacia el cielo. Sus ojos se ensancharon un poco mientras decía:

—¿Cómo puede ser que aún no me haya vuelto loca?

En ese momento se acercó a nosotros Ibrahim, con el pelo chorreando agua y el rostro moreno completamente empapado.

—¿Desea algo, señor?

—¿Qué puede hacer por mí en este lugar, Ibrahim? —le pregunté sonriendo.

Se dio la vuelta y señaló una palmera alta y marchita.

—Estamos en la época de los dátiles. Si esta palmera ha dado frutos puedo subir, si así lo desea, señor —propuso.

—Vale ya, Ibrahim, si se sube allá arriba se romperá el cuello y entonces de qué me serviría. Usted quiere seguir viviendo, ¿no es así?

—Por los niños, señor, solo por ellos —dijo, con la mano extendida.

—En vez de subir a la palmera —propuso Catherine—, podría darnos alguna información útil sobre el oasis antes de que lleguemos.

—Pero si le he dicho todo lo que sé, señora. No es como ningún otro y sus habitantes no son como el resto de la gente. Se puede decir cualquier cosa de ellos pero son de lo más valiente que he visto en mi vida. Cuando vine con el ejército hace veinte años bombardeamos el pueblo con cañones y ellos no tenían más que pequeñas escopetas con las que nos disparaban desde detrás de las murallas. Sufrieron cuantiosas bajas, pero no se rindieron hasta que no se quedaron sin munición. Tienen muchos conflictos entre ellos pero son uña y carne cuando se trata de combatir al enemigo extranjero. Además, no permiten que ningún forastero entre en sus casas.

—Sobre todo los infieles —comentó Catherine, sonriendo.

El rostro de Ibrahim se ruborizó.

—Lo siento, señora —acertó a decir entre balbuceos.

Catherine se giró hacia mí y me dijo:

—Según he leído, sienten un odio visceral hacia los europeos. Más de un viajero, de los que vienen a explorar el oasis, ha terminado sus días aquí.

—Cuando pienso en todas las desgracias que nos han traído los europeos no los censuro. No lo olvides, te he avisado más de una vez. Eres tú la que te has empeñado en venir.

—Y sigo empeñada —dijo—. Ya verás cómo me hago con ellos.

—Pero me da la impresión de que todavía odian más al Gobierno —añadí girándome hacia Ibrahim.

—Lo que odian es pagar los impuestos —dijo él bajando la voz—. Y me da la impresión de que ellos... — De repente, guardó silencio. Al instante pidió permiso para irse y volvió hacia el pozo.

«¡Me van a recibir con los brazos abiertos en cuanto me vean!», me dije. Porque yo voy allí, en primer lugar, a recaudar los impuestos.

He de enviar a El Cairo, nada más llegar, la carga de dos mil camellos de dátiles y quinientos camellos de aceite de oliva más una multa por la demora en la entrega del tributo de cinco mil reales. ¡Mr. Harvey ha hecho una elección estupenda!

El resto de la caravana se dirigía hacia nosotros. Algunos hombres escurrían las ropas recién lavadas. Uno de ellos se acercó a mí corriendo.

—El guía ha cambiado de opinión. Es mejor, dice, descansar aquí ahora y continuar por la noche. Según parece, el desierto es más seguro que esta charca. Cuando el sol se pone, se llena de hienas y chacales.

—¡Por no hablar de las hordas de mosquitos que amenazan con pasar aquí la noche! —exclamé, aplastándome uno en la mejilla.

Levantaron solo una tienda, y Catherine se fue a dormir. Qué suerte la suya, duerme cuando se lo propone; no tiene que entablar cada noche, como yo, un combate con el sueño. Los hombres —beduinos, comerciantes y soldados— se echaron a dormir, para así estar descansados antes de continuar con el viaje por la noche, y los camellos se amodorraron. El desierto, inerte, se extendía hasta el horizonte como un apacible y vasto mar de arena. Ni un ruido, ni un movimiento: como los hombres y las bestias, el desierto se repone de la tormenta. ¡Qué tranquilidad más absoluta! El general Saíd ya me lo había dicho: «Créeme, en cierto sentido te envidio porque te vas al desierto, el paraíso de los profetas y los poetas. Allí se refugian todos los que quieren dejar atrás el mundo para encontrarse a sí mismos. En el desierto reverdecen los espíritus marchitos y florece el alma». ¡Qué buen hombre eres, Saíd! ¡Como si todo lo que el ser humano hubiera vivido a lo largo de su vida y se hubiera ido almacenando en su pecho pudiera desvanecerse con solo pisar esta arena! Te pareces a Catherine, que vive su propio idilio con el desierto y dice que la está cambiando. Me sorprende, la verdad, esta coincidencia: Catherine, al contrario que Saíd, nada tiene que ver con las cofradías sufíes, y no creo que le preocupen mucho las cosas del espíritu. Parece muy segura de nuestra capacidad para enfrentarnos al mundo y poder derrotarlo. ¿Qué arma, por ejemplo, podría haber esgrimido yo cuando todos los demás habían guardado ya las suyas? La buena gente como el general Saíd se había contentado con envainar la espada en su funda; el resto se la habían clavado al país en pleno pecho. Primero vi la traición que derrotó a Orabi; luego, la gran felonía que puso a Egipto a sus pies. Justo al lado de mi casa, en la plaza que fue testigo de la gloria y el alborozo, Orabi montado en su caballo y blandiendo su espada, reprendiendo al jedive que tanto tiempo había humillado a su pueblo: «Dios nos ha hecho libres, no nos creó para ser propiedad o patrimonio de nadie. Por Dios, el único, el omnipresente, nunca más dejaremos que nos sometáis ni que nos humilléis». Sí, y la multitud afluía de las calles y los callejones, la gente se abrazaba gozosa, sin conocerse, con los ojos llenos de lágrimas. ¡Un día de fiesta en El Cairo! Pero en el mismo lugar, exactamente un año después, vi los carruajes dorados tirados por lustrosos caballos que avanzaban en fila hacia la gran plaza, transportando a los altos cargos del país, pachás y beyes, a los miembros del Parlamento que, durante los días del fervor nacionalista, pronunciaron encendidos discursos contra los ingleses. Vi cómo se bajaban solemnemente de los carruajes, con sus trajes bordados y sus condecoraciones rutilantes, y se unían al jedive, el cual presidía desde el estrado el desfile de las tropas de ocupación. A su derecha, el almirante Seymour, cuya flota había destruido Alejandría; a la izquierda, el general Wolseley, que había exterminado a nuestro ejército en Tel el Kebir gracias a la traición de uno de los nuestros. Días después leí que todos esos pachás y beyes reunieron una suculenta cantidad de dinero y compraron regalos lujosos para Seymour y Wolseley. Ese día lloré por mi país y por mí mismo... y Catherine me pregunta que qué me pasa.

Pero, es verdad, ¿qué me pasa? Todo aquello pertenece al pasado y ya se fue. Entonces, ¿de qué me sirve atormentarme? Me levanto y echo a andar, dejando la tienda y el oasis a mi espalda. Solo hay arena y colinas lejanas de color marrón que parecen estatuas de bestias agazapadas. Los hombres duermen desperdigados bajo la protección de cualquier cosa que sirva para darles sombra, una palmera, un árbol o la silueta de un camello arrodillado. Algunos se han cubierto el rostro con grandes pañuelos. Ellos también han sido capaces de encontrar el reposo y el sueño bajo este calor sofocante. Soy el único que no puede dormir. Me paso los días y los años amañando falsas treguas conmigo mismo, treguas que no duran mucho. Cuando pienso que había obrado de forma correcta, algo dentro de mí se burla con estrépito y entonces corro a refugiarme en el alcohol y las mujeres, tal y como hacía en mi juventud. ¿Dónde quedó la edad de la inocencia, cuando las cosas eran sencillas y simples y la tranquilidad de espíritu podía conseguirse sin apenas cansancio ni complicaciones? En todo caso, ¿de qué sirve pensar en eso ahora? No puedo escapar de los rostros que me asaltan y me imponen su presencia sin previo aviso. Se asoma mi padre, lo veo en su tienda del Muski con su semblante risueño y seguro de sí mismo. Eran los días de gloria. Luego lo vuelvo a ver, con la cara ajada y desfondada, después de haberlo perdido todo. Surge también mi hermano Suleimán, a quien llevaba mucho tiempo sin ver, y trato de recuperar sus rasgos. El rostro moreno de Nima, la única a la que he seguido buscando en las facciones del resto de mujeres que he conocido después. La cara de Talaat, mi amigo y compañero de juventud; pero cuando él entra en escena se esfuman todos los rostros y me retumba en los oídos el estertor de los cañones. Lo obligo a salir de la imagen y vuelvo a Nima. ¿Por qué fui incapaz de apreciar su verdadero valor cuando era mía? Pero la maniobra no me sale bien: Talaat vuelve a colarse y consigue expulsarla. Me asedia.

Mis piernas no pueden sostenerme mucho más tiempo bajo este sol abrasador. Regreso a la tienda para implorar la morbidez del sueño. Nada. No puedo, ni siquiera soy capaz de cerrar los ojos. ¿No podré desprenderme de su rostro? Salgo y me siento a la sombra de la tienda. Por mucho que quiera repudiarlos, tengo grabados en la memoria aquellas horas y aquellos días que pasé con Talaat.

Cabalgando con él a la orilla del mar, corriendo de un puesto a otro con nuestra pequeña patrulla de soldados. Esperábamos a que cesasen los cañones, nos abríamos paso entre la gente que se dirigía al mar, al lugar donde se había librado la última batalla. Teníamos las ropas teñidas de sangre, pero no había tiempo para pensar siquiera en lo que estaba pasando ante nuestros ojos. Debíamos darnos prisa. Los ingleses no dejaban de lanzar obuses desde el agua; las esquirlas pasaban volando por encima de nuestras cabezas. Gritábamos con todas nuestras fuerzas a las riadas humanas que colapsaban las calles de Alejandría que dejaran paso a los caballos y a los carromatos. De vez en cuando nos veíamos obligados a desmontar para abrirnos paso con nuestros propios cuerpos y permitir el avance de los carros repletos de soldados de la fortaleza y civiles voluntarios, atados unos a otros con cuerdas para no caer al suelo. Nada podíamos hacer para aliviar los gemidos y atender las llamadas de auxilio de los heridos que se amontonaban en las calles. Bastante hacíamos con llevarlos lo más rápidamente posible desde la fortaleza a la puerta del hospital de Raml. Los dejábamos en la entrada, donde separaban a los muertos de los vivos mientras nosotros volvíamos a toda prisa por la costa en busca de un oficial de alta graduación o un comandante que nos indicara algo útil que hacer. No éramos más que dos tenientes bisoños, recién destacados desde El Cairo poco después de la matanza en la que habían caído varios extranjeros y había servido de pretexto a los ingleses para iniciar las hostilidades. Pero no veíamos a ningún responsable. Así que me quedé con Talaat en un promontorio, observando desde lejos lo que estaba pasando en uno de los fuertes.

—Esto no es una guerra, es una carnicería —dijo Talaat con voz ahogada.

—Tienes razón —contesté.

Los tres barcos ingleses bombardeaban la fortaleza como si estuvieran llevando a cabo una exhibición naval. Se juntaban en formación, apuntaban todos a la vez hacia la tronera de turno y la destruían con toda precisión. La guarnición, o más bien lo que quedaba de ella, respondía disparando sus cañones viejos y gastados, cuyos obuses caían muy lejos de los barcos. Solo unos pocos conseguían aproximarse, pero eran neutralizados por cortinas de acero que rodeaban los navíos y convertían la supuesta explosión del proyectil en un enorme estallido de agua. A pesar de lo inofensivo del ataque, la respuesta no se hizo esperar. Las fragatas, ya seguras de que las baterías habían sido inutilizadas, se acercaban a estas y las rociaban con fuego de ametralladora, acabando con la vida de los artilleros, que carecían de cualquier protección. Entonces echábamos a correr hacia el enclave recién arrasado, con la esperanza de encontrar a alguien con vida y de oír a nuestras espaldas el traqueteo y los cascabeles de los carromatos de asistencia médica. Pero el bombardeo persistía aun cuando todas las garitas habían alzado la bandera blanca y ya no quedaba en ellas ni un solo cañón hábil.

A la vuelta del hospital militar vimos los incendios que asolaban la ciudad, en Manshiya y Kom al-Dekka. En una calle nos topamos con un grupo de beduinos; estaban destrozando y saqueando las tiendas. Lo que los cañones de los ingleses habían dejado intacto lo arruinaban ellos con sus antorchas. Los rodeamos y les disparamos con nuestras pistolas y fusiles. Ellos se parapetaron tras las paredes y repelieron nuestro ataque. Sus armas eran mucho mejores que las nuestras; sin embargo, el que parecía ser su jefe les ordenó que dejasen de disparar y se acercó a nosotros con las manos alzadas. Se detuvo en mitad del camino y nos preguntó con asombro por qué habíamos abierto fuego. ¿No nos habían llegado las órdenes? Ellos sí que las estaban cumpliendo, ¿por qué les interrumpíamos entonces?

—¿Qué órdenes son esas, chiflado? —gritó Talaat.

Pude ver los ojos enrojecidos y la sangre que le cubría la guerrera y las manos, el mismo aspecto que tenía yo y que tenían todos los soldados de la patrulla. Y aun así, en esa situación, el que parecía un loco era el beduino con su túnica blanca y holgada y su tono de voz tranquilo y altanero.

—Órdenes de su excelencia el gobernador, señor teniente. ¿Ya habéis olvidado cómo os ayudamos hace un mes cuando la matanza de los europeos? ¿No os había ordenado Omar pachá dejarnos el camino libre y no hacer nada cuando matásemos a los extranjeros? ¿No cumplisteis las órdenes para acabar con Orabi, que se había rebelado contra el jedive y amenazaba con destruir el país? ¿Qué ha cambiado ahora? ¿Por qué nos disparáis?

Talaat rompió a reír; su risa más bien parecía una convulsión en forma de sollozo, y se volvió hacia mí:

—¿Has oído? ¡Vamos, Mahmud, volvamos al cuartel, vámonos a casa! ¿Vamos a desobedecer las órdenes de su excelencia el gobernador? ¿Es que vamos a dejar de hacer lo que nos encomienda nuestro señor el jedive? ¿Nuestro señor el almirante Seymour? Hala, a casa... —Y siguió un rato riéndose de aquella manera extraña, agitando la pistola al aire.

El beduino presintió el peligro y comenzó a recular hacia donde se encontraban sus hombres, que seguían apostados tras el muro. De repente, Talaat alzó la voz y apuntándolo con la pistola gritó:

—¡Detente, espera, esta es para ti y esta otra para nuestro señor el jedive y una más para...!

Pero ya no pudo especificar para quién era la tercera, porque los compañeros del beduino, que ya había echado a correr, habían abierto fuego. Lancé a Talaat al suelo y me tumbé a su lado. Conseguí dar al beduino, que cayó pero consiguió arrastrarse hacia donde estaban los suyos. Una bala me hirió en la parte superior del brazo izquierdo, junto al hombro. Nos salvó la gente del lugar, que al escuchar los disparos llegaron corriendo con escopetas, palos y cuchillos. La mayor parte de los beduinos pudieron darse a la fuga, pero conseguí apresar a varios. Fuimos al hospital de las monjas en la calle de Sabaa Banaat, donde me vendaron las heridas y allí dejé a Talaat y a los soldados y beduinos heridos. Acto seguido conduje a los detenidos a la comisaría de Libán.

El comisario en jefe, de nacionalidad italiana, contempló mi brazo vendado y puesto en cabestrillo pero no hizo comentario ninguno. Sí que preguntó, cuando reparó en los beduinos apresados:

—¿Qué es esto?

Le hice un relato pormenorizado y se quedó un momento mirándome fijamente, en silencio, para luego ordenar a sus soldados que llevasen a los beduinos a la celda. Después, por primera vez, me hizo un gesto hacia el brazo sujeto por un nudo al cuello y apuntó que en Manshiya aún había incendios y que si mi herida no era grave debía ir allí con mi patrulla a toda prisa a evacuar a los vecinos. Era la primera vez en toda la jornada que alguien me encomendaba algo. Le pregunté qué iba a hacer con los beduinos y me respondió en árabe, lengua que a todas luces apenas hablaba ni entendía:

—Ocúpese de sus asuntos.

No había nada que pudiéramos hacer ni yo ni mis soldados en al-Manshiya o cualquier otro lugar de Alejandría. La ciudad se había convertido en una inmensa antorcha después del bombardeo indiscriminado de la flota enemiga, la cual había dejado de diferenciar entre objetivos militares y civiles, cuarteles y barriadas. Miles de hombres, niños y mujeres fueron confluyendo en estampida durante dos días hacia Bab Rashid tratando desesperadamente de escapar de su ciudad en llamas. Un reguero incesante de personas que terminó por engullir también a los componentes de mi patrulla y me dejó solo, deambulando de un lugar a otro, cercado por las muchedumbres, acosado por el crepitar de los incendios, los lloros de los niños, los chillidos de las mujeres y las imprecaciones de los hombres, que maldecían a gritos a los ingleses, al jedive, al ejército y a la policía. Alguno me señalaba incluso con el dedo y me decía: «Traidor». No les faltaba razón, pues en ese día en que su ciudad había sucumbido a las llamas y ellos mismos habían perdido a sus hijos y a sus padres, ¿quién podía distinguir entre los traidores y los que habían permanecido fieles? El jedive se había trasladado de palacio en palacio para protegerse del ataque de la flota, en compañía de un nutrido grupo de altos mandatarios. El ejército, una vez destruida la fortaleza, había abandonado la ciudad sin dar explicaciones a nadie, y la policía había dejado a la población a merced de las bandas de saqueadores que asolaban sus propiedades. La heroicidad de los soldados de la guarnición y de los civiles voluntarios había quedado oculta bajo el hollín de los incendios y el caos. ¿Cómo iba a explicarles a todas esas personas que huían y me insultaban que yo, por lo menos yo, no los había traicionado?

En mi memoria solo quedan imágenes inconexas de aquellos dos días. Me veo entre miles de personas que taponan las calles, rodeado de carros atestados de gente y enseres, atrapado en medio de la muchedumbre, todos peleándose con todos. Veo también una nube de polvo y humo suspendida sobre nosotros, una súbita oscuridad en pleno día. Me sumé a un destacamento del ejército que iba apresando a los saqueadores de los comercios abandonados para fusilarlos sumariamente. Recuerdo las filas de soldados que se encaminan a Bab Rashid para abandonar la ciudad, pero no puedo recordar si llegué a dormir algo ni dónde durante aquellos dos días. Sé que fui al hospital a que me recompusieran las vendas de la herida, cuyo dolor era cada vez más intenso, y para ver a Talaat. Tenía heridas de bala en el vientre y las piernas pero su vida no corría peligro. (¡Ojalá hubiera estado agonizando! ¡Ojalá hubiese muerto en aquel momento! ¡Ojalá hubiese muerto yo también con él!). Me encontré con el comisario italiano cuando fui al cuartel. Hizo un gesto de repugnancia al reparar en mi uniforme oficial, sucio y desastrado. No había abandonado su despacho durante los bombardeos y los distintivos de su rango de oficial rutilaban sobre las pecheras, con el uniforme impecable, dispuesto con pulcritud sobre su cuerpo rechoncho. Lo recuerdo entregándome aquel papelito atestado de sellos por el que se anulaba la orden de mi destino a Alejandría y se me hacía regresar de inmediato a mi puesto en El Cairo, sin mediar más explicaciones. Más tarde, ya en El Cairo, descubrí que había enviado un telegrama acusándome de negligencia en el desempeño de mis funciones y de haberme ausentado de las mismas durante dos días seguidos. Sospechaba, por tanto, que durante todo ese tiempo yo había estado con los rebeldes y había contribuido a extender el desorden por Alejandría. Por todo ello, pedía que se me investigara.

La instrucción, en cualquier caso, no se prolongó. La comisión estaba presidida por el comandante Saíd Effendi, y además la situación en El Cairo era completamente distinta a la que había dejado atrás en Alejandría. A los que allí llamaban «rebeldes», en El Cairo eran considerados héroes a los que un consejo nacional formado por todas las comunidades y sectores de la población de Egipto había encomendado defender el país de los invasores. Cuando me interrogaron informé de todo lo que hice desde que la flota agresora inició el ataque contra los puestos de defensa marítimos de la ciudad, conté lo que oí decir al beduino sobre las órdenes del gobernador Omar Lutfi pachá el día de la masacre. Relaté con detalle el desarrollo de los acontecimientos desde que se produjo el tiroteo contra nosotros hasta que procedí a depositar al grupo de beduinos en la comisaría de Libán. El telegrama del comisario en jefe italiano no hacía ninguna mención a este hecho ni al ataque contra nuestra patrulla y las heridas sufridas por alguno de nosotros. Cité como testigo al subteniente Talaat, convaleciente aún en el hospital de Alejandría.

El comandante Saíd apuntó mi declaración y ordenó el archivo de la instrucción y mi regreso al trabajo. Tanto él como yo bastante teníamos con velar, como toda la policía, por el mantenimiento del orden en el Cairo aquel en tiempos de guerra. No pude permitirme siquiera tratar con la atención debida la profunda herida que tenía en el hombro, por lo que tardó mucho más tiempo en curarse. Seguía con el resto de la gente, con orgullo y entusiasmo, los combates en Kafar el Dawwar: nuestro ejército resistía y los ingleses no podían romper las defensas, obligados a la postre a retirarse ante el empuje de nuestros soldados.

Pero la instrucción se reabrió dos meses después y entonces las cosas discurrieron por un cauce bien distinto.

Durante todo este tiempo me he venido preguntando por el verdadero sentido de la traición. ¿Por qué nos traicionaron todos aquellos pachás y grandes personajes que eran dueños del país entero? ¿Por qué los pequeños tienen que pagar siempre el precio —muerte en las guerras y cárcel en las derrotas— mientras los poderosos siguen siendo poderosos y libres? Y, me pregunto también, ¿por qué los pequeños también traicionan? ¿Por qué el oficial Yúsuf Janfas traicionó al ejército de su país en Tel el Kebir y permitió una noche que los ingleses acabaran de un plumazo con nuestras tropas? ¿Cómo se sentiría viendo los cañones enemigos segando la vida de sus compañeros de armas con quienes había convivido tantas horas, con quienes había comido, dormido y reído? ¿Habría llegado a reparar en su camarada el oficial Muhámmad Abid, tendido sobre la cureña de su cañón, en mitad de la derrota y la confusión, disparando contra los ingleses hasta que el calor del acero al rojo vivo terminó por fundirlo allí mismo, según oí? ¡Cuánto llegué a quererlo, cuánto lo quisimos todos! No podíamos creernos su muerte; llegaron a decir que, simplemente, había desaparecido y que se le había visto en la región del Alto Egipto e incluso en Damasco. Lo llamaban el jeque Abid y todos esperaban su regreso para reanudar la lucha contra los ingleses. Pero se trataba de una ilusión: la realidad era la traición de Yúsuf Janfas. ¿Por qué Abid terminó disipándose en el horizonte como un pájaro que volara a lo lejos mientras que Janfas permanece eterno, inmortal? ¿Por qué nos traicionó? ¿Por qué traicionamos nosotros? ¡Y este guía acusa al desierto de traidor solo porque hay una tormenta de arena antes de tiempo! ¡Que venga aquí, que le voy a contar lo que es la traición!

4

Catherine

Mahmud se encierra dentro de sí, cada vez más, cabizbajo como ahora, a lomos de su camello, sin mirar lo que lo rodea. Confiaba en que este desierto lograra sacarlo un poco de su caparazón, que pudiera apreciar hasta qué punto difiere este lugar de cualquier otro sitio que pudiéramos haber visto juntos en El Cairo; pero lo único que hace es preguntarme con asombro por qué a mí me gusta. ¿No puede apreciarlo él mismo? Yo me había leído antes de iniciar el viaje todo lo que se había escrito sobre este desierto y Siwa. Algunos libros los había traído conmigo desde Irlanda y el resto lo había recopilado en las bibliotecas de El Cairo. Pensaba, pues, que no iba a descubrir nada ni a ver algo verdaderamente sorprendente. He estudiado con detenimiento las descripciones y anotaciones sobre el camino, los pozos, las dunas y las tormentas; pero en ninguno de aquellos libros se dice una sola palabra sobre el auténtico desierto. No me han hablado del cambio de tonalidad de las olas de arena según transcurren las horas del día ni del tránsito de las sombras que dibujan finos trazos cenicientos en la cima de una colina amarilla o abren una puerta oscura en su loma. Tampoco me han mostrado cómo las nubes, altas y pequeñas, se reflejan sobre las dunas creando espejismos de pájaros cetrinos de vuelo grácil, ni me han hablado del alba. Sí, sobre todo el alba. Empieza siendo un fino hilo blanco, luego se transforma en una grieta ardiente que desplaza lentamente la oscuridad hasta que la arena se convierte en un mar dorado bajo los primeros rayos del sol. Un momento de plenitud que me inunda los pulmones con el aroma del éxtasis y abre de par en par todos los poros de mi cuerpo. Si no fuera por el pudor y las voces de los hombres de la caravana que a esa hora comienzan a despertarse alrededor de nuestra tienda, tomaría de la mano a Mahmud y le diría: «¡Aquí mismo, deprisa, sobre esta arena húmeda!».

Me pregunto, estupefacta, por qué no siente lo mismo que yo. ¿Por qué no se acerca a mí? ¿Por qué ni siquiera me abraza? Este desierto no deja de sorprenderme, pero mi mayor motivo de asombro sigue siendo Mahmud. Dice que el desierto se extiende en su interior... ¡Ojalá fuera así, porque este desierto es rico y generoso! Nunca le ha prestado la más mínima atención a la naturaleza. No lo he visto detenerse ante un árbol o una flor o hacer comentarios sobre la belleza del mar o la fascinación que produce el Nilo. Cuando íbamos a ver restos arqueológicos se aburría enseguida y a los cinco minutos dejaba de contemplar las columnas, los frescos o lo que fuera. No quiero decir que yo sea más inteligente que él ni tampoco que tenga más sensibilidad para apreciar la belleza. A lo mejor soy yo quien se muestra incapaz de entender lo que a él le parece importante, pero lo he intentado, lo intento, porque es el hombre al que amo. Yo fui quien lo incitó a aceptar la misión, con la esperanza de que este largo viaje terminara cambiándolo. Pensaba que al enfrentarse a una situación de peligro dejaría a un lado su desánimo. Pero no estaría diciendo toda la verdad si no añadiera que este viaje también significa algo para mí: yo también atravieso este desierto para cumplir una misión. Pero aún no ha llegado el momento de pensar siquiera en esto, porque eres tú, Mahmud, mi única misión ahora. Primero dices que la tormenta te hace sentir fascinación por la muerte en vez de impulsarte a amar la vida, como hacen Ibrahim y los demás. Y luego cambias de opinión, así, de repente, y dices lo contrario. ¿Lo haces para complacerme o forma parte de uno de tus incomprensibles cambios de humor? ¿Dónde queda el verdadero Mahmud en medio de todas estas metamorfosis? Te descubriré, no importa el tiempo que me lleve. Y quién sabe, ¿descubriré a la auténtica Catherine, aún desconocida para mí?

La caravana se abre paso hacia el Oeste, acercándose cada día más al oasis. Estoy deseando llegar. Allí todo es leyenda: el lugar, la gente, la historia y la geografía. Leí que antiguamente todo esto era un mar; de hecho, sus arenas siguen atesorando restos de conchas y fósiles de crustáceos. Sus habitantes actuales pertenecen al Magreb, no al Oriente, a la tribu de los Zenata, bereberes de Marruecos, y hablan por tanto un dialecto amazigh. Pero en los tiempos antiguos el oasis formaba parte del Egipto de los faraones y constituía un centro de adoración del gran dios Amón. De aquella época procede también la leyenda de las cuarenta personas que emigraron del pueblo de Agurmi, rico en monumentos, para construir, más hacia el Oeste, esta ciudad amurallada en mitad de la inmensidad del desierto.

¡Cuántas ganas tengo de verlo y comprenderlo todo! Estoy convencida de que el oasis me lo recompensará con el mismo entusiasmo. No creo que nadie como yo haya llegado nunca hasta Siwa: quienes me precedieron se limitaron, como mucho, a describir sus restos, algunos los dibujaron incluso, pero ninguno sabía leer la lengua del antiguo Egipto y tampoco la de los griegos. Por ello cometieron errores flagrantes a la hora de transcribir las inscripciones que encontraron en los templos; pensaron que el jeroglífico eran simples dibujos. Me bastó echar un vistazo a aquellos trazos para darme cuenta de sus errores. Soy la única persona que puede descubrir tus secretos, oasis misterioso.

¡Un poco de humildad, Catherine!

Pero, ¿por qué? ¿Acaso no es la verdad? Puede, pero mejor guardar silencio, no vaya a verme enferma de esa soberbia que los griegos consideraban origen de todos los infortunios de la vida. Seré humilde; bastantes desgracias tengo ya encima. Me conformaré por ahora con contemplar la majestuosidad de este desierto.

Han desaparecido las colinas y mesetas y entramos en un terreno llano de arena fina que se extiende hacia el horizonte. Hasta donde alcanza la vista solo se ve arena y las oscilaciones azules de los espejismos. Al cruzar estas vastas extensiones de color amarillo, de vez en cuando nos hemos llevado la sorpresa de tener delante en realidad grandes lagunas de arena blanca o dunas redondeadas que parecen cúpulas pequeñas o senos que brotan en el pecho del desierto. Cuando atravesamos una puedo sentir cómo los camellos aligeran el ritmo y el suelo se inclina hacia un lado a su paso; avanzan con rapidez, ágiles, como si se deslizaran. ¿Latirá su corazón con fuerza, como el mío, con aquel sinuoso traqueteo? Veo que hemos enfilado el descenso que conduce a Siwa, que siglos y siglos atrás formó parte del gran mar azul. Llevábamos ya tres días sin ver un atisbo de verde en el camino, ni siquiera los enjutos higos chumbos que desafían la sequedad y se refrigeran con las gotas del rocío. Ningún rastro de vida. El guía nos recomendó, en el último pozo por el que pasamos, hacer una buena provisión de agua porque no encontraríamos otro hasta el oasis.

Y la mañana prometida oigo una repentina voz de júbilo entre los beduinos y comerciantes. Por fin, a lo lejos, muy lejos aún, las arenas dejan vislumbrar las copas de unas palmeras y todos comienzan —comenzamos— a alzar los brazos con entusiasmo, saludando con alborozo la vida recién surgida de entre las garras de la muerte. Los camellos, exhaustos, echan a trotar, sumándose ellos también al griterío. Habían llegado, por fin, a su destino.

Nos detenemos en la plaza de una pequeña aldea amurallada, a las afueras del oasis. Los hombres han salido a recibirnos. No visten las ropas holgadas de los beduinos ni tampoco las amplias chilabas talares de los campesinos, sino unas túnicas blancas y cortas, como camisones, que dejan ver unos pantalones largos. La mayoría van descalzos. Nos rodean y nos ofrecen dátiles dulces y almendras en cestillos de palma trenzada, y a continuación nos dan de beber leche en cuencos de barro.

Mahmud está a mi lado, flanqueado por sus soldados. Me doy cuenta de que la gente de la aldea intercambia palabras y risas con los beduinos y los comerciantes, pero sus ojos desprenden destellos de hostilidad cuando se acercan a nosotros. Tratan de disimularlo, dirigiendo la mirada al suelo o caminando deprisa para alejarse lo antes posible y mascullar su descontento. El sargento Ibrahim nos ha dicho, azorado, que estaban sorprendidos y a la vez desconcertados porque nunca antes habían visto en el oasis a una mujer con el rostro descubierto y vestida como un hombre. Al oír esto, les he sonreído y los he saludado con la mano. Estaban algo alejados, reunidos en círculos pequeños, mirándome de reojo y murmurando con los beduinos de la caravana, que habían procurado alejarse lo más posible de mí a lo largo del camino. Seguro que les estarán haciendo preguntas relacionadas conmigo. Solo unos pocos de los habitantes del oasis utilizan el árabe con los beduinos; el resto se maneja, casi a gritos, en su lengua, incomprensible para nosotros. Han estado un buen rato así, conversando entre ellos y observándonos a Mahmud y a mí. Él se ha dado cuenta y se ha quedado junto a mí, con la mano asida a mi brazo todo el tiempo, secundado por los soldados. Yo, por mi parte, me he sentido tranquila.

Deambulo por la plaza repleta de gente, seguida por la inevitable escolta, preguntándole a Ibrahim qué negociaban los comerciantes y los hombres de la aldea que se han congregado en torno a ellos.

—¿Por qué los mercaderes de la caravana solo muestran los frascos de perfume y los collares de cuentas y mantienen empaquetado el resto de mercancías?

Me responde, bajando mucho la voz, que reservan el grueso de sus productos para los intercambios con los comerciantes del gran zoco. Venden también ropas de hombre y de mujer; aquí los lugareños mantienen la costumbre de vestir únicamente las prendas confeccionadas expresamente para ellos en Kirdasa y que llegan después con las caravanas.

Al caer la tarde se ha decidido que pasaríamos allí la noche. Así los camellos podrían descansar y abrevar en un manantial cercano. Mahmud ha ordenado que levantaran la tienda en la plaza amurallada.

—¿Has visto que no hay mujeres? —le pregunto—. Tampoco hay niñas, solo chicos.

—Las mujeres son la menor de mis preocupaciones —dice con una sonrisa. Pero, de inmediato, adopta un semblante serio y añade—: Toca pensar en el trabajo.

Luego llama a Ibrahim:

—Pregunte si se puede hablar con alguno de los jefes del pueblo.

—¿De qué pueblo habla usted, señor? Aquí no hay ningún pueblo —responde Ibrahim entre risas.

—Y todos estos hombres que han salido a recibirnos, ¿dónde viven? —pregunto yo desconcertada.

—Son todos campesinos, zejeleros; trabajan y duermen en los huertos de alrededor, resguardados por la muralla. Solo los notables, dueños de las huertas, habitan en el pueblo, adonde llegaremos mañana por la mañana. Imagino que allí los veremos; los de aquí habrán enviado ya a uno de estos zejeleros para informarles de la llegada de la caravana y sobre todo de la presencia del señor prefecto.

—No se equivocaba el general Saíd bey, sabe usted muchas cosas sobre esta gente —dice Mahmud.

—Nadie sabe mucho sobre ellos, señor. La primera vez que vine fue hace veinte años, durante la campaña militar, y permanecí aquí algún tiempo. Pero solo vi guerra y combates.

—Entonces —pregunta Mahmud sonriendo—, ¿por qué vuelve?

—Ya se lo expliqué, señor, lo hago por los niños.

Ibrahim era ya viejo, sí, y su rostro confirmaba que había superado ya los sesenta por mucho que la delgadez de su cuerpo y la agilidad de sus movimientos parecieran sugerir una edad menor. Por eso me preguntaba qué sería eso de «los niños».

—Pero sus hijos ya habrán crecido, Ibrahim —intervengo.

—Son los nietos, señora —contesta al cabo de unos segundos. Se había estado pensando la respuesta.

Hay algo en el tono de su voz que desaconseja seguir haciendo preguntas, pero Mahmud no desiste:

—¿Dónde están sus padres?

—La vida tiene estas cosas —responde con su marcado acento de pueblo, alzando los ojos al cielo. Luego calla.

Mahmud también guarda silencio, pero Ibrahim retoma la conversación.

—Como usted bien sabe, señor, el destino tiene sus propios designios. Murieron en lo mejor de su juventud. Cuando estalló el brote de cólera pensé que al menos uno de ellos se salvaría, que yo habría de caer en su lugar; pero es la ley de nuestro Señor. Se fueron y me dejaron un tropel de nietos a los que el cólera había respetado, lo mismo que a mí. A lo mejor Dios ha decidido darme tanta vida para poder cuidar de ellos. Y por esa misma razón, Dios ha hecho que el general Saíd bey, que Dios lo proteja, me ponga a su servicio. De este modo podré ahorrar unas cuantas piastras más. Para ellos.

Ibrahim trata de esbozar una sonrisa y añade:

—Como puede ver, he sobrevivido al cólera, la guerra del oasis y la invasión de los ingleses. Y aquí me tiene, sano como un toro.

—Quiera Dios que viva muchos años, Ibrahim —dice Mahmud.

—¿Más? —respondió riendo suavemente—. Solo le pido a Dios que me devuelva sano y salvo a mi casa. —Acto seguido añade, cambiando abruptamente de tema y riéndose de nuevo—: ¿Saben? Los beduinos han pedido a los campesinos que nos hagan esta noche una fiesta de tambores. Van a ver algo que nunca han visto... Con su permiso, voy a plantar la tienda.

Según se alejaba, Mahmud exclamó un tanto sorprendido:

—¡Se ve que acepta la vida tal cual es!

—¿Nos queda otra opción, Mahmud? —digo yo.

—Ahora no tengo tiempo ni siquiera para pensar en eso. Los jefes del oasis se preparan para recibirme, y yo tengo también que prepararme para verlos.

Luego echa a andar tras la estela de Ibrahim.

—¡Espere un momento! —le grita.

¡Qué difícil es aprender de los demás!

Sin embargo, la noche de los tambores, como la llamara Ibrahim, me enseñó una cosa.

La caravana al completo ha asistido a la celebración, que ha tenido lugar en la misma plaza de arena, bajo un cielo negro y una luna inmensa cuya luz ha hecho que la gente pareciera sombras en movimiento. Los campesinos, sentados en círculos en el suelo a la luz de unas cuantas antorchas de gran altura, han comenzado a entonar sus cánticos, jaleados por los beduinos, quienes, por lo que he podido ver, entienden tan poco como yo las letras de las canciones. Lo que los ha cautivado, como a mí, es que al principio es un canto delicado, como el de una mujer, después se convierte en un largo gemido antes de transformarse en un grito áspero al ritmo vertiginoso de los tambores, similar a un estruendo de disparos de balas. Los acompañan unas flautas rudimentarias que parece que gimen y aúllan. Después, los cantantes se han puesto en pie, secundados por el resto de hombres, y todos juntos han comenzado a dar palmas con gran ardor mientras los gemidos suaves se hacían más audibles, como si procedieran de todas partes de este vacío que nos rodea. Los cantantes forman entonces círculos agarrados de la cintura y empiezan a bailar, con los cuerpos contoneándose y contrayéndose al ritmo de un canto sensual, que va *in crescendo* hasta alcanzar algo parecido a un estruendoso rugido. He sentido que el corazón me latía con fuerza como si ese compás ensordecedor lo fuera a hacer explotar. Al mirar de reojo a mi alrededor he visto que Mahmud también parecía sobrecogido por aquel torbellino de voces y cuerpos en movimiento, igual que los beduinos, que han seguido la escena con la boca abierta.

Esta noche Mahmud me ha hecho el amor, o se lo he hecho yo a él, con pasión y deseo, saciando nuestros cuerpos de una abstinencia que había durado demasiado. Intentábamos no hacer ni un solo ruido, pero los gemidos que con tanto esmero ahogábamos nos excitaban aún más. Con el cuerpo tenso como un arco nos hemos aferrado con más fuerza a la piel del otro, como si buscáramos la salvación o hundirnos hasta el fondo en el seno de aquella cama de arena.

Una buena primera toma de contacto con el oasis.

La caravana se ha puesto en marcha al salir el sol para completar la última jornada de travesía. Los camellos, que habían tenido que abrevar en el desierto de pozos salados, pudieron saciarse con agua dulce. Los he visto revigorizados y alegres. Yo también me he sentido llena de energías renovadas, preparada para no perderme nada. Hemos recorrido grandes extensiones de arena sembradas de dunas. A lo lejos, hacia nuestra derecha, hemos visto pequeñas montañas de color ocre. Hemos pasado más de una vez por delante de pozos y lagunillas de las que partían numerosas acequias que nutrían las huertas, jardines guarecidos por altos muros, de los que solo hemos podido vislumbrar las hojas de las palmeras y los racimos de dátiles aún verdes. También me llegaba el olor penetrante de los higos y otras frutas, y los ecos ininterrumpidos de las canciones entonadas detrás de aquellos muros. No he tardado en comprender que se trataba de los zéjeles, los cánticos con los que, según había oído, los campesinos de la zona acompasan sus faenas en el campo; tenían un tipo de composición particular para cada tarea de siembra y recolección. De ahí el sobrenombre de «zejeleros». Cuando uno de los cantantes deja de entonar su pieza, otro la completa. Esta sucesión de canciones y melodías ha sido el colofón perfecto al ambiente mágico creado por la velada del día anterior. Pero también recuerdo que uno de los motivos de fricción entre las dos grandes tribus del oasis es el reclamo en exclusiva de tales composiciones. ¿Habrían llegado a un acuerdo para compartirlas?

Pasamos por delante de un lago extenso, cuyas aguas reposadas relucían en mitad del desierto emitiendo destellos de cielo azul. Sin duda, se trataba de agua salada. Al fin, tras apenas dos horas de tránsito, la caravana se ha plantado en el corazón del oasis. No hemos encontrado ninguna construcción, únicamente las empalizadas que separan los sembrados y los ocultan de las miradas del exterior. Nada más entrar en el oasis, me ha llamado la atención la abundancia de palmeras que se agrupan en torno a los manantiales; alguna, incluso, está enclavada dentro de las lagunas y solo se ve la copa. Al ascender una colina y dominar todo el paraje que se extiende ante nosotros nos asomamos a un magnífico palmeral. En el centro de ese inmenso mar de olas de color verde oscuro se levanta el pueblo; parece una isla con sus murallas cenicientas y las casas de color amarillo erigidas sobre aquel promontorio en forma de pirámide.

Mahmud detiene su camello junto al mío y concentra su mirada silenciosa en la escena. Fascinada, sin poder apartar los ojos de aquel espectáculo, exclamo:

—Nunca había visto en mi vida nada parecido. Un volcán ceniciento surgiendo de un mar verde.

—O una pirámide escalonada como nunca nadie antes hubiera pensado construir, una pirámide con base redonda —responde él.

Es verdad, las casas de color pajizo, pegadas unas a otras, van disminuyendo en número según van poblando la colina, hasta el punto de que después de ellas solo se ve el azul del cielo.

La caravana ha reanudado la marcha pero yo sigo con los ojos clavados en el pueblo.

—Sí, una gran pirámide, Catherine. ¿Para qué utilizaban nuestros antepasados las pirámides? —pregunta Mahmud repentinamente.

5

El jeque Yahya

Me gustan las primeras horas del día, contemplar el amanecer en este oasis según vengo desde mi casa en Aghurmi al consejo de notables. Mis ojos ya cansados apenas pueden distinguir las imágenes. Antes me gustaba ver cómo las sombras se retiraban y todo comenzaba a dibujarse bajo la luz azul, muy tenue aún, como si estuviese de nuevo surgiendo de la nada. Mi corazón se estremecía cuando los rayos del sol hacían vibrar el verdor de los árboles de los huertos y una multitud de espejos salía a relucir en los veneros de agua, mientras entre la oscuridad surgían cimas de colinas y montañas. Hoy, todo eso, más que con mis ojos, lo veo con el corazón. Hasta estas gafas que tanto tiempo me han acompañado ya solo me muestran sombras y figuras borrosas. Además, me molesta tener que fijarme esta cinta de goma que ocupa el lugar de las patillas, rotas hace ya tiempo. Me queda la nariz, que compensa las otras carencias con su capacidad para apreciar el olor del rocío en la arena y en las plantas, y el aroma que desprenden las hojas de las palmeras. Aún es capaz de distinguir los diferentes tipos de dátiles, el aroma del higo chumbo, distinto del seco, y el efluvio del agua clara en los manantiales, que nada tiene que ver con el del agua cenagosa de canales y acequias.

Pero hoy mi nariz me dice que, ante todo, aquí huele a guerra. Ojalá me equivoque, Dios lo quiera. ¿No está nuestra tierra harta de tanta sangre derramada?

Marcho a pie. El burro me sigue, sin rebuznar ni hacer apenas ruido. Trata de desprenderse del sueño que aún lo acosa y parece haberse contagiado del silencio que nos rodea. Un silencio que a mí me retrae a aquellos años lejanos transcurridos en el desierto, cuando lo dejé todo y me marché, enojado, lejos de mi gente, sin saber bien ni adónde iba ni para qué. ¿Cuántos meses estuve en esas tierras de nadie? ¿O fueron años? Muchas veces he tratado de forzar al máximo mi mente para sacar un cálculo aproximado del tiempo que anduve por allí, pero nunca he tenido éxito. Como si todo aquel vagabundeo por el desierto se hubiera condensado en un único día, una búsqueda incesante de comida, agua y refugio, huyendo del sol, las bestias y el frío. Un día interminable del que no sé muy bien qué enseñanzas obtuve.

Sigo queriendo hacer a pie el resto del camino hasta Shali, asegurándome en todo momento de que el burro me sigue, para montarlo cuando las piernas comiencen a temblarme o los pies a dolerme de cansancio. Te has hecho viejo, Yahya, pero aún conservas tus arranques de furia. Siguen siendo motivo de preocupación en el seno del consejo de notables a pesar de que, al fin y al cabo, siempre resultaron intrascendentes. Mi palabra nunca ha sido tenida muy en cuenta en el pasado y tampoco ahora, así que de poco sirve enfadarse. Esta vez me voy a controlar.

La invitación que he recibido del jeque Sáber me intriga. Informa de que la reunión se celebrará en su casa, en lugar del pórtico de la entrada a Shali, donde solemos hacerlo. No es que desconfíe de Sáber por su condición de jefe de la tribu de los orientales. Bien sabe Dios que no hago distinciones entre orientales y occidentales, todos conocen mi historia. Por ser el más anciano tenía derecho a presidir el consejo de notables, pero renuncié de buen grado, a pesar del enojo de mi gente, los occidentales. El honor ha pasado a ser de Sáber, pero desconfío de él.

¿Por qué nos congrega a todos en su casa? ¿Se trata acaso de una reunión de guerra? No me fío de él, nunca habla a las claras, siempre da rodeos y se explica con poca claridad. Nunca le oirás decir «Yahya, yo sé más que tú», no, le bastará con recordar una vez más sus años de estudio en la universidad de Zituna de Túnez, donde podía entenderse con la gente de allí «porque ellos sí hablaban nuestra lengua», como queriendo decir que los tunecinos son mejores que los egipcios, incapaces de entender nuestro idioma. Yo estudié en Egipto, en las mezquitas de Ibrahim y Abu Abbás en Alejandría, cuando era muy joven, y él, cuando digo esto, me mira como si yo tuviera la culpa de que los egipcios ignoraran la lengua de Siwa. Yo me río para mis adentros, conteniendo las ganas de decirle «déjalo ya, Sáber, todas esas historias tuyas de Túnez y Zituna nos dan dolor de cabeza. De acuerdo, tú eres sabio y yo ignorante, ¿te quedas tranquilo así?». O a lo mejor sí llegué a decírselo alguna vez, no lo sé. Me cuesta recordarlo.

Pero sí creo recordar que en más de alguna ocasión he discutido con él acerca del asunto de las profecías. Se sabe de memoria el contenido de un libro lleno de revelaciones sobre el futuro. Desconozco de dónde lo ha sacado, pero en cuanto hay una reunión aprovecha la mínima ocasión para repetírnoslas de nuevo. Las enjareta una tras otra como si de un salmo se tratase: «Está escrito, oh, Tierra, que un día te convertirás en una viuda de cabeza gacha que se embadurnará el pelo de polvo y arena. Por tus caminos andarán extraños de semblante altivo y orgulloso mientras que los tuyos vagarán cabizbajos, humillados. Escrito está que la voz de los necios se impondrá a la de los sabios». Cuando termina de revelar sus deprimentes profecías, mira a los presentes, uno a uno, antes de regodearse: «Se acerca la hora de la profecía y el Juicio Final. ¡Cómo iba a ser de otra manera! Bebéis alcohol en público, os dais a todo tipo de vicios e inmoralidades y os matáis con vuestras propias manos. ¿Por qué no ibais a merecer tormento?». Cuando le oigo decir esto, lo reprendo y le pido que tenga en cuenta la misericordia de Dios y no acelere su justa cólera. Que nos libre del funesto augurio de los cuervos. A duras penas puedo contenerme y le pregunto también si los vicios que nos achaca son los únicos merecedores de castigo, si desear la ruina de los demás no constituye un pecado capital, lo mismo que la soberbia y el ánimo hostil que lo dominan. Por mucho que intente ocultarlo nos odia con furor a todos los occidentales, y dichas profecías le sirven para ocultar su animadversión, como si deseara con todas sus fuerzas que nuestras taras nos condujeran mañana mismo a la condena eterna. Deberías hablarnos a la cara, Sáber, y entonces... No, Yahya, así no, no pienses como ellos.

Con todo, siempre que me acuerdo de tales profecías me viene a la mente la imagen de Malika y, entonces, no puedo hacer otra cosa que sonreír. Era pequeña, tendría cuatro años quizá, apenas sabía hablar pero era capaz de imitar a hombres y mujeres y hacía reír a todo el mundo —menos a su madre—. Entornaba los ojos y abría la boca de par en par, estiraba los labios o contraía las mejillas hasta distorsionar los rasgos de su rostro infantil y remedar al máximo el semblante de la persona a imitar. Para mi hermana Jadiya las representaciones de Malika constituían un escándalo mayúsculo y le pegaba manotazos y patadas para obligarla a callar; pero la niña terminaba siempre escabulléndose y corría a protegerse detrás de mí gritando «¡Ayúdame, tío!». Yo reprendía a mi hermana pero intentaba, al mismo tiempo, hacerla callar a ella. Era inútil, sobre todo cuando imitaba a Sáber y movía las pupilas como una posesa, y se ponía a desgranar las profecías de marras, tratando de imitar su voz ronca, sin entender nada de cuanto estaba diciendo. Yo le ponía la mano en la boca para que no repitiera todas aquellas barbaridades ante los niños y las mujeres, pero no podía evitar romper a reír, lo cual enfadaba más aún a su madre. Decía que la estaba echando a perder. ¿Qué podía frenar a Malika? Ni los golpes ni las buenas palabras surtieron efecto. Ay, Malika, ni niña ni adulta. ¡Ese es tu destino, Malika!

Cuando llego a casa de Sáber y los veo dispuestos en círculo vuelvo a percibir el olor de la guerra y se me encoge el corazón. Uno de nuestros zejeleros está sentado con las piernas cruzadas en el suelo, alejado del círculo de los jeques. Nadie me había advertido que estaría allí. ¿Tendrá alguna relación con esta reunión secreta?

Los zejeleros son también nuestros soldados y se tienen en cuenta sus opiniones sobre la guerra y la paz. Ojalá mis temores sean infundados...

Nadie habla. Allí están, sentados en círculo sobre las esterillas, taciturnos, evitando mirarse a los ojos. Rehúyen la conversación poniendo toda su atención en las cestas de dátiles que se disponen ante ellos. Toman uno y lo mastican de manera lenta y cadenciosa. ¿A qué están esperando? Pasado un rato, Sáber emite un carraspeo y nos lo comunica:

—El prefecto me ha pedido que vaya a verlo. —Todas las miradas se alzan hacia él. Continúa—: También me ha dicho que ha enviado una carta a El Cairo. La respuesta ha de venir en la próxima caravana.

Vuelve a guardar un largo silencio y a mí se me agota la paciencia:

—¿Y qué más, jeque Sáber, qué dice esa carta y qué respuesta espera? ¿Por qué no nos lo cuenta todo de una vez y acabamos rápidamente?

Tras algún que otro circunloquio nos enteramos por Sáber de que el prefecto había solicitado de nuevo la reducción del tributo anual. De este modo, el importe total sería de mil camellos cargados de dátiles en vez de dos mil y de doscientos camellos de aceite de oliva en lugar de quinientos. Nos eximía de pagar la multa. Los presentes, orientales y occidentales, comenzaron a protestar con estrépito. Habíamos llegado a un acuerdo con el prefecto para fijar el total en quinientos camellos de dátiles y doscientos de aceite. ¿Por qué, entonces, no lo había consignado así?

Según le había hecho saber el propio prefecto a Sáber, las órdenes recibidas en El Cairo antes de su viaje eran las de aumentar el impuesto, no bajarlo. Por lo tanto, bien podíamos dar gracias a Dios si en la capital aceptaban la propuesta. De nuevo se alza un murmullo de indignación y el jeque Abdel Mayid, del clan de los orientales, exclama:

—¡Yo, por mi parte, no pienso pagar nada! Que hagan lo que les dé la gana.

Cuando las voces se calman, otro de los orientales a quien no pude distinguir bien, apostilla en voz baja:

—Siempre decimos lo mismo, que no vamos a entregar el tributo, y luego terminamos pagándolo, junto con las multas, después de que nos manden el ejército y los cañones.

Sáber rompe el silencio que sigue a estas palabras:

—Tienes razón. —A continuación adoptó el tono de quien no puede hacer nada por remediar una desgracia—: Me olvidé de decíroslo, el prefecto también me ha comunicado que no hará responsable de la recogida del impuesto a las familias, como solía hacerse hasta ahora, sino que me pedirá cuentas a mí y me exigirá que controle a todos y cada uno de los jefes de familia para que se cumpla lo que ordene El Cairo.

Ay, jeque Sáber, eso que acabas de decir, nosotros, los occidentales, no lo podemos aceptar. A nadie le da tiempo a decirlo, de repente el zejelero que está sentado aparte exclama:

—¡Que Dios maldiga al tal prefecto y el día en que llegó aquí! ¡Librémonos de él y de su esposa!

—Un poco de decencia, muchacho —tercia con aspereza el jeque Idrís, uno de los jefes de mi clan—. Mabruk, te hemos invitado a nuestra reunión para escuchar tu punto de vista, no para que des consejos a los notables. No olvides cuál es tu rango.

Mabruk se agazapa en su rincón y Sáber le pregunta con calma:

—¿Y por qué tendríamos que librarnos de él y de su esposa?

—Su esposa ha entrado en nuestras casas —Mabruk responde de nuevo— y ha puesto en entredicho a nuestras mujeres. El viernes pasado subió a las ruinas de Aghurmi y se metió en las casas de nuestra gente. ¿Desde cuándo, jeque Sáber, permitimos a los infieles que profanen nuestros hogares?

Los dejo debatiendo este asunto y me sumerjo en mis pensamientos: ¿qué estará pasando para que Sáber haya decidido trasladar la reunión desde el pórtico en la entrada del pueblo a su casa? Ningún extraño se atrevería a entrar allí; el prefecto mismo, si se le ocurriese aparecer por allí, no entendería absolutamente nada, pues desconoce nuestra lengua. Además, todo lo que pueda decir del impuesto y de la obligatoriedad de aportarlo no es nada nuevo. Lo tenemos asumido: al final, queramos o no, terminaremos pagando. Además, los occidentales se negarán a que seas tú el responsable de hacer acopio de su parte, y lo sabes tan bien como yo. Entonces, ¿por qué lo has dicho? Intuyo que pronto lo sabremos.

—Pero he oído, jeque Idrís —añade Sáber—, que la mujer no entró en nuestras casas; solo quería ver las ruinas de los reyes antiguos, y pasó por delante sin meterse dentro. ¿Se ha quejado alguna de vuestras mujeres de haber sido espiada o violada en su intimidad, como decís? Me da la impresión de que no entró en la casa de nadie.

—Si aún no lo ha hecho —repone Idrís— ya lo hará la próxima vez, jeque Sáber. Esta mujer no descansa, siempre está de aquí para allá. Sin ir más lejos, me han dicho que hoy va a visitar, en compañía de su marido, las ruinas de Um Ubayda.

—Gracias a Dios que Um Ubayda está deshabitada —dice Sáber—, y por lo tanto no podrá ultrajar la casa de nadie.

—Jeque Sáber —se alza de nuevo la voz de Mabruk—, esta mujer siempre lleva consigo los libros de magia de los herejes extranjeros para encontrar el tesoro escondido en lo más profundo de nuestra tierra. A lo mejor hace como algunos que vinieron antes y termina desenterrando los cadáveres de los condenados para utilizarlos en sus conjuros.

Me río para mis adentros: ¿otra vez con la historia del tesoro? Ya lo habéis buscado en muchas ocasiones, vosotros, vuestros abuelos y los abuelos de vuestros abuelos. Por su culpa habéis hecho cientos de agujeros entre las ruinas de los templos erigidos por los reyes de la Antigüedad; habéis removido la tierra y horadado la montaña, ¿y todavía no os dais por vencidos? Imaginaos que lo encontráis ahora mismo, ¿qué haríais con él?

—Has de saber, Mabruk, que no somos nosotros quienes protegemos el tesoro; es él quien nos protege a nosotros. —Las palabras de Sáber, pronunciadas en tono solemne, me dejan admirado—. Nuestro tesoro está bien guardado desde hace mucho tiempo, desde que lo enterrara nuestro rey Jurabish, Dios lo tenga en su gloria. Sus conjuros le sirven de salvaguardia. Si la mujer se acerca a él, la aniquilará, lo mismo que hizo con quienes lo intentaron antes. El tesoro volverá a nosotros, así lo dicen las profecías, en la fecha señalada que solo Dios conoce, pero cuando nos hayamos arrepentido sinceramente de nuestros pecados. No te preocupes, pues, por el tesoro. Mejor, dime: ¿qué nos pasó, Mabruk, cuando matamos al prefecto anterior?

—Llegó este nuevo maldito prefecto y su esposa, que se dedica a mancillar nuestras casas y a buscar nuestro tesoro —responde Mabruk con obstinación.

—¿Ves? —prosigue Sáber—. De nada nos sirvió matar a su antecesor. ¿Y qué me dices de todos los que murieron a manos del ejército de Máher bey? ¿Y de los que se llevaron a El Cairo para ahorcarlos? ¿Y de los que siguen en las cárceles de allí?

Todos callan y tan solo Idrís vuelve a hablar con tono desabrido.

—Así pues, jeque Sáber, ¿nos pides que no levantemos la voz contra este prefecto y su mujer y que aguantemos sus ofensas en silencio?

De nuevo los comentarios de aprobación de los occidentales. Pero Sáber le formula una pregunta que yo llevaba ya un rato esperando:

—¿Has apreciado, jeque Idrís, algún comportamiento en el prefecto Mahmud que nos obligue a deshacernos de él? No he oído, desde su llegada al oasis, que haya robado nada o mandado azotar a nadie, al contrario que sus antecesores. Incluso, paga al contado el alquiler de los burros, para él y su mujer, y va por el camino solo, sin todos esos guardias con los que los otros prefectos solían amedrentarnos. Al contrario, sus soldados guarecen el pueblo de los beduinos forajidos y él mismo sale por las noches al mando de la tropa para perseguirlos por la montaña.

—Por Dios, jeque Sáber, eso es precisamente lo que me preocupa. ¿Por qué hace todo eso? —grito muy a pesar mío, desconcertado—. No nos tiene ningún aprecio.

Sáber me tiende una de sus risas roncas y responde:

—¿Y qué prefecto nos ha tenido alguna vez aprecio? Con sus actos nos empujaban siempre a levantarnos contra ellos, pero este, ¿qué mal ha hecho para obligarnos a atentar contra su vida y exponernos así a un nuevo castigo?

En esto te doy la razón, Sáber, me digo, pero aun así este prefecto me da más miedo que todos los demás. Nunca he prestado mayor atención a quienes se pasan el día azuzando y asustando a la gente en reuniones como esta con el asunto de los soldados. Son como Mabruk. Los conozco, he visto cómo se comportan cuando empiezan las guerras: enardecerán mucho a los demás, pero cuando comienza el tiroteo son los primeros en salir corriendo. Pero este prefecto taciturno, que va solo por los caminos, no me da buena espina. Lo sé, quien no tiene en estima su vida no valora la de los demás; su odio silencioso me azota el rostro, me resulta mucho más hiriente que toda la obscenidad de la que hacían gala los otros. ¿Qué le aguardará a nuestro pueblo con este prefecto? ¿Dicen algo tus profecías al respecto, Sáber?

No sé si llego a formular la pregunta en voz alta, o puede ser que alguien lo hiciera, porque Sáber añade:

—No he encontrado nada sobre este asunto ni sobre la mujer en las profecías. Las he consultado dos veces desde que llegó con su esposa pero no hay ninguna referencia que pueda tener algo que ver con ellos; o puede que sí haya una señal, pero yo no he sabido interpretarla. Bien pudieran representar el augurio de todas las desgracias descritas por las profecías. ¡Dios, apiádate de nosotros!

En esto interviene de nuevo Idrís.

—Entonces, ¿tenemos que seguir callados ante este hombre y su esposa? —Su tono de voz revela cierto desconcierto—. ¡Si no podemos vivir en nuestra propia tierra sin que los forasteros y los infieles nos vejen y profanen nuestras casas, más vale dejarlo todo y marcharnos a vivir al desierto, como los beduinos!

—Por Dios, jeque Idrís, no quieras emigrar al desierto tan pronto —dice Sáber con semblante afligido—. Si los ingleses, que dominan Egipto ahora, vienen por aquí y se encaprichan de nuestras tierras no tendrán ningún reparo en quedarse con ellas y mandarnos, esta vez sí, al desierto. Ya lo han hecho en otras zonas.

—Tienes razón, jeque Sáber —asiento—. Ya lo hicieron en América y en otros muchos lugares de Dios.

Estaba seguro de que el resto de los ancianos no sabían muy bien quiénes eran los americanos ni tampoco los ingleses y que por lo tanto difícilmente podían entender la intención de las palabras de Sáber.

—Pero aquí quienes vienen son los soldados egipcios, no los ingleses —objeta uno de ellos.

—Demos gracias a Dios de que así sea —intervengo de nuevo yo—, porque los egipcios vienen y matan a algunos de los nuestros, y nosotros a alguno de ellos, pero al final nos dejan seguir aquí. —Después me giro hacia Sáber y le digo—: ¿Y por qué habrían de venir los ingleses aquí? No les hemos declarado la guerra; ni siquiera los conocemos.

—Sí, pero la señora del prefecto es inglesa —responde—. Si la matamos, puede que vengan los soldados ingleses a vengarla, en lugar de los egipcios. Y así tendrían una excusa perfecta, como suele ser, para quedarse con todo lo nuestro. Y no habría manera de evitarlo.

Los jeques permanecen un rato callados, reflexionando sobre las palabras que acaban de oír, pero enseguida comienzan a hablar al unísono y a plantear un sinfín de preguntas. Sáber, sin embargo, haciendo caso omiso de todas ellas y centrándose únicamente en Mabruk, que habla casi a gritos para hacerse oír, le espeta con firmeza:

—¡Mabruk! Vuelve con los tuyos y diles que no se les ocurra tocar ni a la mujer ni a su marido. Sus próceres siguen debatiendo qué hacer al respecto; en consecuencia, no deben dar ni un solo paso.

Acto seguido vuelve a dirigirse al conjunto de los presentes:

—Ya que hablamos de deliberaciones, ¿qué os parece si enviamos a un delegado a nuestro señor el guía, en Yagbub, para ponerle en antecedentes y recabar su opinión?

¿Me habré confundido contigo, Sáber? —me pregunto—. Hoy has hecho todo lo que estaba en tu mano para evitar que los zejeleros y los ancianos cayesen en la tentación de pensar en muertes y guerras. Los has amedrentado con consecuencias funestas, una sucesión de desgracias que nunca antes habían padecido, hablando de los ingleses y reprendiendo a los zejeleros, que bien habrían podido incitar a sus líderes, o haberse dejado incitar, a la secesión. Al mismo tiempo, has comprado el beneplácito de los occidentales al proponer la intercesión del guía de la cofradía Senusi, cuyas decisiones siempre han respetado, y has logrado calmar su enojo por la ofensa cometida por la mujer del prefecto al merodear por las casas de Aghurmi. Has ganado tiempo remitiendo la decisión final al parecer del guía, cuya respuesta desde Yagbub, como es habitual, será una llamada a la calma y la contención. Quizá me había equivocado contigo, Sáber, y este consejo no era de guerra. Gracias a Dios que mi intuición me ha fallado esta vez.

Mabruk ha abandonado ya la sala, y la reunión, integrada únicamente ahora por los notables, se convierte en una algarabía de la que yo no puedo más que abstraerme.

—¿Qué te ocurre, jeque Yahya? —De repente, Sáber pronuncia mi nombre y me saca de mi ensimismamiento—. Necesitamos tu opinión, ¿no es tu hija?

—¿De quién hablas, jeque Sáber? —pregunto sin comprender.

—De Malika, por supuesto. Cierto, en realidad es la hija de todos nosotros, orientales y occidentales, pero tú eres su tío materno y por lo tanto, ¿quién mejor que tú para hacerla entrar en razón?

Intento poner en orden mis ideas y sofocar un arrebato de furia. ¿Tienes que meter a Malika, con esta pregunta pasajera en apariencia, en las disputas de los orientales y los occidentales? Ya no es un asunto doméstico, una desavenencia conyugal; tienes que convertirlo en un problema que incumbe a todo el pueblo, ¿verdad?

—Como bien has dicho —respondo con la voz casi ahogada—, es hija de todos, así que vosotros sabréis.

Los jeques de los clanes orientales van elevando el tono según se enciende el debate, y los líderes de los occidentales responden con igual encono. Me obligo a mí mismo a no terciar en la polémica para no empeorar las cosas. Desconozco los temas de los que hablan y los ignoro por completo. ¡Qué mala suerte la tuya, Malika! Sí, es mi hija, la quiero más que a cualquiera de mis verdaderas hijas o a cualquiera de mis nietas. Pero a Malika, la chica más hermosa e inteligente del pueblo, la casó mi hermana con Maabad, ese viejo decrépito que bien podría ser su abuelo. ¡Mira quién fue a hablar, Yahya, si tú mismo te has casado varias veces con muchachas que podrían ser tus nietas! Cierto, pero yo no soy como Maabad. Hace ya muchos años, cuando comprendí que ya no tenía nada que hacer con las mujeres, decidí no volver a casarme y repudiar a todas mis esposas. Pero Maabad había elegido a Malika cuando esta ni siquiera tenía quince años. Habían elegido a la pobre para su experimento, y su madre, lo mismo que toda mi gente de los occidentales, cree a pies juntillas en todo cuanto les dice el guía Senusi. Les había pedido que casaran a sus hijas con los orientales, para formar así una única gran familia y poner fin a las guerras fratricidas. Y de entre todas, el vetusto Maabad hubo de elegir a Malika, la huérfana de padre. Y su madre dio el visto bueno, por mucho que yo me opuse y traté de hacer que cambiara de opinión. Ya sé que las uniones de viejos con niñas no están mal vistas por aquí, siempre que el marido sea rico y poderoso; pero también conozco a Malika y al final pasó lo que me temía. Huyó de la casa de Maabad en Shali y regresó a la de su madre en Aghurmi, desde donde pidió el divorcio. La reacción de Maabad también era de prever: se negó a divorciarse y exigió que volviera con él. Hoy no había podido venir debido a su enfermedad, pero está representado por el resto de las tribus orientales, y su cólera es aún mayor que la de Maabad. No les importa nada Malika, solo la afrenta. Pero ¿desde cuándo una occidental rechaza a un jeque oriental? O vuelve a la obediencia del marido o...

Pero sé que Malika no va a volver y también que la propuesta del guía para poner fin a nuestros conflictos no va a servir de nada. Nada va a cambiar, aunque los orientales se casen solo con las occidentales o viceversa. Los enlaces matrimoniales no podrán extirpar esta simiente de odio que enloquece el espíritu. Peor aún, mirad qué negros presagios ha deparado la boda de una occidental y un oriental. Por mucho menos habéis ido a la guerra en tiempos pasados. ¡Si pudiera saber al menos la razón de esta inquina mortal, si supiera cómo conjurarla! Aún siguen deliberando sobre el asunto; al menos fingen hacerlo.

—Ella devuelve la dote y él la deja libre —dicen los jeques del clan occidental.

—No, primero que vuelva a la casa del marido y, si este quiere, que la repudie, es cosa suya, pero antes de nada debe regresar a su casa —responden los orientales.

—Él la deja marchar y a cambio le damos a la muchacha más noble de los occidentales —replican estos.

El jeque Sáber interviene, con aire pensativo; parece que quiere solucionar el conflicto. Sin embargo, lo único que hace es añadir leña al fuego.

—Que la repudie —propone— y nosotros lo casamos con la más noble de las mujeres de orientales si, como parece, ya no quiere una occidental ni estas lo quieren a él.

Se alza un nuevo estallido de protestas en los dos bandos.

—¡Jeque Sáber, sus esposas, las otras, son las más honorables de nuestro clan! —exclama un oriental—. No quiere una nueva, sino el cumplimiento de la Ley de Dios. ¿Ni siquiera pueden atar en corto a sus hijas?

Algunos occidentales se levantan indignados por tamaña ofensa y comienzan a hacer gestos amenazantes hacia el lugar ocupado por los orientales. Yo también me pongo en pie y exploto:

—¡Ahora os acordáis de la Ley de Dios! Nada hay más fácil, tanto para vosotros como para nosotros, que el divorcio. En todas las casas del pueblo hay al menos una repudiada. A algunas incluso las ha repudiado la madre del esposo, por su cuenta y riesgo, sin conocimiento de este, solo porque no le tenía ninguna simpatía. ¿Por qué ese empeño en quedarse ahora con Malika?

—Tranquilízate, jeque Yahya, estamos dialogando y encontraremos una solución, si Dios quiere —intervino Sáber.

—¡Por mí como si os quedáis dialogando hasta mañana! —Ya no podía parar—. Ninguno de vosotros quiere una solución, solo deseáis volver a empuñar los fusiles para mataros los unos a los otros. ¡Dejaos de mentiras! ¡Ya sois ancianos, las canas cubren vuestras cabezas! ¿No habéis aprendido nada de la vejez?

—¡Si esto lo hubiese dicho otra persona...! —Sáber vuelve a intervenir. Su voz denota enfado—. ¡Pero tú, jeque Yahya! ¿A ti tampoco te han enseñado las canas a tener un poco de paciencia? ¿Quién ha hablado de guerra? ¡Los ancianos siguen deliberando! Ya he dicho que...

—¡Ya me conozco vuestras deliberaciones, me las conozco desde hace cincuenta años o más!... ¡Quedad con Dios!

—Pero, ¿adónde vas, jeque Yahya? Quédate con nosotros.

—¡No quiero saber nada de vosotros!

Bajo la pendiente que desemboca en el fuerte maldiciendo entre dientes. Mis sospechas eran ciertas, se trataba de toda una reunión de guerra. Pero, ¿por qué Sáber aboga por una tregua con los egipcios y promueve la guerra entre nosotros? ¡El tiempo nos lo dirá! ¡Perdón, mi señor Senusi, pero tu propuesta no sirve! No conseguiremos detener las guerras así. La mía, que Dios me perdone, era mejor. ¡Si la hubiesen puesto en práctica hace cincuenta años!

Por Dios, Yahya, ¡no vuelvas a aquellos recuerdos!

Cuando estoy desanudando la brida del burro del tronco de la palmera llega corriendo un muchacho, de los que un rato antes estaban jugando en la plaza. Quiere ayudarme a cabalgar, pero lo aparto con un gesto afable.

—Soy viejo, es verdad, pero sigo siendo capaz de montar mi burro solo.

Me apoyo en la albarda con ambas manos, salto a lomos del burro y este echa a andar sin decirle yo nada, en dirección al Este, hacia Aghurmi. Conoce el camino de memoria. Ojalá pudiera decir que los seres humanos saben igual de bien hacia dónde se dirigen. ¡Ojalá pudiera decirlo de mí mismo!

Una vez más he sido incapaz de hacer nada por ti, Malika. Tu tío nunca ha sabido protegerte, ni cuando eras niña ni ahora que eres una mujer. Qué pequeña era cuando se quejaba de las trapacerías que le hacían los otros niños cuando jugaban en el jardín; ella iba a buscarme y me tomaba de la mano para que impartiera justicia. Los muchachos negaban haber hecho trampas, pero ella les hacía preguntas tan astutas que conseguía con gran facilidad que se desdijeran. Luego yo le preguntaba: «¿Qué quieres, Malika?». Y ella respondía con la mayor naturalidad: «Quiero que castigues a los tramposos, tío». Yo hacía como que los reprendía y me iba, dejándola allí, jugando con ellos. Pero al final terminaron hartándose de ella y de mí y la dejaron al margen de sus juegos. Así que cuando creció un poco más comenzó a venir a mi huerta, sola, y pasaba la mayor parte del tiempo conmigo. Me acompañaba mientras regaba los arriates o podaba las plantas y me preguntaba por qué las mías eran diferentes a las que veía en el resto de jardines; yo le respondía que esas plantas eran hierbas medicinales y que solo unos pocos las cultivaban en el oasis.

—¿Hay alguna que pueda curarme? —me preguntó en una ocasión con una sonrisa, sin dejar de mirar las plantas.

—¿Curarte el qué, Malika?

—Para curarme del demonio.

—En ese caso, la mejor medicina eres tú misma —le respondí. Ahora era yo el que sonreía.

—Pero mi madre dice que estoy poseída por un demonio, y tiene razón... ¿Por qué no soy como las demás niñas?

No le dije que ella era la única maravilla del oasis. ¿O puede que fuera su única anomalía? Quizá. No lo sé.

Piensa en cualquier otra cosa, Yahya, no te hagas preguntas sin respuesta.

El camino es largo. No llevo ni la mitad y ya estoy empapado de sudor. El calor es sofocante. Desmonto al llegar a la altura del manantial de Yuba y me dirijo a él andando. La sombra de los árboles es una auténtica bendición. Me quito las gafas y bajo con cuidado los escalones de piedra que conducen al reguero de agua. Me mojo las manos y me refresco el rostro. Hace tiempo que no me veo reflejado en el espejo de este manantial cristalino; solo una sombra, unos trazos deformes, por mucho que me incline sobre él. ¿Qué esperas, Yahya? Eres muy mayor, tus ojos apenas ven y tu cuerpo se mueve con mucha dificultad. Sí, pero, ¿por qué sigo teniendo la misma furia e incertidumbre de antes? ¿Por qué me sigo haciendo las preguntas que me hacía cuando era joven y que siguen mortificándome? El fin se acerca y todavía no sé cómo ni dónde hallar la paz de espíritu.

Me siento bajo un árbol, a la vera del manantial. Malika sigue acaparando mis pensamientos. ¿Por qué esa obsesión por involucrarla en sus disputas y pendencias? ¿Por qué esa fijación con la guerra, por qué tanto sufrimiento, tanta miseria? Puedo comprender incluso las profecías de Sáber que predicen el castigo fatal para quienes caen en el pecado y vulneran las normas sagradas pero, ¿qué pasa con quienes no han hecho nada? ¿Qué pecado, por ejemplo, ha cometido esta niña?

Cuánto has hecho sufrir a tu madre, Malika, y cuánto me has hecho sufrir a mí. En primer lugar, con tu belleza, que eclipsó cualquier otra que pudiera haber en todo el oasis. Mientras el resto de madres les colgaban amuletos a sus hijas y las perfumaban con inciensos para ahuyentar el mal de ojo, Jadiya te embadurnaba el rostro de hollín cuando eras niña y te vestía con las ropas más andrajosas. Y aun así seguías siendo la niña más linda de todas. Los viejos se detenían en el camino a deleitarse con las facciones de tu rostro y exclamaban: «¡Válgame el cielo!». A tu madre le entraba más miedo aún y te encerraba en casa. Pero creciste y aprendiste a burlar su vigilancia. Comenzaste a vestir túnicas de chico y a cubrir tus cabellos de seda con un gorrito. Luego te ibas a pasear por el pueblo con toda la tranquilidad del mundo. Nadie pudo comprender nunca qué veías en las ruinas de los reyes, donde generación tras generación los habitantes del oasis no han dejado de buscar tesoros. ¿Era eso lo que buscabas tú también? Cuando volvías de allí traías como mucho los fragmentos de un escarabajo de piedra o los de una vasija con dibujos de colores. Tu madre, en cuanto te veía llegar con todo eso, se ponía a chillar y a aullar y tiraba tus hallazgos al fuego y, acto seguido, corría a llamar a las viejas curanderas para expulsar al demonio de tu cuerpo, a base de fustazos, brebajes y sortilegios. Y yo, como si una voz oculta me comunicara que tu madre había vuelto a las andadas, salía a toda prisa hacia vuestra casa, irrumpía en ella y me lanzaba sobre todas esas alcahuetas dándoles bastonazos, gritando que allí los únicos demonios eran ellas y nadie más. Entonces, salían de la casa dando aullidos mientras tu madre, desesperada, se abofeteaba las mejillas. Siempre acababas con el cuerpo amoratado y entumecido de golpes y porrazos y, aun así, te reías. Te palpabas los moratones y emitías gemidos de dolor: «La culpa es tuya, tío, no has sabido encontrar una medicina que me libre de este castigo».

Sí, Malika hablaba como los mayores y actuaba como ellos. Venía a mi huerta y con una pella de barro hacía un escarabajo o uno de esos pájaros que aparecen retratados en las paredes de los templos derruidos. Luego aprendió a moldear con arcilla estatuillas tan bien hechas que apenas podía diferenciarlas de las originales, las que están diseminadas por todas partes entre las ruinas. Yo miraba admirado cómo sus dedos perfilaban la cabeza, los brazos y las piernas y me preguntaba dónde habría aprendido a hacer todo eso si aquí nunca nadie antes se había dedicado a fabricar figuras con arcilla ni nada que se le pareciese. Ya de niña había aprendido, por las reacciones coléricas de su madre, que a la gente no le gustaban nada estas cosas; por eso me las dabas a mí: «Rómpelas tú, tío. Ya haré otras mañana». Después me cogía de la mano y me pedía que le enseñase cómo se cuida un huerto. Pero yo era incapaz de romper aquellas pequeñas y hermosas estatuas. También sabía que no podía quedarme con ellas, no fuera a verlas alguien, un niño o un adulto, y dijera que Yahya también tenía trato con los demonios. Así que me quedaba un rato estudiándolas, admirándome de la precisión con la que estaban hechas; cuando se iba, excavaba un agujero y, apesadumbrado, las enterraba bajo una capa de tierra y barro. Prefería eso a romperlas delante de ella.

Con el tiempo, comenzó a visitarme con frecuencia. Venía ella sola, por iniciativa propia, o lo hacía con su madre, en vez de huir de nosotros disfrazada para esconderse en los regadíos de los demás o en las ruinas del Monte de los muertos, de cuyas cuevas y vericuetos tenían miedo hasta los adultos. Sus visitas eran el único motivo de alegría para mí en estas tierras llenas de pesadumbre y tristeza. Me preguntaba, y aprendía, cómo plantar las semillas y me ayudaba a afianzar los esquejes y a podar las plantas. Nunca hacía falta repetirle las cosas: todo lo entendía a la primera. Acabé sintiendo que yo la necesitaba, más de lo que me necesitaba ella a mí, hasta el punto de que se me hacía insoportable pasar un solo día sin verla. Pero su madre se empeñó en sepultar toda esa inteligencia y viveza en la casa de Maabad, con la esperanza, compartida por este, de que Malika terminaría por aceptar su destino. Y no fui capaz de salvarla de su madre, ni de Maabad, ni de Sáber, ni de los occidentales o de los orientales. Sospecho que, detrás de todas estas amenazas y mentiras, vendrá una maniobra de las suyas. Aunque al final vayamos a la guerra, lo de menos será el resultado; sea quien sea el vencedor, te obligarán a volver con el hombre al que tanto odias.

Conozco muy bien su forma de deliberar. Y por eso los desprecio. Sé muy bien cómo empiezan sus disputas y también cómo terminan. De joven, todo esto me exasperaba hasta el límite de la locura. ¿Por qué volví entonces? Me he hecho viejo y me he cansado de ir de aquí para allá. Y ya no soporto la soledad. Pero aun así, más insoportable me resulta convivir con ellos.

Me levanto pesadamente. Tengo que seguir mi ruta. Pero antes de dar el primer paso oigo sonar el clarín proveniente de Shali. La melodía fúnebre. ¿Quién habrá muerto hoy? Dios se apiade de su alma.

6

Mahmud

Me despierto antes del alba, como de costumbre. Estoy bañado en sudor y los últimos retazos de sueños hermosos se van desprendiendo de mí, salvo la imagen de un rostro que me ha hecho levantarme con una sonrisa en los labios. Me lavo rápido y dejo a Catherine dormida en la cama. Tras abrir la puerta de la casa me siento en el primer peldaño de la escalera. A esta hora suele correr una brisa septentrional, pero hoy no hace nada de aire. Por lo menos el ambiente está más fresco que dentro.

A mi derecha, Shali se intuye como un bloque oscuro, tranquilo y somnoliento. Delante de mí se alza la sombría colina a la que dan un nombre curioso: el Monte de los muertos. ¿No se les pudo ocurrir nada mejor? Bueno, lo cierto es que allí no hay más que cuevas, utilizadas desde hace milenios por los faraones y por otros para enterrar a sus difuntos. ¿Qué otro nombre iban a ponerle? ¿El Monte de la alegría y los regocijos? No podía tener otro, así que basta ya de rezongar desde primera hora de la mañana. Tú sí que deberías alegrarte y mirar a tu alrededor con más optimismo, aun cuando ayer por la tarde hayas recibido la primera amenaza seria desde tu llegada al oasis. Era de esperar, en todo caso, y ni mucho menos me ha sorprendido.

Hasta ahora no me habían dado ningún motivo para la queja. En cambio sí que podía quejarme, y mucho, de El Cairo. Les escribo y les doy explicaciones, pero no les importa lo más mínimo. Cuando les mando una carta me responden en la siguiente caravana con la misma orden, sin ninguna modificación. El mismo mandato del que ya me habló Mr. Harvey antes del viaje, sin comentarios ni explicaciones, sin hacer una sola mención sobre mis escritos ni dar acuse de recibo. Solo conminaciones para recaudar los impuestos con la mayor brevedad posible y enviarlos a la capital. Así, sin más, sin decirme cómo habría de hacer tal cosa. Al final siempre acaban desplazando tropas y cañones para hacer efectivo el cobro de los tributos. ¿Cómo quieren que lo haga yo si solo dispongo de un puñado de soldados y unas cuantas armas ya obsoletas? La última vez esperaron dos años, hasta que los del oasis mataron al último prefecto; solo entonces enviaron las tropas, mataron al alcalde y recaudaron las tasas. Y luego se volvieron, con la idea de que se había restablecido el orden.

Pues no, excelentísimos pachás de El Cairo, el orden no se ha restablecido.

Ayer por la tarde me visitó su jefe, el jeque Sáber. Solo lo recibiría a él; con los demás, si acaso, me entrevistaría en la oración del viernes, en la mezquita de Shali. Los notables, me contó, seguían pensando que la rebaja que propuse a El Cairo era insuficiente. Pedían una reducción aún mayor. Me mostré firme y puse las cosas en su sitio; he de decir que me indigné al pensar, además, en el silencio de El Cairo.

—¡Yo no he prometido nada! Ya le he explicado que he solicitado una rebaja, pero es el Gobierno de Egipto quien decide.

—Lo comprendo, señor prefecto, pero algunos notables se preguntan cómo vamos a vivir si pagamos todo lo que nos exige el Gobierno.

—No es la primera vez que deben pagar impuestos —repuse yo, brusco—. Apáñenselas.

Sáber no se enfadó, ni mucho menos. Es más, nunca lo he visto enfadado. Al contrario, me respondió como si apoyase mis palabras.

—Los más sensatos lo saben. Pero ¿qué hacemos cuando en ciertas familias, incluidas las de los notables, hay irresponsables? Nadie sabe hasta dónde pueden llegar. Que Dios nos asista.

Entendí perfectamente lo que me quería decir, y le respondí con el mismo talante:

—En ese caso, jeque Sáber, que los más cuerdos enseñen a los insensatos las consecuencias de obrar sin utilizar los sesos.

—Yo no soy el alcalde —arguyó—, no puedo obligarles a nada.

—Para el Gobierno usted es el jefe de los notables, y eso basta —insistí.

Querría haberle dicho que tenía suerte de no ser el alcalde. Él mismo me contó la historia del anterior alcalde, Hasuna, el antiguo propietario de la casa en la que vivo. La había construido fuera de las murallas de Shali, en un promontorio, y la había reforzado con defensas y parapetos, como se hacen los edificios fortificados en el oasis. Luego le anexionó una serie de construcciones pequeñas que se extendían hasta la muralla. Gracias a su ventajosa posición y a las defensas de su pequeña fortaleza, que estaba conectada con Shali, pudo resistir el envite de la última campaña de castigo del ejército, poco después del asesinato del último prefecto. No se rindió, aunque el asedio se prolongó durante semanas, y combatió con ardor, hasta morir en el campo de batalla. Su coraje me inspiraba un gran respeto. Al final, de su fortaleza no quedó más que esta alta casa, confiscada por el Gobierno, y otra vivienda al sur de la muralla, que fue reconvertida en cuartel. El resto lo demolieron.

Me impresionó el modo en que Sáber me contó la historia de Hasuna, sin un ápice de compasión. ¿Sería porque era del clan occidental y Sáber es del oriental? Me hace falta más tiempo para entender a la gente de aquí, si el destino tiene a bien concedérmelo. Pero no me fío nada de esta aparente calma. No me hacen falta las indirectas llenas de amenazas de Sáber para comprender que andan urdiendo algo contra mí. Pero yo voy a seguir haciendo mi trabajo como si no me hubiera enterado de nada. Ni Sáber ni ningún otro debe percibir ningún signo de debilidad en mi comportamiento.

Además, no me gusta este jeque. Desde nuestro primer encuentro no ha dejado de adularme, y su rostro, siempre rígido, es como una máscara que ocultara cualquier tipo de emoción. Siempre me habla fijando su fría mirada en mis ojos, y no me creo nada de lo que dice. ¿Qué quiere exactamente de mí? ¿Que lo nombre alcalde? En El Cairo han decidido no nombrar alcalde a nadie, ni de un clan ni del otro, para que no haya conflictos. Debería entenderlo. Hay una cosa en todo lo que dice que sí es cierta: ¿cómo podrá sobrevivir esta gente si les obligan a darle al Gobierno todo lo que se les pide?

Desde mi llegada al oasis me ha impresionado la pobreza que hay aquí, sobre todo la de los campesinos, y la cantidad de impuestos que les obligan a pagar. He informado al ministerio por escrito: los excesivos tributos son la causa de sus levantamientos armados y de sus agresiones a los representantes del Gobierno. He sugerido reducirlos a la mitad.

Puede que sea muy ingenuo por mi parte. ¿Por qué trato de ayudarlos cuando sé muy bien que están deseando librarse de mí? He notado su hostilidad hacia Catherine y hacia mí desde el primer día. Nos asedian con su silencio y su desapego; no mantenemos relación ninguna más allá de sus miradas de odio. ¿Cómo puedo decir entonces que no tengo ninguna queja contra ellos? ¡Tengo mil motivos para quejarme de ellos! Son una maldición, El Cairo es otra maldición y yo estoy en medio. Si El Cairo se olvida de mí, yo también lo olvidaré. Al menos así podré demorar el conflicto. Trataré con ellos tal y como he venido haciendo desde mi llegada. Me pasearé sin guardia pero con la funda de la pistola siempre abierta y presta. Sé que se trata de una medida inútil, pero ¿qué otra precaución podría servirme de algo, si estoy solo ante ellos?

En el desierto, en plena tormenta, las cosas parecían más sencillas. «Cuanto más rápido termine todo, mejor», le dije a Catherine. Sigo deseando que llegue pronto y sin avisar. Aun así, soy feliz cuando llega la noche y me tumbo en mi cama, me siento lleno de dicha. Un día más se va y el fin todavía no ha llegado. Una sensación parecida al éxtasis del triunfo sobre lo desconocido, como cuando los beduinos se bañaron en el desierto, tras la tormenta, con gritos de gozo. ¡Ay, no sé bien qué es lo que quiero! ¡Ojalá lo supiera! ¡Ojalá supiera quién soy!

Me gustaría saber, por ejemplo, por qué estoy contento ahora, en esta madrugada calurosa, después de que ayer se me hubiera formulado la primera amenaza seria. ¿Será por el sueño que he tenido? Sí, será por eso y no por los dos vasos de whisky que me bebí ayer por la tarde. He recurrido al alcohol para que me ayude a soportar la soledad del oasis; he traído conmigo abundantes reservas, pero cada vez bebo menos. ¿Por qué? Este calor asfixiante le quita a uno las ganas, quién sabe; o puede que sea por la ausencia de un compañero. Hace falta un amigo para compartir un trago. No tengo conocidos aquí y mi mujer no bebe.

Pese a todo, Catherine y yo nos hemos apoyado mutuamente durante los primeros días y las primeras semanas. Solo nos tenemos el uno al otro en este extraño ambiente de hostilidad. Regreso del trabajo y nos quedamos los dos solos, yo con un vaso de whisky. Hablamos de cualquier cosa, pero algo, como es habitual, comienza a bullir en mi mente. La miro, contemplando su cuerpo, que tan bien conozco. Repaso sus detalles e imagino el tacto de su piel, nuestros cuerpos fundidos en un abrazo, su rostro que comienza a sonrojarse y a sonreírme, y me la quedo mirando con esa mirada fija que ella tan bien comprende.

Después de unas semanas nuestras reservas de pasión se han agotado y yo me he dejado llevar por el tedio. Sin embargo, Catherine sigue buscando con un afán sin límites los medios para alargar nuestras nupcias en el desierto. Hay noches en las que se acerca a mí, mientras bebo mi vaso en silencio con un hastío que no le pasa desapercibido, y se sienta en mi regazo colmándome de besos excitados en la cara y el cuello, hasta despertar en mí el deseo y sacarme de mi desidia. Otras noches me ruega que sea tierno y delicado y me palpa el pecho, demorándose en la cadencia de sus dedos sin rumbo. Quiere ser ella quien lleve el mando pero yo me niego y hago el amor como a mí me gusta, como siempre lo he hecho, dominándola. Creo que, a pesar de su gesto malhumorado, le agrada y le da placer, igual que al principio de nuestra relación. Pero la cotidianidad y la repetición han terminado por desvirtuar nuestros intentos a la hora de inventar nuevas formas de placer, y todo ha terminado quedando reducido a encuentros nocturnos ocasionales e imprevistos.

¿Será este el tedio conyugal del que mis amigos de El Cairo no dejaban de hablar y del cual yo trataba siempre de huir en brazos de otras mujeres? Quién sabe, a lo mejor este oasis de silencios ha acelerado nuestra apatía.

Por fin surgen los primeros rayos del sol y Shali comienza a mostrarse ante mis ojos. El pueblo pierde su solemnidad con la llegada del sol. Pierde su aspecto de volcán o de pirámide y se convierte en un conglomerado de casas de barro amarillento con tres agujeros por ventanas en cada planta. Por lo menos a mi derecha, por el Este, y hasta más allá de Aghurmi, se extiende un extenso palmeral cuyo espectáculo supone un auténtico motivo de gozo en comparación con este embudo de barro puesto del revés que abarca hasta el Monte de los muertos. Me conformo con mirar hacia el Este.

Pero los primeros rayos de sol me laceran el rostro y escucho la voz de Catherine, que viene de dentro. Me levanto y entro a verla. Me recibe con una sonrisa. Siempre está más hermosa por las mañanas, después de un sueño largo y profundo. El insomnio no es precisamente uno de sus problemas. Está poniendo la mesa para el desayuno en el salón.

—Veo que hay alguien que tiene buen aspecto esta mañana —me dice cuando nos sentamos a la mesa.

—Hoy es día de fiesta. Por lo menos no tendré que salir a la calle a asfixiarme con el uniforme de oficial.

—Pero la malvada de tu esposa ha decidido estropearte el día libre obligándote a acompañarla a esas ruinas espantosas...

—¡Pues sí! —le digo con una sonrisa—. Si al menos hubiera algo mejor que hacer aquí los días de fiesta y el resto de los días.

—¡Pues sí! —Se echa a reír—. No podemos decir que estemos hasta arriba de visitas y de obligaciones sociales.

—¿Qué estás buscando en esas ruinas, Catherine? —le pregunto de pronto—. Te traes a casa libros con dibujos de los templos y los lees con mucho interés. ¿Qué buscas exactamente?

—Estoy buscando al hombre más grande del mundo: a Alejandro.

—Eso ya lo sé. Quieres ver los mismos templos que él vio, pero parece que buscas otra cosa.

Deja la taza de té y frunce el ceño:

—Te voy a confesar un secreto: no sé lo que estoy buscando. —La miro con ojos interrogantes y ella continúa—: Llegué al oasis con un montón de sueños, pensando que iba a descubrir algo nuevo en medio de todas esas ruinas, algo sobre lo que nunca escribieron los historiadores antiguos ni los viajeros. Puedo hacerlo porque domino lenguas que ninguno de ellos conocía, pero no he encontrado gran cosa hasta ahora. He visitado con Ibrahim las tumbas del Monte de los muertos. Todas ellas han sido saqueadas, por desgracia. Las momias, los sarcófagos y cualquier resto que pudiera servir para una investigación. —Suspira antes de continuar—. ¿Te acuerdas de lo que pasó el viernes pasado cuando visité, o más bien traté de visitar, el gran templo, el templo de la revelación?

—Espero que hoy tengamos más suerte, pero, ¿sabes lo que dice la gente de por aquí?

—¿Que voy tras el rastro del tesoro que ellos llevan buscando desde ni se sabe cuándo, cavando por encima y por debajo de los templos hasta no dejar piedra sobre piedra? —pregunta con indiferencia.

—Sí, me lo dijo Ibrahim y me pidió que te previniera.

—Todas mis visitas son a la luz del día. Pueden ver perfectamente todo lo que hago, así que cuando lo encuentre pueden venir y coger el tesoro. —Guarda silencio unos instantes y me mira fijamente a los ojos—. ¿No te habrás creído esas tonterías?

—Para ser honestos, ¡me gustaría que dieras con un tesoro y que pudiéramos huir a un país lejano!

—¡Pues se te va a hacer larga la espera! —dice riendo—. Pero estoy contenta porque te has levantado de buen humor esta mañana. Cuál es la razón, me pregunto. Si estuviésemos en otro sitio diría que has vuelto a tener una aventura... Pero aquí, para tu desgracia, no hay mujeres. ¡Nadie puede verlas!

—¡Como si viéramos a muchos hombres! —apostillo. Después me levanto—. Vamos, debemos salir temprano, antes de que el sol apriete. Sabes que tenemos que regresar antes del mediodía.

No te equivocas, Catherine —me digo cuando va a cambiarse de ropa—. Una mujer, sí, esa es la razón. Una que jamás ha dejado de estar conmigo, Nima ha venido a verme esta noche, o esta madrugada, para llenarme de alegría. Del sueño solo me queda su rostro hermoso. Me ha hecho volver a los años de la inocencia y la celebración.

Nima, apodada «la Morena» por el color vino tinto cristalino de su piel tersa. Como las aguas del Nilo en la estación de las lluvias. Esa sería la descripción perfecta de su tonalidad única. No creo que nadie haya sabido nunca el nombre de su padre o de su madre; puede que ni siquiera ella. Mi padre la compró en el mercado de esclavos para ayudar a mi madre en las tareas de la casa. Apenas era una niña. Luego me la regaló a mí. Crecimos juntos y juntos aprendimos a jugar. Era mi gran amiga, más cercana incluso que mi hermano Suleimán. Puede que por aquel entonces la acariciara o la besara durante nuestros juegos, como todos los niños, pero lo que de verdad me fascinaba de ella eran sus historias. ¿Dónde las habría aprendido? ¿De su madre, a la que perdió cuando era niña? ¿De las otras esclavas que había en casa o de alguna de fuera? No lo sé, pero sus historias estaban pobladas de reyes buenos y malos, y cuando las volvía a contar siempre hacía que parecieran nuevas y distintas, porque las contaba como si fueran cosas que acabaran de ocurrir. Le temblaba la voz cuando narraba cómo el malvado hechizó a un rey bondadoso y le quitó el trono después de convertirlo en mono, y cómo este, al ver a su hija encerrada en uno de los calabozos de palacio, trataba sin éxito de hacerse reconocer con aullidos y gestos de simio. Después, con los ojos inundados de lágrimas, contaba cómo los guardias conducían a la hija del rey hasta el pérfido hechicero, para que se casara con ella, pero enseguida, con la cara radiante de alegría, describía la irrupción del hermoso príncipe —antes o después, aparecía siempre—, el cual se las ingeniaba para liberar a la princesa y romper el hechizo del buen rey. Este, como recompensa, le concedía la mano de su hija. Muchas fueron las historias que oí contar de pequeño a mi madre, las esclavas y el resto de mujeres que servían en nuestra casa, pero solo conservo en la memoria las de mi amiga Nima, su rostro entusiasta cuando las contaba y los secretos compartidos que me han acompañado el resto de mi vida.

Nos hicimos adultos juntos, y Nima permaneció en casa aun después de que mi padre se arruinara. Mi padre liberó a la mayoría de sus esclavos y echó a casi todas las doncellas, otras huyeron. Cuando murió solo quedaban Nima y la vieja sirvienta que acompañó a mi madre toda su vida.

Yo fui su primer hombre pero ella no fue mi primera mujer. No recuerdo en detalle el inicio de nuestra relación pero sí los sucesos de aquel año efervescente que precedió a mi traslado a Alejandría. Mi imagen era la de un joven oficial pletórico de entusiasmo en un país inundado por una ola de fervor patriótico. Me pasaba el día y buena parte de la noche trabajando con mi compañero Talaat y nuestro jefe Saíd, observando las reuniones políticas y los mítines interminables, convirtiéndonos sin darnos cuenta en parte de la multitud que, se suponía, debíamos proteger, arrastrados por el ímpetu de los discursos de Abdullah Nadim cuando atacaba al jedive, a los ingleses y a los franceses; aún resuenan en mis oídos los ecos ensordecedores de sus arengas, escritas en prosa rimada. Volvía a casa agotado, a última hora de la noche, pero siempre encontraba a Nima esperándome, con la cena, los vasos de vino, el agua helada. Me servía la bebida e insistía en que comiera, a pesar de que yo le decía que no tenía hambre, que solo quería irme a dormir. Pero ella me daba de comer mientras yo le contaba cómo me habían ido el día y la noche y compartía con ella mi entusiasmo o mi indignación. Enseguida ella se arrimaba a mí, yo olía el perfume penetrante de jazmín fresco que parecía brotar de los poros de su cuerpo. El escote de su vestido de algodón dejaba al descubierto su piel suave, morena como el vino, de un tacto sin igual. Al instante, el sueño desaparecía y acababa a toda prisa la cena para conducirla, como si se tratara de un rapto, a mi habitación, donde la fiesta se perpetuaba hasta el alba. Entonces me recostaba en sus muslos y le pedía que me contara sus historias, igual que cuando éramos niños, hasta que me quedara dormido. No dormía más de dos horas y volvía al trabajo, a las asambleas y a los discursos. Era joven y tenía fuerzas, y sobre todo ganas, para aguantar. Nunca conocí placer igual con ninguna de las esclavas ni de las mujeres libres con las que estuve. La mayoría pecaba de codicia, solo quería recibir sin dar nada. O representaban un papel con el único objetivo de complacerme. Pero Nima disfrutaba de verdad del amor y quería que yo disfrutara con ella para convertir esa pasión en algo perfecto.

Era mi amiga. Ella me hacía volver a ser un niño con sus historias y me convertía en hombre con su amor. La amaba, más de lo que llegué a amar a ninguna otra —si es que el amor es esa fiebre, esa locura que sentí cuando Nima huyó de casa—, pero lo supe demasiado tarde. Estuve días, semanas, buscándola por todos los hospitales, las comisarías, las cárceles y los prostíbulos de la ciudad. Luego se lo conté a mi amigo y compañero Talaat.

—¡Cómprate otra! —fue todo lo que dijo. No se creía lo que decían los periódicos sobre la prohibición del comercio de esclavos.

El mercado de esclavos seguía en pie y funcionaba bajo la mirada condescendiente de la excelsa guardia del jedive, que se llenaba los bolsillos.

—Cómprate una esclava turca —seguía Talaat—. Has nacido en una familia rica y has conocido a las turcas de piel blanca... ¿Ahora pierdes la cabeza por una esclava de piel oscura? —decía entre risas—. ¡Qué disparate, déjanoslas a los de nuestra clase y no te rebajes!

Talaat no entendía nada. Pero no lo culpo: yo mismo era incapaz de entender gran cosa. Si volvía a encontrarla, o regresaba a casa por su propio pie, ¿tendría el coraje de casarme con ella? ¡El oficial respetable se casa con una esclava sin padre ni madre conocidos! ¡Qué vergüenza!

Nima me lo preguntó una vez, tendida a mi lado en la cama:

—Mahmud, ¿usted me ama?

—¿Qué tonterías son esas, niña? ¡Es ridículo! Si vuelves a decir algo parecido te echo a la calle —la reprendí.

—Tiene usted razón —repuso riendo—. ¡Es ridículo! —Y hundió el rostro en mi pecho, riéndose y repitiéndolo—: Es ridículo...

Pero al poco tiempo, un día, salió a la calle y no volvió. Por fortuna, o por desgracia, los altercados de Alejandría, después de la guerra y la instrucción del expediente en mi contra, me absorbieron durante meses y años.

Sin embargo, el recuerdo de Nima sigue transportándome a un mismo tiempo a la niñez y a la edad adulta, a la alegría y al arrepentimiento. Era otra de mis traiciones, una más. Pero también me pregunto: ¿quién traicionó a quién, querida Sherezade mía?

Cuando vuelve Catherine, vestida para salir, pasa por delante de mí y me pregunta, mirándome fijamente:

—¿Seguimos de buen humor o ya no tanto?

Permanezco en silencio.

—Vaya, ya veo que no. Se nos ha agriado un poco la cosa —añade con una sonrisa.

—Quizá. Te espero fuera. Por favor, date prisa.

Abro la puerta y el sol me abofetea el rostro. Cegado, cierro los ojos y me calo de inmediato el sombrero de corcho redondo y abombado. Un regalo de doble filo de los ingleses: te protege del sol pero comprime el aire dentro de su profunda bóveda y hace que la sangre te hierva en la cabeza. Probablemente sea mejor el pañuelo amplio y blanco que usan aquí, pero yo no puedo ponérmelo. Va contra las normas y la etiqueta.

Miro el reloj: las siete menos diez minutos. Si el sol ya abrasa a esta hora, ¿cómo será al mediodía? Todo por Catherine y sus faraones. ¿Por qué le interesará tanto la historia de este lugar y la vida de Alejandro? ¡Si ya estamos enterrados en este desierto remoto! Antes, cuando aún no había retomado su antigua pasión por la arqueología, compartía conmigo mis preocupaciones políticas y hablábamos largo y tendido de la lamentable realidad de su país y de la aún más lamentable situación del mío. Aunque, a decir verdad, no sabría decir cuál de las dos resultaba más lamentable a la vista de las tropelías que, según me contaba, habían cometido los ingleses contra su pueblo. Tras ocupar Irlanda, se habían quedado con las mejores tierras y granjas para dárselas a sus colonos, que se quedaron con las tres cuartas partes de la isla. Prohibieron a los nativos, que son católicos, tener propiedades o trabajar en la Administración, copada por los colonos ingleses protestantes. En algún periodo, incluso, llegaron a prohibir que los irlandeses practicasen su fe. Cuando estos se alzaban contra tanta tiranía eran reprimidos de forma salvaje y obligados a emigrar, hasta el punto de que el total de expatriados acabó siendo superior al número de irlandeses que permanecieron en su tierra. Una vez apresaron a sesenta mil, hombres, mujeres y niños, y los vendieron como esclavos en las Indias occidentales. Al oír esto me decía que a nosotros, por lo menos, los ingleses no nos habían sacado de Egipto para vendernos como esclavos. Se habían contentado con esclavizarnos en nuestro país...

Un rebuzno repentino me hace mirar hacia abajo. Un muchacho sale de entre el terreno que aún permanece en penumbra con dos burros asidos por las bridas. Se detiene en la parte inferior de la escalera, de espaldas a la casa. Ha llegado puntual, pero no dice una sola palabra ni mira hacia nosotros. Cumple a rajatabla la ley que impera aquí de guardar las distancias y permanecer en silencio.

Lanzo un grito mientras bajo los peldaños con precaución.

—¡Eh, tú!

Gira la cabeza sin mover el cuerpo. Me acerco a él.

—¿Cómo te llamas? —le pregunto.

—Mahmud.

¿Se está riendo de mí o es que se llama así de verdad?

—¿Eres tú el que viniste con nosotros el viernes pasado?

Sonríe pero no dice nada. Claro, no sabe árabe o finge no comprenderlo, y yo ignoro por completo su lengua, así que de nada sirve hacer preguntas. Aquí todos los chicos se parecen, con sus caras trigueñas, sus rasgos finos y esos gorros que solo dejan a la vista un mechón de pelo, cada uno dispuesto de una manera particular, distintiva de la familia a la que pertenecen. Puede que los gorros también sean de diferentes colores. En todo caso, les protege la cabeza del sol. Nada les protege los pies, andan descalzos sobre la arena ardiente. ¡Qué miseria! Me pregunto si no le podría valer alguno de mis zapatos viejos. No, demasiado grandes. ¿Unas sandalias, tal vez?

—Escucha, muchacho, ¿quieres...?

Se lo digo señalándome los zapatos mientras apunto con el dedo hacia sus pies, añadiendo a continuación un gesto que quiere representar el acto de calzarse. Pero él sigue sonriendo sin decir nada, mientras mueve la cabeza de izquierda a derecha. ¿Por qué los rechaza? Él sabrá.

Por fin me llega la voz de Catherine desde lo alto de la escalinata.

—Un buen día alguien se va a romper el cuello bajando esta escalera —dice gritando.

—En esta casa solo pisamos tú y yo. ¿Qué «alguien» quieres entonces que se rompa el cuello? —respondo, también a voz en grito.

Nunca deja de admirarme su costumbre de utilizar continuamente pronombres indefinidos, como si aquí no supiéramos bien quién es cada uno. Debe de ser otra de las funestas herencias de los británicos, tan amantes de este tipo de construcciones en las que el sujeto queda suspendido en el aire.

Catherine desciende en zigzag para evitar las partes de los escalones que ha acabado quebrándose bajo el peso de los pies. Tengo entendido que el adobe amarillo que utilizan aquí para hacer las casas está amasado con sal. Esta termina por derretirse con el calor y los ladrillos se quiebran. Se levanta los faldones del vestido de color ceniciento con una mano, de cuya muñeca cuelga un bolso de palma; en la otra lleva un paraguas y con la punta tantea los escalones antes de posar el pie. Las alas anchas del sombrero le tapan la cara, pero cuando se yergue sus ojos azules brillan a la luz del sol.

En verdad, Catherine, eres la única belleza que existe en este oasis. Si no fuera porque estás tú aquí habría olvidado ya lo que significa la palabra *mujeres*.

Suspira mientras se detiene a mi lado, con sus redondas y prominentes mejillas encendidas por un rubor repentino generado por el sol. Ahora mismo desearía que cambiase de opinión y sugiriera anular la visita. Pero no.

—Mahmud, este asunto no es para andarse con bromas. Hay que hacer algo para arreglar estos peldaños o cambiarlos. Tú eres el jefe.

—¡El jefe, sí! —respondo riendo—. ¡Un jefe que lo único que hace es cumplir las órdenes que le envían desde El Cairo cada cierto tiempo con las caravanas de camellos, y cuyas cartas y solicitudes nadie contesta! Las escaleras del cuartel están peor aún. Más de un soldado ha estado a punto de romperse el cuello de verdad.

Suspira de nuevo.

—Aun así algo habrá que hacer. —Se coloca a la altura del chico y se apoya con una mano en el cuello del burro y con la otra en la albarda. Se da impulso para sentarse a lomos del animal con los pies colgando de un único lateral y grita—: *¡Siiyaa!*

Ha aprendido algunas palabras en dialecto libio y pensaba que aquí lo entenderían. Pero el pequeño Mahmud no responde y sigue mirándome hasta que monto. Después se coloca detrás de las dos monturas y las azuza con su fina vara. Cuando echan a trotar se lanza a correr detrás.

—¿No podríamos prescindir de él y así no obligarlo a cruzar todo el desierto? Ya nos sabemos el camino.

—Hemos alquilado los burros, y él es el responsable de los animales. Pero si sabes cómo hacerle entender que espere aquí, no tengo ningún inconveniente.

Le hace un gesto repetido con la mano para que regrese, pero él continúa corriendo. Al poco deja incluso de mirarla. Ella se fija bien el sombrero en la cabeza para que le tape el rostro lo máximo posible del sol y se dedica a contemplar el camino.

Ningún movimiento, ningún ruido se escucha en el pueblo. Los notables no se han sentado aún en su bancada cubierta de hojas de palma de la puerta de Shali. Y los niños tampoco han acudido a jugar en la gran plaza delante de nuestra casa. Pero estoy seguro de que son muchos los ojos que nos observan desde detrás de esas ventanas oscuras. Desde una de ellas partió el disparo que acabó con la vida de mi predecesor y provocó la intervención armada.

Durante mucho tiempo, El Cairo no había sido capaz de nombrar un prefecto. Todos se habían librado gracias a sus contactos y enchufes. Hasta que me tocó a mí.

Pero el Gobierno ha decidido hacer algo nuevo para hacerse respetar antes de retirar las tropas. Ha puesto un gran cañón ante la puerta del cuartel, levantado en las posesiones del alcalde asesinado. Dudo que el cañón funcione o que cualquiera de los soldados sepa cómo se dispara, pero el mensaje de autoridad es claro. Por supuesto, no servirá para detener ninguna bala, si es que terminan disparándome. También podría ser que la bala vaya a parar a Catherine y no a mí. ¿Qué pasaría si fuera ella a la que mataran? No merece la pena pensar en esas cosas. El destino sabrá a quién le ha de tocar este trance.

Si no me entiendo a mí mismo difícilmente podré entender los caprichos del destino. Que sea lo que tenga que ser.

Sí sé que debemos volver antes del mediodía. Siempre pongo buen cuidado en compartir con ellos el rezo de los viernes en la gran mezquita, detrás de la entrada principal de Shali. Me llevo a unos cuantos soldados. Pero nunca me entero del contenido del sermón, más allá de algunas aleyas coránicas y algunas palabras pronunciadas en árabe. Puesto que los soldados también se han quejado de que no entendían nada he decidido disponerles un oratorio en el cuartel. El sargento Ibrahim hace de imán casi siempre y a veces yo los acompaño. Pero nunca dejo de ir los viernes con dos o tres soldados para estrechar las manos de los notables y los fieles, que nos dedican, con voz muy queda, invocaciones a las que nosotros respondemos con otras en el mismo tono, para poner punto y aparte a nuestra relación hasta el viernes siguiente. Nadie me ha invitado a su casa, ni a su huerta, aun cuando, a veces, me hacen llegar al cuartel alguna fruta o algo de comida especificando siempre el nombre de la familia que lo envía. Yo distribuyo los presentes entre mis subordinados y les doy las gracias.

Por mí, pueden seguir con esta especie de pacto de no agresión. Lo que me preocupa es qué pasará cuando llegue el momento de la verdad y les obligue a pagar los impuestos.

Dejamos atrás los aledaños de Shali y la protección de las sombras de sus casas, y giramos hacia el Este a través de un camino que surca los muretes de los huertos. Sin embargo, los árboles no consiguen aplacar el calor sofocante del sol.

El sudor comienza a anegarme los ojos y apenas se puede ver. Abidín, en El Cairo, es ahora un sueño lejano, hermoso e imposible. Las baldosas húmedas de la sala rociadas de agua, el aire fresco que entraba de la ventana abierta del ala norte, los gritos de los vendedores que nos despertaban por la mañana y no se apagaban durante el resto del día, los reclamos de los vendedores de periódicos, *al-Muayyid*, que trataba de leer a diario, y *al-Muqattam*, odioso por su apoyo incondicional a los ocupantes. Y por la tarde, el paseo por la orilla del río, el puente de Qasr al-Nil y las veladas nocturnas en los parques de la isla con los viejos amigos que seguían siendo fieles. ¡Basta de hipocresías! ¿Quién ha seguido siendo fiel aquí? Yo mismo, ¿sigo siendo fiel?

Mejor no pensar en eso ahora. Déjame pasar un día sin lidiar con preguntas molestas que ya sé bien adónde conducen. Debería aferrarme a la sonrisa que Nima me ha dedicado esta mañana sin merecerlo.

Catherine se ha percatado ya: la sonrisa y la jovialidad se me van marchitando según avanzan las horas del día. ¿Por qué esta aprensión, esta sensación funesta de que algo va a ocurrir? Será el castigo por lo mal que me porté con Nima. O por lo mal que haya podido portarme con este mundo.

7
Catherine

Va a ser un día de calor sofocante, pero debemos intentarlo de nuevo.

Lo único que saqué en limpio de la primera visita fue una palabra, un nombre —Malika—, un encuentro pasajero pero inolvidable.

En ningún momento sospeché que me fuera a topar con este cerco de silencio. Al principio me dije que era el primer contacto, que luego se les pasaría y me dejarían aproximarme a ellos. He hecho todo lo posible por romper el hielo: nada más llegar, quise subir a Shali y mezclarme con la gente, pero Ibrahim me miró con terror cuando le pedí que me acompañara a visitar el mercado del pueblo.

—Señora, dígame lo que quiere y yo se lo compro —me dijo.

—¡Lo que yo quiero, Ibrahim, es entrar en el pueblo para verlo!

Me respondió que ni él puede entrar; cuando quiere algo le encarga a algún muchacho que se lo compre. ¿Había olvidado que no les gusta que los extraños entren en su pueblo y paseen por sus calles?

No necesitaba a Ibrahim para comprenderlo. Desde mi llegada nadie me ha dirigido la palabra. Cuando salgo de casa y paseo por los alrededores, sola o en compañía de Mahmud, los chicos y las chicas que juegan en la plaza de arena se alejan. Y si me acerco a ellos sonriente, salen disparados hacia el pueblo. No me había pasado nunca en ningún sitio. Ni siquiera en las aldeas y en los pueblecitos del Alto Egipto y del Delta del Nilo. Hasta los beduinos que encontraba en las zonas arqueológicas del desierto se acercaban y me rodeaban con gran curiosidad. Antes de que hablara el árabe trataban de hacerse comprender con sonrisas y gestos. Pero, ¿por qué aquí son diferentes? ¿Por qué me ha sido imposible, no ya granjearme su afecto, sino simplemente conocerlos? Muros alrededor de los huertos, fortalezas en el pueblo, una empalizada que lo rodea... ¡Cuánto daño les ha hecho el mundo para que hayan tenido que terminar encerrándose en este caparazón! Otro enigma que tengo que descifrar mientras busco respuesta a los misterios de Alejandro. Debería entrar en contacto con ellos antes de contactar con él. Sin su ayuda no conseguiré nada.

Además, he de romper esta soledad antes de que caiga en una depresión. Si no fuera por los libros, las lecturas y el proyecto de exploración, me habría quedado sin ganas de nada. Hasta Mahmud está y no está conmigo. Se va al cuartel por la mañana y vuelve a casa después del mediodía, para comer y dormir una hora o dos. Casi todas las tardes regresa también a la oficina o toma el caballo y se va con la guardia a patrullar por el desierto, para ya no volver hasta pasada la medianoche. No puedo reprocharle nada. Pero esperaba que el viaje y la vida en el desierto nos acercaran. Al principio, tenía motivos para sentirme optimista: estábamos solos y la pasión era nuestra única diversión. Pero pronto comenzó a aburrirse, y yo misma había dejado de hallar el mismo placer que sentía al principio de nuestra relación. Ay, dejemos todo esto para más tarde. Por lo menos debo agradecerle que reserve sus días libres para mí. Salimos a andar o a pasear en burro por los huertos enclaustrados, las lagunas y, a veces, nos adentramos en el desierto. El viernes pasado me acompañó a visitar el templo de Amón, el lugar donde se terminó de labrar la leyenda de Alejandro.

Me esperó en la falda de la colina, junto a los restos del altar. Decía que no podía deambular entre casas habitadas por familias y mujeres. Yo sí podía, por mi condición de mujer, pero él no, debido a las tradiciones y costumbres de la gente de aquí. Lo que él no sabía es que también para una mujer estaba prohibido.

Por supuesto, sabía ya antes de ir que en mi ascenso hasta el templo tendría que pasar por delante de las casas habitadas por familias de Aghurmi, y esperaba que ocurriera un milagro y se quebrara el muro de silencio que me rodeaba. Pero según iba subiendo, nerviosa, los escalones llenos de grietas, vi cómo las mujeres cerraban todas las ventanas a cal y canto. De nada sirvieron mis sonrisas y gestos afables ni los «buenos días» que había aprendido a pronunciar con su acento y entonación oyendo a los niños que jugaban enfrente de nuestra casa. Se limitaron a responder con gruñidos de enojo antes de batir los postigos con estrépito.

Después de todo el cansancio por la subida y tras aquella decepción, llegué al templo en lo alto de la colina, y solo vi un desorden de piedras. Desde abajo, se veía mejor.

En todo caso, el conjunto del templo me impresionó. Las salas originarias, con sus entradas de piedra tapiadas con adobe amarillo, se habían convertido en viviendas con puertas de madera. Solo encontré un único patio original, abierto, al que se llegaba a través de un pasillo. En la entrada y en las paredes había trazos de inscripciones pero no fui capaz de distinguir ninguno de los signos tallados en la piedra. Un hollín de humo denso las cubría y no tardé en comprender, al ver los primitivos utensilios desperdigados por doquier, que utilizaban ese espacio como cocina comunitaria. Era evidente que las mujeres habían salido a toda prisa de allí al verme llegar. Traté de frotar con la palma de la mano el tizne que ocultaba los rasgos fragmentados del dios Amón pero solo conseguí mancharme y emborronar más aún la imagen, así que lo dejé.

¿Sería esa sala el sanctasanctórum donde Alejandro recibió la revelación de Amón? ¿Cómo podría averiguarlo si no había visitado aún el resto del templo? Si fuera una mujer de lágrima fácil me habría echado a llorar al comparar lo que había leído sobre el paso del cortejo de Alejandro por allí, acompañados de cánticos y entre muros decorados por majestuosos dibujos, con el estado lamentable al que había quedado reducido. ¿Una cocina? ¿El sanctasanctórum convertido en una cocina?

Descendí triste e indignada. Pisaba los escalones con precaución pero ya no me importaban los portazos de las mujeres. De repente, en uno de los recodos de la escalera en penumbra percibí con sorpresa que una puerta se abría muy despacio y que alguien decía algo en susurros. En el umbral apareció una chica, un rostro cuya belleza me arrebató como una luz penetrante en mitad de la penumbra. Me sonrió y comenzó a musitarme algo en su lengua. Le di a entender por señas que no la entendía y ella extendió la mano hacia mi pecho y se señaló el suyo con la otra para susurrar «Malika». Se me quedó mirando, expectante; pero cuando yo le respondí «Catherine», una mano femenina y marchita apareció por detrás de ella, la arrastró hacia el interior y luego cerró la puerta despacio. Me quedé un rato allí, de pie, pensando. ¿De dónde habrá salido ese rostro tan hermoso? Una piel blanca y tersa, rasgos bien definidos y equilibrados, ojos grises y labios sonrosados y carnosos. Pelo castaño y abundante, que le caía sobre ambas mejillas en multitud de pequeñas trenzas, finas, ilustradas con adornos de plata que resaltaban más aún la hermosura de aquel rostro radiante. No, pero no fue eso lo que me hizo quedarme allí en suspenso: rostros hermosos como ese podía haber muchos. Fue la sorpresa de aquella amabilidad y simpatía en mitad de tanta animadversión.

Mejor olvidar y pensar únicamente en lo que me espera hoy. Con Mahmud a mi lado he de tener más suerte, esta vez vamos a visitar el templo que llaman de Um Maabad o de Um Ubayda. También está consagrado a Amón. Su aspecto apunta a que fue construido en la época del renacimiento faraónico, poco antes de la invasión persa. Lo había visto muchas veces a lo lejos durante nuestros paseos por el oasis y deseaba que sus inscripciones y grabados no hubieran sufrido ningún tipo de agresión. El viajero alemán Von Minutoli había reproducido alguna de esas inscripciones en un libro publicado a principios de siglo pero no me costó mucho detectar los múltiples errores derivados de haber interpretado los jeroglíficos como dibujos. Tenía el libro y, si los grabados seguían bien conservados, podría hacer la corrección definitiva.

El calor supera la media habitual, a pesar de que estamos llegando al final del otoño. El olor de las flores de los limoneros se extiende más allá de los jardines, pero los muros nos impiden ver otra cosa que no sean los copetes de las palmeras; sus hojas afiladas brillan como flechas bajo el sol.

Mahmud va a lomos de su burro. Lleva la cabeza gacha y tiene los ojos entornados. Parece de mejor humor que en días pasados. Espero que siga así y que no recaiga de pronto, como de costumbre.

—¿Por qué no dices nada, Mahmud?

Levanta la cabeza y emite una risa nerviosa mientras se señala las piernas.

—¿Qué quieres que te diga? ¡Mira cómo voy!

Tiene razón: parece muy incómodo, obligado a mantener las rodillas siempre flexionadas para no dar con el suelo. Le da vergüenza montar con cada pierna a un lado desde que le han dicho que aquí solo montan así las mujeres. ¿Por qué? Lo contrario sería lo más lógico y cómodo. ¡Si esa fuera la única cosa incomprensible aquí!

—Casi hemos llegado —le grito cuando pasamos cerca del manantial de Yuba—. Por aquí pasó Alejandro con su séquito y todos quedaron maravillados con este lugar. Lo bautizaron con el nombre de la Fuente del Sol, quizá porque sus aguas cristalinas dibujan miles de soles con la luz.

—¡Ya he pasado por aquí, ya he visto esta fuente! —me responde gritando también—. Pero no veo nada. Este sol me ciega.

No volvimos a cruzar palabra hasta llegar al templo. Ibrahim, que nos había precedido, sale a recibirnos. Mahmud, ya descabalgado, se dispone a ayudarme.

—Deprisa, Ibrahim, tráiganos agua para beber —le ordena.

Ibrahim sale corriendo hacia el manantial y yo sigo con la mirada al muchacho que había venido detrás de nosotros corriendo y que ahora se dirigía con los burros cogidos de las bridas al cobijo de la palmera más cercana al templo.

Mahmud se quita el casquete y comienza a secarse el sudor de la cabeza y de la frente con un pañuelo grande. Recorre con la mirada lo que queda del templo, jalonado de enormes piedras diseminadas a causa de un terremoto ocurrido a principios de siglo.

—Aquí tienes todos los restos —comenta con una sonrisa—. Aprovecha y mira todo lo que no pudiste ver el viernes pasado.

Pero es incapaz de esperar.

—Con tu permiso, yo me voy —me dice antes de salir corriendo hacia Ibrahim.

Abro el quitasol y, de pie, contemplo el pequeño templo o, mejor dicho, lo que queda de él: la entrada de piedra, o el gran portón exterior, partido en dos por el seísmo. Ambas mitades siguen unidas por una hilera de piedras que servía de techado y también quebrada en los laterales. Dentro, tan solo paredes derruidas que hacían de separación entre las diferentes estancias, de las cuales no quedan más que columnas rotas y un pavimento de piedras blancas entreverado de hierbas.

Un templo ruinoso, sí, pero mucho mejor conservado en todo caso que el de la revelación de Amón, reconvertido en viviendas y cocinas. Y aquí sí se pueden ver los textos y jeroglíficos grabados en las paredes.

El parasol no me sirve de nada, así que entro en el templo, donde me siento en una de las piedras a la sombra del pórtico. No vale la pena obstinarse: hace un calor insoportable. Pero, ¿qué otra cosa puedo hacer si Mahmud insistía en que no pasease sola por el oasis y por eso solo salíamos los viernes, su día libre? Puedo limitarme a descifrar las inscripciones de las piedras caídas, ya que no tengo ningún medio de encaramarme a lo alto del pórtico para leer lo que pudiera haber escrito allí. En cualquier caso, ¿cómo podrían ayudarme estas antiguas ruinas a encontrar algo que ocurrió muchos siglos después de que el templo fuera construido? Pongo todas mis esperanzas en la vieja costumbre de los egipcios, adoptada por los griegos, de levantar sus lugares de culto a partir de los de los antepasados y, más importante aún, de añadir sus inscripciones y grabados a los ya existentes. Pero por encima de todo eso, confío en la suerte.

Si alguien pudiera hacerme de guía, enseñarme algo, cualquier cosa, pero... ¿quién? Este muchacho que está sentado frente a mí, bajo la sombra de una palmera, vigilando los burros. Podría iniciarlo en la Historia, entablar amistad con él y que me llevara a sitios que no conozco. Sus grandes ojos denotan inteligencia y presteza, por mucho que su lengua siga muda. O ese otro chico que lleva el rostro cubierto y no deja de dar vueltas con su burro alrededor del templo; se acerca, me mira y se aleja. Cuando le he visto pasar por delante del pórtico lo he saludado con la mano pero él tiró del burro y salió trotando en dirección opuesta, hacia Aghurmi, como si quisiera huir. ¿Por qué primero se acerca y luego se va así, en estampida? ¿Qué les asusta de mí?

¡Tengo que hacer algo si quiero avanzar!

Le hago una señal al chico de debajo de la palmera.

—¡Eh, chico! —le grito.

Se levanta y mira a un lado y a otro antes de acercarse, dubitativo. Se planta ante mí y puedo ver que un sudor denso le perla la frente. Parece extenuado y tiene la piel extremadamente pálida. Claro, se ha pasado la mañana corriendo bajo este sol de justicia que a Mahmud y a mí nos ha derrengado a pesar de ir montados en los burros. Pero ha sido él quien se ha empeñado.

Le doy los buenos días y él responde: «Buenos». Un avance, algo es algo; aunque se esté burlando de mí, al menos hemos roto el muro de silencio que nos separaba. Bien, pero, ¿cómo sigo?

Hago un gesto circular con la mano señalando los restos del templo y le pregunto en árabe: «¿Has entrado aquí alguna vez?». Me mira con expresión de asombro, de no haber entendido. Entonces me incorporo y lo conduzco a una pared que sigue conservando los hermosos frescos de las antiguas divinidades. Le señalo la figura de magníficos contornos de la diosa Isis, en tonos azules y rojos, y le pregunto en el árabe más rudimentario posible: «¿Bonito?». Él se desembaraza de mi mano con violencia y escupiendo en la imagen dice con gran enfado: «¡Infieles!». Después se ha dado la vuelta y ha salido corriendo a toda prisa para volver a sentarse a la sombra de la palmera.

Me quedo allí un rato, de pie, presa de la frustración y sintiendo vergüenza de mí misma. Al menos algo he sacado en claro: la palabra árabe *kuffar*, 'infieles', se utiliza también en su dialecto.

Y vuelvo a sentarme yo también, en mi caso bajo la sombra protectora del portón.

Nada, no hay manera, nadie me va a echar una mano. Perdóname, querida Isis, por esta ofensa. Perdón, Alejandro, no sé por dónde empezar ni cómo. Siento que me abandonan las fuerzas y el entusiasmo para trabajar y seguir buscando. Ni siquiera tengo ganas de continuar la visita. Mahmud se pondría muy contento si volviésemos a casa.

—¿Aún no has empezado tus investigaciones? —me pregunta en ese mismo momento.

Estaba plantado delante de mí, en compañía de Ibrahim, que me tiende una vasija de barro rebosante de agua. Me la bebo toda. Mahmud se ha refrescado la cara y se ha puesto un pañuelo blanco empapado en la cabeza.

—Vuelva usted y siéntese a la sombra —le dice a Ibrahim.

—Puede que el prefecto ilustrísimo o la señora me necesiten —dice, con el sudor bajándole a raudales por los surcos de su rostro ajado por los años.

—Gracias, Ibrahim —digo yo—, si lo necesito ya le llamaré. —Después le hago un gesto al chico, que está sentado de rodillas frente a mí, sin dejar de observarnos—. Y llévese al muchacho y siéntense allí, que estará más fresco. No lo quiero todo el rato ahí delante.

Ibrahim se le acerca y se inclina para decirle algo. Pero el muchacho niega con la cabeza y no se levanta. Al contrario, se tumba de un costado, con la mano bajo la cabeza e Ibrahim regresa a la fuente.

—Hace mucho más fresco allí, al lado del agua y a la sombra de los árboles —afirma Mahmud. Luego busca con los ojos un lugar sombreado y no tarda en encontrarlo en una piedra, junto a una pared que se erguía cerca de nosotros. Toma asiento con la espalda apoyada en el muro y repite la pregunta—: ¿Cuándo empiezas, Catherine? Hemos de volver antes de...

—... que empiece la oración, ya lo sé —lo interrumpo. Respiro profundamente y trato de calmarme—. Estoy trabajando ya, estoy pensando y repasando mis datos antes de inspeccionar estas ruinas asoladas por el tiempo, los terremotos y las búsquedas de tesoros. —Hago una pausa para sacar los libros de mi morral—. ¿No quieres saber lo que dijo Heródoto del manantial del sol cuya frescura tanto te agrada? ¿Sabes quién era Heródoto?

—Por supuesto. Fue el que dijo que Egipto era un regalo del Nilo.

—Sí, fue el primer historiador. Vino a Egipto antes de escribir su libro. Se lo conoce como el padre de la Historia.

—¿Y llegó a mencionar este pequeño manantial?

—¡Pues claro! —le respondo sonriendo—. Decía, querido mío, que el agua de esta fuente estaba templada por la mañana y luego se iba enfriando paulatinamente hasta la hora del mediodía, la del riego, cuando más fría estaba. Luego volvía a templarse según pasaban las horas y se cernían las sombras, hasta que rompía a hervir con gran intensidad a medianoche. A partir de entonces, comenzaba de nuevo a enfriarse y vuelta a empezar.

La sorpresa en los ojos de Mahmud crecía por momentos.

—¿De verdad escribió todo eso? —pregunta entre risas.

—¿Quieres leerlo tú mismo? —le digo mostrándole el libro.

—No, te creo —dice sin dejar de reírse—. Eso sí que es investigación científica y hacer historia. He pasado por ese manantial por la noche, al alba, al mediodía y en plena tarde. He bebido del pozo y me he lavado en él y nunca he visto que el agua hierva, ni mucho ni poco, en ningún momento.

—A lo mejor solo pasaba en los tiempos de Heródoto —le digo para llevarle la contraria.

—¿El padre de la Historia? Ya veo... —sigue él como si no me hubiera oído—. ¿Y por qué no? Si hasta las cosas que yo he visto con mis propios ojos hace pocos años me las cuentan ahora en los libros de forma completamente distinta a como fueron. ¡El padre de la Historia! Me da que la Historia es huérfana.

Lo miro. El pañuelo le chorrea de sudor. Hay tristeza en su voz. Tal y como me temía, se le ha agriado el carácter.

Miro a mi alrededor y me topo con el chico que había escupido sobre el rostro de Isis, tumbado.

—Pobre, la Historia, ya no le quedan amigos —le digo a Mahmud con una risa apagada.

Por supuesto, hay muchas mentiras. Falsedades de la Historia; pero hoy no queda otra vía para conocer la verdad que investigar y buscar.

De repente oímos gritos y algarabía de voces procedentes del manantial y al momento aparece Ibrahim corriendo. Se inclina a decirle algo a Mahmud en voz muy baja.

—¿Después de la oración del viernes? Allí estaremos —responde.

Acto seguido se levanta y se dispone a marcharse con Ibrahim.

—Te dejo para que acabes rápido tus investigaciones. Yo me vuelvo a la sombra junto al agua hirviente. Dice Ibrahim que tenemos que dar el pésame a los notables porque uno de ellos ha muerto.

—El jeque Maabad, Dios lo acoja a él y a todos nuestros deudos en su seno —añade Ibrahim—. En todo caso, su muerte ha servido para evitar una nueva guerra entre los clanes. Dios Todopoderoso es sabio.

Cuando se marchan saco los viejos dibujos que llevo conmigo y los comparo con los grabados de la pared más cercana. No me parecen relevantes; en su mayor parte se trata de jaculatorias mortuorias para ser pronunciadas el día del juicio final, extraídas del que algunos llamaban *El Libro de los Muertos*. Abundan en los cementerios pero muy raras veces pueden verse en los lugares de culto, señal de que este tenía una función funeraria y se utilizaba para las exequias de los reyes o los grandes personajes adeptos al dios Amón. Pero nada tenían que ver con mis indagaciones sobre Alejandro: lo construyeron mucho antes de su llegada a la zona. Ahora bien, está aquí, algo había que hacer. Comienzo a copiar las palabras escritas en las paredes con el objeto de corregir los errores existentes en los libros. A lo mejor me sonríe la suerte y doy con un texto nuevo, ¿por qué no?

Los sucesores de Alejandro, los lágidas, gobernaron Egipto durante siglos y muchos de sus representantes más egregios llegaron a residir en el oasis de Amón, e incluso fueron enterrados allí. No es posible que no haya quedado ni una sola huella: un pequeño templo, un obelisco, una simple inscripción en un edificio cualquiera con alguna alusión útil sobre su venerado Alejandro.

¡Si el espíritu del propio Magno quisiera inspirarme algo! Tengo un libro de espiritismo, podría utilizarlo... Pero si ni siquiera creo en la metempsicosis y cada vez tengo menos fe en todo, espíritus incluidos. Basta de sandeces. ¡A trabajar!

Me acerco a la pared derruida pero me detengo de inmediato. ¡Espera, Catherine, todas estas señales significan algo! La invocación de los espíritus, el santuario y los grabados de *El Libro de los Muertos*, ¿no te llevan a alguna parte? Reflexiono: a lo mejor, en vez de en su vida, debería centrarme en su muerte. Sí, algo relacionado con el fin de Alejandro. ¡Eso es!

En estos momentos solo una persona podría comprender lo que siento: mi padre. También podría ayudarme.

¡Pero si ya lo está haciendo!

Todo cuanto me rodea me hace recordar una conversación que mantuvimos en cierta ocasión y que concluyó con una frase pasajera que hoy se me antoja un mensaje en toda regla. He estado durante mucho tiempo dando vueltas alrededor de él sin saberlo siquiera. Aquella noche me hablaba de Alejandro y me leía las palabras de Plutarco sobre sus últimos días. Lo interrumpí para preguntarle, desconcertada:

—¿No es extraño que a partir del siglo IV no se volviera a hablar del mausoleo de Alejandro en Alejandría, a pesar de ser su principal monumento y destino primero de quienes visitaban la ciudad?

—Sí —me respondió—, a mí también me ha intrigado siempre esta cuestión. ¿Qué pudo haber pasado? ¿Quedó anegado por el mar? ¿Lo arrasó un terremoto? ¿Lo destruyeron los romanos, tal y como hicieron con otros tantos monumentos paganos cuando se convirtieron al cristianismo?... ¿O alguien trasladó el mausoleo a otro sitio? —añadió con tono reflexivo tras una breve pausa—. ¿Puede que todavía quedasen seguidores del culto a Alejandro y decidieran poner a salvo sus restos?

Sí, ¿por qué no? Si mi padre estuviera vivo podría convencerlo de que, de ser cierta su suposición, los restos, quizá, habían sido trasladados hasta aquí. Ningún otro emplazamiento más apropiado que el oasis de Amón. Más aun, el propio Alejandro lo dejó claro en su testamento: quería ser enterrado aquí, junto a su amado padre Amón.

Eso si tal suposición fuera cierta y mi interpretación también lo fuera. Pero no dejan de ser elucubraciones: no hay ningún texto ni evidencias históricas sobre un posible traslado de este tipo. Nada.

Una idea descabellada; una intuición que es un disparate. Pero todos los grandes descubrimientos y hallazgos de este mundo comenzaron así, con una insensatez, ¿no? Pues vamos a intentar confirmar esta corazonada, y para ello necesito indicios. Algo que pueda justificar una excavación en toda regla y me convierta en la promotora del mayor descubrimiento arqueológico en la historia de la humanidad.

Si así fuera, todas mis penurias en este oasis se verían compensadas con creces. Mi vida tendría el sentido que tanto tiempo llevo buscando... Pero para ello hace falta mucha paciencia.

Me quedan menos de tres horas en este templo, no puedo perder ni un segundo.

El tiempo ha pasado muy rápido y el afán me ha hecho olvidar incluso este calor.

Mientras guardo mis libros y papeles hago balance: no ha estado mal, al menos he podido corregir alguno de los errores incluidos en los textos y he copiado una oración dedicada al dios Amón en lengua egipcia tardía. Pero no he visto ninguna inscripción en griego en torno a Alejandro: ni vivo ni muerto. No pasa nada. Ya he insistido en lo de la paciencia.

Termino justo a tiempo. Mahmud llega ya al pie de la ladera en compañía de Ibrahim.

En ese preciso momento, siento una ligera sacudida bajo mis pies, acompañado del chasquido de unas piedras que se rompen. Alzo los ojos de forma instintiva y observo cómo los bloques del techo que unían las dos mitades del pórtico se empiezan a resquebrajar poco a poco. Luego veo que caen y, chillando, echo a correr.

Uno de los fragmentos sale despedido como un obús, desde la portada del templo hacia el lugar donde duerme el muchacho. Echo a correr hacia él, sin dejar de gritar, y se despierta. Pero se limita a mirar, inmóvil, el pedrusco que se dirige hacia él.

No llego a tiempo, todo estaba pasando en cuestión de segundos.

Solo puedo ver a Mahmud e Ibrahim dando voces y acercándose al chico. Este sigue paralizado, mirando fijamente hacia arriba.

Luego los veo tirados en el suelo. No consigo distinguir cuál de los tres ha recibido el impacto de la piedra. Solo que esta rueda después de golpear a uno de ellos.

Yo sigo corriendo a toda prisa hacia ellos mientras de todas partes surgen adultos y niños dando voces y lanzándose hacia donde los tres permanecen apretados y acurrucados contra el suelo.

8

Alejandro Magno

La serpiente picó a mi madre con el veneno del amor y yo vine al mundo. Recibió la visita del dios carnero transmutado en serpiente y yo fui el fruto de esa unión divina. Mi padre, el mortal Filipo, rey de Macedonia, se dirigía al lecho de mi madre, Olimpia, cuando vio a través de la puerta entreabierta cómo la enorme serpiente negra reptaba por su vientre, de un blancor marmóreo, y se enroscaba en torno a su cuerpo. Ella la abrazaba con ardor. Mi padre retrocedió cerrando la puerta tras de sí, presa del horror y el pánico, e hizo llevar una ofrenda al templo del dios Amón-Zeus, la divinidad serpiente-carnero-águila, el dios de los nombres arcanos.

Ese soy y ese es mi origen. Pero tú, ¿quién eres tú, ser extraño y ajeno a mi tierra y a la tierra de Amón? ¿Eres un hombre o una mujer? No lo sé, pero sospecho que eres una mujer. Solo he conocido tanto empeño e insistencia en mi madre y en todas las mujeres a las que conocí después de ella. ¿Por qué turbas mi alma, que eligió esta tierra deshabitada para vagar sin rumbo? Me invocas una y otra vez desde tu mundo y me pides algo cuya esencia ignoro.

Piensas que sé mucho más de lo que sabes. Pero nuestras almas, tras la muerte, pasan a errar en la oscuridad y al final terminan convirtiéndose en un pez ciego en medio de un océano inmenso, incapaz de percibir otra cosa que la viscosidad del agua negra e insondable en la que nada. Yo también me debato en la más profunda de las oscuridades. ¿Será el averno de Hades, presidio según los griegos de los espíritus malignos, antítesis del paraíso luminoso donde los justos nadan en el mar de la luz junto a los dioses? ¿O es ese inmenso espacio vacío donde los pecadores purgan sus faltas, tal y como afirmaban los sacerdotes egipcios? No lo sé. Cuando abandoné el mundo de los vivos solo pude veros cuarenta días, ni uno más, después las tinieblas se cernieron sobre mí durante un tiempo que soy incapaz de medir: ¿es un día o una eternidad?

No veo a nadie de vuestro mundo. No oigo ni una sola voz ni hablo con nadie, nunca me encuentro con otros espíritus, ni buenos ni malos, y no creo que sea capaz de llegar a ti o inspirarte. Pero de tiempo en tiempo oigo las voces de quienes como tú me invocan y despiertan mi espíritu sin que sepa bien qué queréis. Solo conozco lo que conocí en la Tierra, veo y vuelvo a ver lo que fui y las imágenes se superponen y se contradicen.

¿Será esta tierra de nadie, en mitad de ambos mundos, el tránsito hacia la dicha y la compasión o solo el preámbulo a un nuevo tormento? No lo sé, no sé nada.

No sé nada de la existencia de Amón, en quien me refugio; ¿es un dios o una ilusión?

El sacerdote de la revelación, ¿era un verdadero sabio conocedor de los profundos arcanos o un impostor, un forjador de mentiras? Mi alma siguió la huella de mi cadáver durante semanas y llegó hasta aquí antes de los cuarenta días para que yo pudiera ver por última vez el tiempo de Amón. Espero que sea la primera cosa que vea cuando la luz vuelva a surgir, si es que surge y me desvela la verdad.

Desde que tuve conciencia del mundo, mi madre sembró en mí la certeza de que era hijo del dios. ¿Cómo podría haber puesto en duda las palabras de Olimpia, que se forjó como sacerdotisa en los templos divinos? Ella sabía cómo entrar en el mundo de los secretos más recónditos: yo mismo, en mi infancia, la había visto adentrarse en aquellos territorios ignotos para el resto de los mortales. Sus ojos verdes comenzaban a brillar con un fulgor envolvente mientras contemplaba lo que los demás no pueden ver; luego, su cuerpo se contraía y se retorcía por el suelo, hablando una lengua ajena a este mundo. Al cabo, volvía con nosotros con una mirada límpida en sus ojos cristalinos y en su hermoso rostro luminoso. El susurro de las hojas de los árboles, el silbido de la brisa, el canto de los pájaros, el fulgor de las estrellas y otras tantas realidades inaprensibles para nosotros le inspiraban la verdad oculta de las cosas. Y luego nos transmitía los secretos del pasado y del futuro.

Cuando yo tenía diez años, despertó en el palacio real de mi tío de uno de sus viajes a lo insondable y me dijo: «Te he visto, eras un águila y planeabas en el cielo con alas de plata. Te ibas haciendo cada vez más grande, hasta cubrir con tu sombra el mundo entero. Tú eras la sombra y la luz, el Sol y todo lo que es y será. Dominarás la Tierra y ningún hombre podrá derrotarte. Tuya será la eternidad de los dioses».

Por aquel entonces yo era un niño triste, mi padre había repudiado a mi madre y se había casado con otra mujer. A mí me llevaron al palacio de mi abuelo, lejos de Filipo y de Macedonia. Mi madre me dijo: «No estés triste. Filipo no es tu padre. Eres el hijo de Amón-Zeus. Volveremos a Macedonia en unos meses. Pasarás con tu padre mortal diez años antes de heredar el trono y después gobernarás el mundo y a quienes lo pueblan». Todas sus profecías se cumplieron. ¿Cómo iba a dudar entonces de que era hijo de un dios? Pero, ¿cómo podía tener yo dos padres, Filipo en la Tierra y Amón en el Cielo? ¿Quién era yo, qué se suponía que tenía que hacer en este mundo?

Nadie mejor que Aristóteles podía ayudarme a resolver estos enigmas. Como era el mayor filósofo de los griegos, cuando fui nombrado príncipe heredero, mi padre lo hizo venir para que fuera mi preceptor. Yo era apenas un muchacho. Aristóteles no me daba respuestas concretas: desgranaba su sabiduría a través de misteriosos aforismos. Ensalzaba a los dioses griegos, o eso decía al menos, y nunca mencionaba a los egipcios. Sin duda, temía correr la misma suerte que su antecesor, Sócrates, tan dado a hablar de las divinidades y castigado por Atenas, que terminó por considerarlo un charlatán y un hereje y lo obligó a beber cicuta. En cuanto a mí, ansiaba conocer la verdad y comprender todos los misterios que me rodeaban desde el día de mi nacimiento. Aristóteles quería que aprendiese filosofía y política, pero yo me veía más dispuesto para otras disciplinas.

En alguna ocasión, muy pocas, fui capaz de aplicar la más importante de las enseñanzas de mi maestro: el uso de la razón y el dominio de mí mismo. Pero sus mayores regalos fueron la poesía y la música. Me enseñó la *Ilíada*, la epopeya de Homero, y siempre llevé conmigo, durante el resto de mis días, una copia revisada por él mismo que siempre estaba en la cabecera de mi cama, ya fueran tiempos de paz o de guerra. Guardo de él una frase inquietante: «La tragedia ayuda a la purificación de uno mismo por los sentimientos de piedad y miedo que inspira».

La experiencia misma de la vida, de la poesía y de la música me ayudó a comprender el significado real de estas palabras. La poesía, cuántas veces me elevó por encima de lo tangible y de lo visible y me hizo sentir que el velo que nos separa de lo desconocido estaba a punto de rasgarse, y que mi espíritu se hallaba presto para salir de mi cuerpo e irrumpir en los confines del mundo de los misterios y las certezas eternas. Cuántas veces me despertaba por la noche, aun en medio de guerras interminables, para leer la *Ilíada* e invocar el hálito de inspiración de su poeta. A menudo la invocación duraba días y noches enteras, durante los cuales en el palacio no dejaban de resonar ni la música ni la poesía; los soldados pensaban que su comandante había enloquecido. Y yo, sin duda, aspiraba a llegar a la locura. Inmerso en ese vértigo, me olvidaba de Aristóteles y me acordaba de mi madre. Ella me enseñó que para entrar en el reino de los arcanos sagrados hay que penetrar en el éxtasis. Solo así podemos abandonar lo mundano y adentrarnos en los confines de las verdades ocultas.

Aunque no consiguiera franquear los territorios vedados, podría, al menos, disfrutar de aquel placer de los sentidos. ¡Son tan pocos los momentos de verdadera alegría en esta vida!

Y yo quería que aquella dicha perdurase, pero siempre aparecía el otro Alejandro para arrebatármela. El Alejandro de la sangre que siempre terminaba por domeñar al Alejandro de la armonía. Toda mi existencia fue una disputa fratricida entre dos Alejandros antagónicos.

La melodía y los cantos armónicos siempre iban asociados en mi mente a la idea de encontrarme con Amón en su oasis. Conquisté Egipto, y sus gentes me recibieron como a un libertador por haber puesto fin a la humillante ocupación de los persas, que habían destruido los templos de sus dioses.

Colmé a sus sacerdotes de regalos y a sus dioses de ofrendas, y me amaron. Yo no adoraba a sus divinidades, ni las conocía. Al principio me repelían sus representaciones. ¿Qué podían tener en común los dioses griegos, con sus rasgos humanos y nobles, y aquellos dioses egipcios de rostro animal y feroz que tanto temor inspiraban? Las divinidades griegas acompañan a sus siervos a las cimas del Olimpo para compartir con ellos la dicha celestial. Los dioses egipcios me asustaron por su concepción del hombre, a quien veían como a un extraño, una criatura insignificante en este mundo, sometida a sus terribles poderes. Pero, al mismo tiempo, turbaron mi espíritu y dieron lugar a un tercer Alejandro que se pregunta: ¿qué es mejor para el ser humano en su tránsito sobre la Tierra: la alegría o el miedo? ¿Qué sentimientos inducen a la rectitud y al bien? No encontré ninguna respuesta dentro de mí, pero aun así intenté forzar su aparición.

Con todo, mostré el mayor de los respetos a sus deidades. No se trataba de una impostura: era también una manera de aproximarme al prócer de todas ellas, del cual esperaba que me revelara la esencia de mi ser y mi destino. Había oído desde joven que para aprehender la verdadera sabiduría era necesario venir a Egipto y que Platón, el maestro de Aristóteles, dijo que los griegos, aun con toda su magnífica aportación en las ramas del saber, eran unos niños comparados con los egipcios. ¿Podría responder Amón a mis preguntas? Desde hacía tiempo se había convertido en una divinidad de renombre en Grecia, hasta el punto de que algunos lo habían equiparado al mismísimo Zeus. Muchos griegos peregrinaban hasta su oasis para conocer sus augurios; según se contaba, era infalible.

Pero, ¿de verdad me creía yo todo eso? Sí, un Alejandro se lo creía y el otro lo negaba. Yo esperaba un milagro de Amón, que los uniera en uno.

Por aquella época eran solo dos.

Fundé mi ciudad, Alejandría, a la orilla del mar y acto seguido me encaminé hacia el oasis. Mi decisión provocó rumores en la corte. Quisieron asustarme, ese desierto había acabado con un ejército imponente, el del emperador persa Cambises, y estábamos en pleno invierno, en época de tormentas. En la corte se murmuraba que quería ir allí para conseguir de los sacerdotes egipcios el título de hijo del dios aun cuando los griegos y los macedonios condenaban esa creencia oriental. A lo máximo a lo que podía aspirar un hombre, según nuestras creencias, era a la condición de héroe, como Hércules, un ser inmortal que no alcanza el rango de los dioses. Solo en Egipto los dioses convertían en uno de los suyos a quienes adoptaban como hijos. Al fin y al cabo, los mismos reyes eran considerados dioses. Los hombres de la corte decían que sería una de las excentricidades, otra más, de Alejandro, el deseo de demostrar a todos que, al contrario de quienes lo precedieron, él sí es capaz de atravesar este desierto fatídico.

Escuché todo aquello pero no dije nada. Monté mi caballo y cabalgué por la costa hacia el Oeste. De igual manera que siendo un niño fui capaz de domesticar este pura sangre azabache y montaraz, que ningún caballero de Macedonia pudo domar, lograré hacerme con este desierto.

Así que me dirigí hacia el oasis, acompañado de una pequeña comitiva de soldados y amigos. A lo largo del camino tuvimos que afrontar los peligros de los que nos habían advertido. A los dos días nuestros odres se habían quedado sin agua, que se había evaporado o caído. La caravana entró en pánico, pero súbitamente cayó un aguacero del cielo y pudimos hacer acopio del agua necesaria para continuar la marcha. Uno de los soldados, henchido de entusiasmo, exclamó: «¡Los dioses protegen a Alejandro!». Otro susurró: «No, estamos en la estación de lluvias y no hay nada de milagroso en esto».

Yo sonreía para mis adentros y me preguntaba cuál de los dos estaría en lo cierto. Poco después se levantó una formidable tormenta de remolinos de arena que nos dejó exhaustos y nos hizo perder el rumbo, sin saber bien, cuando amainó, qué dirección seguir.

Luego leí en uno de los libros que alguien escribió sobre mi vida que una bandada de cuervos salvó a la caravana y la reorientó hacia su ruta original. Aquellos pájaros, contaban, volaban por delante de nosotros durante el día y graznaban por la noche para mostrarnos el camino, así hasta el final del viaje. Otros escribieron que fue una cobra, la serpiente sagrada de los egipcios, la que nos llevó sanos y salvos hasta el oasis de Amón.

Probablemente fueron las estrellas las que nos guiaron; pero los vivos sienten una profunda devoción por las leyendas de cuervos y serpientes, y los griegos no son una excepción. Yo mismo me ajustaba a la norma, a pesar de las enseñanzas de Aristóteles. Sin embargo, cuánto me habría gustado ser diferente.

Una semana después llegué al oasis de Amón, era la primera hora de la mañana. El sol reverberaba con sus rayos dorados en el frontispicio del oráculo del dios. Vi las comitivas de peregrinos pasando descalzos por la ladera y decidí encaminar a mi caballo al galope hacia la otra vertiente para llegar antes que ellos a la cima. El corazón me latía con fuerza mientras contemplaba el espectáculo. Todo parecía nuevo y extraordinario. A mis pies, en mitad del desierto, se extendía un mar verde de palmeras, y un sol idéntico al que brillaba en el cielo parecía emerger de un ojo de agua situado al pie de la colina, y se multiplicaba por la superficie azul de las lagunillas esparcidas por la inmensa superficie de arena. Frente a la entrada del edificio sagrado, adornada con dibujos de colores vivos, contemplé a las sacerdotisas de Amón. El aire hacía ondear sus vestimentas transparentes, que aleteaban como alas blancas alrededor de sus esbeltos cuerpos en una especie de danza, y parecía que fueran a salir volando hacia ese inmenso astro al que reverenciaban con sus brazos implorantes. Los himnos, que entonaban con voz trémula en una lengua que no entendía, no resonaban en mis oídos como oraciones sino como susurros apasionados. ¿Pasión por quién? ¿Por los dioses? ¿Por Amón solamente? ¿Por mí?

Descabalgué, con el corazón latiendo todavía con fuerza ante todo cuanto estaba viendo y oyendo. Me dirigí con la solemnidad de un rey adonde me aguardaba el sumo sacerdote. Este había dejado atrás a las vestales, que seguían bailando, y se disponía a recibirme. Tenía la cabeza completamente afeitada y vestía, también él, una túnica holgada y blanca. Me hizo una prolongada reverencia y después me extendió la mano pronunciando unas palabras en griego: «Él esperaba su llegada, hijo de dios, señor del mundo».

Hice una señal a mis acompañantes, quienes le hicieron entrega de los regalos y ofrendas que habíamos traído. Los aceptó y acto seguido me acompañó hacia la entrada del templo. Mi séquito quiso seguirme pero los detuvo con un ademán. Solo yo podía entrar en el recinto sagrado. Cuando los dos nos introdujimos por la puerta del sanctasanctórum, la música y los cantos cesaron. Se hizo un profundo silencio y del interior del templo comenzó a manar una fina cortina de incienso de una fragancia que nunca antes había olido. Me vi presa de un temor desconocido, que nunca había sentido en ninguna de las batallas en las que me fue dado contemplar el rostro de la muerte.

Me adentré en la sala donde se encuentra la estatua del dios, sentado en su trono de oro, para que su sumo sacerdote recibiera la revelación. La voz se elevó, profunda, pausada, detenida en la penumbra de aquella sala sagrada, entre los efluvios de aquel incienso embriagador, como si procediera de todas partes y de ninguna a la vez.

Amón estaba revelando algo, y quería que yo lo escuchara y lo interpretase.

Salí del templo acompañado del sacerdote, que levantó la mano para pedir silencio a los presentes. Temí que repitiera la revelación del dios ante toda aquella muchedumbre, pero se limitó a decir que los dioses me habían elegido como faraón de Egipto y que su dios, Horus, se había transustanciado ya en mi cuerpo. En cuanto lo dijo, todos los demás sacerdotes y sacerdotisas así como los peregrinos egipcios comenzaron a dar aleluyas y a agitar las manos con frenesí, dando vivas al nuevo faraón. Hombres y mujeres lloraban de alegría.

Mis amigos y soldados me rodearon, se leía en sus ojos el deseo de saber lo que había pasado en mi encuentro con el dios; me limité a sonreír. Pero Filotas, el guerrero protector, mi querido amigo, me preguntó en un tono que parecía de reproche: «Entonces, ¿ahora eres un dios?». Al no obtener respuesta, masculló mirando en derredor con ojos tristes: «Éramos felices cuando solo teníamos a un gran héroe para conducirnos a la victoria».

Comprendía el sentido de sus palabras, pero los vivas y los gritos de júbilo en honor del nuevo faraón, en mi honor, en honor de Alejandro el rey dios de Egipto, seguían sucediéndose y yo me preguntaba adónde había conducido a los griegos su amor por la libertad del que tan orgullosos se sentían. Llevaban mucho tiempo matándose entre sí, y sus ciudades se habrían aniquilado unas a otras si Filipo no las hubiese unificado, por la fuerza de la espada, bajo la férula de Macedonia. Sin embargo, los egipcios mantuvieron la estabilidad de su imperio milenario sometiéndose a sus dioses, faraones y sacerdotes y permaneciendo unidos gracias a un poder despótico repudiado por los griegos. ¿No podía aprender algo de la experiencia egipcia? Podría ponerla en común con las enseñanzas de Aristóteles y sacar algo en claro.

Mientras reflexionaba, observaba al mejor de todos mis compañeros, Hefestión. En sus ojos claros no había ni reproche ni incredulidad. Creía en mí. No como Filotas, que estaba siempre enfadado. No tenía importancia. Acabé matándolo tiempo después.

Al fin, les dije, no le contaría nada a nadie de lo acaecido en el sanctasanctórum entre Amón y yo. Solo a mi madre Olimpia, cuando la viera. Pero la muerte llegó antes de que pudiéramos volver a encontrarnos y se llevó el secreto de la revelación del dios.

¿Y quieres que te lo desvele a ti, mujer que turbas mi espíritu con tus invocaciones?

¡Tú no eres Olimpia!

La visita al oráculo de Amón me inspiró, por un tiempo, la paz de espíritu que había estado buscando durante toda mi vida. Había pasado mis días desgarrado entre la severidad de mi padre Filipo, las visiones alucinantes de mi madre y la sabiduría de Aristóteles. Y ahora, en plena guerra, encontraba la paz. Había batallado contra los persas durante lustros, los expulsé de Anatolia, Siria, Palestina y Egipto, derrotando a su rey Darío en todos los combates que entablé con él. Pero tras la revelación de Amón desistí de seguir guerreando con ellos por el control de más países y territorios; ahora se trataba de combatirlos porque yo ahora era un dios decidido a extender la justicia por todos los confines de la Tierra. No estábamos ante otra guerra más, como pensaba su desdichado rey, sino ante la guerra definitiva, la que pondría punto y final a todas las guerras. La guerra del bien contra el mal, destinada a imponer la paz hasta el final de los tiempos.

Darío había aprovechado mi estancia en Egipto para recomponer sus fuerzas. Había reunido, a partir de los restos de su maltrecho imperio, un ejército diez veces superior al mío. Nunca fue capaz de comprender que la cantidad no es lo que importa. Es algo que aprendí de mi padre Filipo. Puedes sojuzgar a la gente a través del miedo y de la opresión, pero un ejército de soldados temerosos nunca podrá ganar una guerra. En el campo de batalla los hombres tienen que ser libres, dominar su miedo con la voluntad, pero no compelidos por las órdenes de los comandantes. De mi padre aprendí que la valentía no es innata sino que se adquiere a fuerza de controlar el miedo que todos llevamos en nuestro interior. Y traté de predicar con el ejemplo, conduciendo a mis soldados siempre desde la primera línea de batalla, enarbolando mi espada, asestando y recibiendo golpes, con el cuerpo cubierto de heridas pero convencido de la victoria. Y mis guerreros, cuando me veían, se lanzaban tras de mí en pos de la victoria o la muerte, no importaba. Supe insuflar en ellos la embriaguez del combate, incluso que llegaran a olvidarse de sí mismos. Así hice de ellos un ejército de verdad. Darío, por el contrario, nunca pudo lograrlo. Aunque yo, en tiempos de paz, los controlaba con puño de hierro, mucho más férreo que el suyo. El mío, al fin y al cabo, era el puño de un faraón, de un dios.

Volví a derrotarlo en dos grandes batallas, durante las cuales su ejército huyó en desbandada. Vencido, me envió emisarios para proponerme que nos repartiéramos el mundo. A cambio me ofrecería cuantos tesoros y posesiones me vinieran en gana. Pero, ¿por qué habría de aceptar la mitad del mundo cuando todo él estaba al alcance de mi mano? ¿Qué le hacía pensar que me dejaría engatusar por todas sus riquezas, cuando estas debían ser el botín que yo repartiera entre mis guerreros? No menos ridícula me pareció su propuesta de concederme la mano de su hija, prisionera al igual que su madre y otras mujeres de su familia en mi campamento desde el inicio de nuestra guerra. Le respondí liberando a todas ellas y alojándolas con grandes muestras de respeto en uno de los palacios que le había arrebatado durante mi incursión. Pero no entendió el mensaje y volvió a retarme con un ejército formidable en la capital de su imperio en ruinas, Persépolis, la gloria del Imperio persa y símbolo de su poder. Allí lo derroté por tercera y última vez. Y él volvió a huir, para recomponer de nuevo sus tropas. Pero mis soldados y yo sabíamos muy bien que aquella victoria suponía el fin de la guerra y el colapso de su imperio.

Después de todo aquello, era de justicia arrasar la capital. ¿No habían hecho lo mismo los persas con la hermosa Atenas, la perla de Grecia, hacía dos siglos? No presté atención a los consejos de mis generales y asesores de corte que se oponían a la destrucción de Persépolis. Me preguntaban que por qué perdoné a las demás ciudades persas e incluso ordené reconstruir sus templos, ganándome así el fervor de sus gentes, y ahora quería destruir la capital, cuyos tesoros y palacios me pertenecían. Mientras ellos seguían hablando, tomé una antorcha y la arrojé hacia el palacio del rey de reyes, el gran sah, y después ordené a mis soldados que hicieran lo propio. El palacio entero comenzó a arder, hasta quedar reducido a humo y cenizas. Un fuego mucho más excelso que cualquiera que los persas hayan llegado a ofrecer jamás en honor a su dios. ¿Por qué no hacer una ofrenda aún mayor? ¿Por qué no convertir la ciudad entera en una ofrenda?

No se trataba de un acto de justicia, la justicia de un dios, sino de una venganza, la de un ser humano habitado por el odio. El crepitar del fuego y el silbido de las llamas me inundaba de un éxtasis similar a la embriaguez, y tuve miedo de mí mismo. «Quién soy yo en verdad —me preguntaba—, por qué hago una cosa y luego la contraria...».

En todo caso, después de Persépolis, ya no hubo más ciudades arrasadas. Al contrario, llegué a ordenar la construcción de otras nuevas. Más Alejandrías. También perdoné a los comandantes derrotados y los hice gobernadores de las tierras que antes estaban bajo su mando, con la única condición de que me rindieran pleitesía y se sometieran al Imperio macedonio. Me congracié con ellos y reparé sus lugares de culto, sin dejar de erigir otros nuevos en honor a un nuevo dios a quien debían conocer y adorar en su justa medida: Alejandro, el hijo de Amón.

Y no me preocupaba en exceso el creciente malestar que comenzaba a apoderarse de mis soldados griegos y macedonios. Ellos también debían adorar al dios que los había conducido hacia victorias inéditas hasta ese momento y que nunca jamás volverían a repetirse. ¿Quién sino un dios habría sido capaz de realizar semejantes conquistas?

El mundo comenzaba a ser mío. Tras unir el Imperio persa a mis dominios de Macedonia puse rumbo hacia el Este, al frente de mis huestes. Atravesé valles y desiertos, crucé las escarpadas montañas que habían sido la tumba de quienes habían intentado sortearlas y sometí la India. Conquisté toda Asia, el continente y el mar; la profecía de Olimpia y Amón se había cumplido. Sí, vencería en todas las guerras, en cualquier sitio, y ahora llegaba la hora de regresar y conquistar todo Occidente una vez asegurado el dominio sobre Oriente.

Pero no sin antes llevar a cabo una tarea que nunca jamás hombre o dios alguno pudo completar: construir un mundo completamente nuevo, un mundo sin diferencias entre razas y con un único idioma, el griego, la más sublime y delicada de todas las lenguas, la lengua de la *Ilíada*. Un reino en el que todos los pueblos acabarían fundiéndose en uno. Una única raza sobre la faz de la Tierra.

Enrolé a los soldados persas derrotados en mi ejército y traté de que los míos entablasen una relación cordial con ellos. Pero los griegos y los macedonios se negaron a convertirse en hermanos de armas de aquellos enemigos bárbaros y zafios a quienes acababan de dominar en el campo de batalla. Su negativa no me hizo desistir de mis planes. Desposé a la hija de Darío, mi cautiva desde el inicio de la guerra, y la noche de mi boda casé a ochenta de mis generales con mujeres de la nobleza persa e incité a mis soldados macedonios a hacer lo mismo, propiciando miles de matrimonios mixtos. Soñaba con crear una nueva estirpe a partir de la mezcla de la sangre europea y la asiática, y evitar así las guerras y los conflictos entre unos y otros. Sí, Alejandro quería conseguir lo que otros dioses habían sido incapaces de lograr, forjar un orden nuevo donde no hubiera blancos ni negros ni diferencias entre los adoradores de Zeus, el hogar de los persas o los dioses hindúes.

Pero un Alejandro se preguntaba: «¿Y para lograr todo eso es necesario entablar guerras sangrientas y diezmar las huestes de los vencidos y las mías propias?».

Y el otro Alejandro se respondía: «Sí, pues al final redundará en su beneficio. Ningún mortal puede aprehender los designios de los dioses. ¿Por qué habrían de comprender los míos?».

En la corte se decía que Alejandro se había vuelto un tirano, un déspota como los tiranos de Oriente, que viste las ropas de los persas y se aferra al trono y al cetro de Darío. Parecía haber olvidado el espíritu libre de los griegos, pues se negaba a debatir con nadie y su única ambición era poner el mundo entero a sus pies.

Algunos soldados hicieron expresa su intención de regresar a Grecia una vez terminado su servicio. Los licencié, y solo quedaron conmigo los generales más afines, entre ellos Hefestión, mi amigo más fiel, y mis guerreros macedonios, la piedra angular de un ejército jamás derrotado. La dulce miel de la victoria los había embriagado hasta el punto de rechazar categóricamente los consejos de la razón y la sensatez, que conminaban a regresar junto a sus mujeres y sus hijos antes de que fuera demasiado tarde.

Sin embargo, entre los que se quedaron siguieron sucediéndose las conspiraciones contra mí; aquello me encolerizaba y me entristecía y comencé a beber. Organizaba suntuosos banquetes y veladas donde el vino corría sin medida. Bebía con un ritmo que nadie podía seguir. Quizá porque nadie estaba tan necesitado como yo de aquel néctar que conseguía reunir, bajo los efluvios de la inconsciencia, los fragmentos de los dos Alejandros que componían mi ser y convertirlos en uno. O quizá se trataba de desplegarlos todos ante mí y pasar revista a cada uno de ellos. Solo así podría confesar lo que nunca diría estando sobrio.

En esos momentos no dudaba en matar a quien tuviera la osadía de despertarme y obligarme a convertirme en un Alejandro que yo no deseaba ser.

¿Fue acaso mi mayor crimen el que cometí, precisamente durante uno de aquellos banquetes, contra el valiente soldado que me salvó la vida? Clito, el mismo que, al inicio de la campaña con los persas, en el río Gránico, se lanzó para recibir la flecha que iba dirigida a mí cuando caí herido de mi caballo. Aquella noche, sin embargo, Alejandro debía arreglar sus cuentas pendientes con Filipo, su padre mortal.

Me vanagloriaba ante mis soldados de que todas las guerras entabladas por Filipo no valían nada en comparación con mis gloriosas gestas en Asia. Incluso las victorias griegas conseguidas por mi padre no habrían sido posibles sin mi decisiva aportación como general en jefe de sus ejércitos. Yo era el verdadero adalid. ¿Por qué Clito hubo de entrometerse entre Filipo y yo? Tuvo la osadía de afirmar que, de no ser por los triunfos de Filipo en tierras griegas, yo no habría logrado absolutamente nada. Filipo combatía contra hombres de verdad —añadió—, mientras que yo, en mi periplo asiático, solo había guerreado con mujeres. Fue escuchar aquello y olvidar mi deuda de gratitud con él: ya no lo veía como el hombre que me salvó la vida sino como un traidor que se ponía del lado de Filipo para derrotar a Alejandro. Y Clito aún fue más lejos: ¡puso en duda la veracidad de la profecía del hijo del dios supremo! Con sarcasmo, añadió que aquellas gestas de Filipo eran mucho más reales y verídicas que las revelaciones de mi padre celestial. En un arrebato de ira, tomé la lanza de uno de mis guardias y se la clavé en un costado: «¡Vete, pues, de aquí y corre a reunirte con Filipo, a quien tanto amas!», le grité.

Sin embargo, el torrente de sangre que manaba de su cuerpo y regó el mío hizo retornar por unos momentos al Alejandro único, el Alejandro que los estragos del vino había dispersado por entre los confines de las regiones de los dioses y los hombres. Un Alejandro perdido y atemorizado que miraba sobresaltado el cuerpo inerte de Clito desangrado, con la lanza hendida en él. Mi amigo, mi compañero de veladas... El más audaz de mis guerreros... Si no fuera por él yo no estaría vivo... Y ahora está ahí, muerto... Yo le he arrebatado la vida con mis manos... Con un grito embargado de lágrimas arranqué la lanza de su cuerpo y la dirigí hacia mi pecho.

Si aquella mano embriagada hubiera logrado perforar mi corazón me habría ahorrado una nueva hornada de días y años de continua incertidumbre. Sin embargo, los guardias estuvieron más rápidos que yo y lograron arrebatarme la lanza, y caí al suelo muy a mi pesar. Pasé toda la noche tendido junto al cadáver de Clito, llorando su muerte, lamentándome con gemidos de terror por la bestia feroz que habitaba mi piel divina.

Amón no me había reconocido el derecho a ser destinatario de sacrificios humanos; sí lo incluían las revelaciones de mi madre Olimpia, la cual nunca dudó en matar y nunca sintió remordimientos por ello. Cuando los guardias vinieron a mi tienda a retirar el cadáver ordené que nadie me importunara. Me tendí en el lugar donde antes yacía Clito y permanecí tres días sin moverme ni probar bocado. Con la vista fija en el cielo imploraba a Amón y a los dioses que reunieran mis pedazos y los recompusieran en un único ser. Aunque fuera en mi cadáver.

Mis guardias y los miembros del séquito comprendieron que había decidido dejarme morir y resolvieron irrumpir en la tienda. Rogaban que me levantara, que viviera, y cedí porque aún no había llegado el momento de desear verdaderamente la muerte.

Uno de ellos era Calístenes, mi compañero de estudios, sobrino de Aristóteles. Se encargaba de historiar mis campañas e inmortalizar mis hazañas bélicas. Él también me imploraba, debía vivir, no por mí sino por la gloria de Macedonia, que no podía truncarse.

Él no sabía, en ese momento, que estaba salvando la vida de su verdugo. Imploraba que renunciase a la muerte, y decidí aferrarme a la vida, sí, pero para acabar con la suya meses más tarde. Lo sorprendieron urdiendo una conspiración contra mí y se defendió con elocuencia, como siempre, como había aprendido de su tío, de las acusaciones que pesaban sobre él. Proclamaba su inocencia, pero fue precisamente su elocuencia lo que confirmó mis sospechas. La verdad es simple y no suele necesitar de florituras retóricas. Por lo tanto, ordené que lo ajusticiasen junto al resto de conspiradores después de someterlos a tortura. Sin embargo, no tardé en arrepentirme, de nuevo, de aquella muerte y volví a enclaustrarme para llorarle y llorarme a mí mismo. En aquellos momentos de reclusión voluntaria imaginaba que, matando a Calístenes, había asesinado también al Aristóteles que había en mí y todas sus enseñanzas sobre la felicidad, que solo se encuentra en la sabiduría y en el justo medio.

Pensé que toda mi vida había discurrido por senderos opuestos a los valores que me había enseñado. Él abogaba por la conveniencia de forjar una república ni muy grande ni muy pequeña, para favorecer así un gobierno justo y equilibrado; yo, sin embargo, había erigido un imperio que se extendía por todo el mundo. Él quería un poder moderado, que no emanara ni de ricos ni de plebeyos, sino que estuviera en manos de hombres sensatos. ¿Qué diría del régimen de un dios-héroe que ha unido bajo su yugo todos los confines de la Tierra? Aristóteles abogaba por la virtud del justo medio, lejos del exceso y sometida a los límites de la razón. Y yo muchas veces me pregunté, venerable maestro, si aquella vida de sabiduría de la que te gustaba hablar a tus discípulos mientras paseabas con ellos bajo la sombra de los árboles era posible fuera del jardín de tu Academia.

Todas aquellas enseñanzas habían quedado en el olvido tras la visita a Amón y mi encuentro con los sacerdotes egipcios, portavoces de los dioses.

Allí aprendí que el miedo, y no la sabiduría, es el fundamento del poder. Aprendí que la mejor forma de inculcar al pueblo la obediencia y el sometimiento al gobernante es el castigo y el tormento, en la Tierra y en el Cielo; no se debía, pues, permitir al vulgo gozar de libertad. Solo el temor podía aportar placer. Debían adorarme en el miedo y desde el miedo. Sí, esa fue la lección más importante que Amón y los egipcios me transmitieron. Y bien que la apliqué, y con grandes resultados además, en Egipto y en todas partes. Los gritos y lloros convulsos e histéricos de los egipcios a su faraón Alejandro se reproducían en otros pueblos, por toda Asia, para alabar a su nuevo dios conquistador.

Por supuesto, no faltó el inefable reducto de rebeldes entusiastas de la libertad, pero por lo general era el pueblo quien se encargaba de ponerles coto antes de que tuviera que preocuparme. Tan pronto como los descubrían, denunciaban sus conspiraciones, dichosos de acabar con ellos. Los muy ingenuos deseaban quebrar el don preciado de una estabilidad forjada en el miedo.

Nunca olvidaré a uno de aquellos rebeldes, un muchacho de dieciséis años, uno de los patricios macedonios encargados de guardar mi tienda, los últimos que hubiera creído capaces de traicionarme. Uno de ellos los delató y ordené que los arrestaran a todos.

Y él, el adalid, el adolescente, tuvo el valor de retarme, desafiante, durante los interrogatorios: «¿Y tú me lo preguntas? ¡Como si no lo supieras! Sí, he conspirado contra ti porque ya no te comportas como un rey con sus súbditos que han nacido libres, sino como un tirano con sus siervos. Quieres que los macedonios se postren ante ti y te adoren como a un dios... ¡Has renegado de tu propio padre Filipo! ¿Te extraña acaso que ya no soportemos tu soberbia?».

Aquel niño pretendía adoctrinarme. ¿Cómo podía aquella criatura comprender la esencia de mis designios divinos para mayor gloria de Macedonia y la paz del mundo? ¡A lo mejor pensaba que habría de ejercer algún tipo de impresión en mí diciendo cosas tales como «llévanos al cadalso para que así obtengamos con nuestra muerte lo que tanto ansiábamos con la tuya»!

Pues no. Antes de ejecutarlos los sometí a la tortura de la rueda y ordené que les rompieran todos los huesos del cuerpo.

Luego vino la acostumbrada sensación de arrepentimiento y pesar. Y la reclusión. El Alejandro egregio, hijo del dios, se diluyó y el Alejandro patético ocupó su lugar. En mi aislamiento, no podía dejar de pensar en aquel valiente muchacho. Sabía muy bien que por su boca hablaba la verdad. Sí, era un tirano, por mucho que tratara de justificarlo. Goberné desde el miedo y fue este lo que hizo que la gente me obedeciera, tal y como quería. Pero también fomenté la traición, incluso entre los más cercanos. Muchos de ellos conspiraron contra mí, una y otra vez, pero ninguno tuvo la gallardía de aquel chico para escupirme la verdad a la cara. Quizá porque no se alzaron en nombre de la justicia y la libertad, como él, sino para arrebatarme el poder. Pero, ¿por qué lo traicionó su compañero y lo delató junto con los demás conspiradores sabiendo que los condenaba a la tortura y la muerte? ¿Era también el miedo o la ambición?

Pensé mucho en todo aquello, pero nunca llegué a descubrir cuál era el origen de la tiranía, el miedo y la traición. ¿Qué generaba qué? ¿Era yo el culpable o una víctima más?

En aquellos momentos de soledad, acompañado únicamente de la imagen del muchacho ajusticiado, desaparecían las múltiples facetas de Alejandro y solo quedaba el Alejandro consciente de que había llegado al final de su camino. Lo tuve todo, la victoria y la gloria que nadie había logrado con tal esplendor; el placer del poder, la omnipotencia del dios que da y quita la vida; los placeres de la poesía y la música, la embriaguez del vino, la pasión por las mujeres... Pero no conseguí ser feliz.

Durante el resto de mis días traté de buscar la felicidad de los hombres, no la de los dioses. Conocí y amé a muchas mujeres. Roxana, mi esposa persa, fue la más cercana a mi corazón. No era el amor desgarrador y absoluto que hace que el ser humano renuncie a todo, como Paris y Helena en la *Ilíada*, hasta el punto de provocar la guerra de Troya; mi amor por Roxana era reposado y profundo. También experimenté amistades profundas y verdaderas, como la de Hefestión. Una amistad que me sirvió de consuelo hasta el fin de mis días y, a veces, nos fundía en un único ser. En una ocasión, la madre de Darío, al ser capturada, se equivocó y se arrodilló ante él implorándole que le perdonara la vida; pensaba que el rey era él. Cuando le hizo una seña indicándole que el rey era yo, le dije que no se preocupara, él también era Alejandro.

No mentía. Estaba convencido de que Hesfestión era el mejor Alejandro posible, mucho mejor que todos aquellos seres agrupados en mi interior. Le habría gustado a Aristóteles. Tenía una forma de ser pausada y equilibrada y nunca se dejaba llevar por los arrebatos, tan frecuentes en mí. Al contrario, los comprendía y era capaz de excusarlos. Percibía en su mirada que sabía el porqué de mis actos contradictorios y qué me impelía a ellos. Yo, sin embargo, era incapaz de encontrar una explicación.

Pero se fue antes de tiempo. Cayó presa de la enfermedad cuando regresábamos de Asia y paramos en Babilonia camino del Oeste. Allí falleció. Y con su muerte comprendí que el Alejandro hombre también se había marchado. Ya solo faltaba que las otras esquirlas de mi personalidad, cuya existencia me amedrentaba, se disipasen también. No tenía sentido convivir con todos esos seres sospechosos: Hefestión se había llevado con él la paz de espíritu que solo él sabía transmitirme y tanto me ayudaba a recomponer mi ser fragmentado. Intenté poner fin a todo ello por mí mismo, pero cuando hice ademán de lanzarme a las aguas del río la fiel Roxana me lo impidió.

Estaba completamente solo, y tenía que completar, desde allí, Babilonia, la última de mis campañas, antes de regresar a Europa. Me propuse descubrir la última tierra ignota de Asia: el vasto desierto habitado por los árabes. Armé la flota con el propósito de perfilar los accidentes de su península, pero algo me decía que ya no culminaría mi última campaña asiática. Tras la muerte de Hefestión, me planteaba continuamente el sentido de todas las cosas, de mi existencia misma.

Amón me incluyó en el parnaso de los dioses inmortales y yo así lo creí, comportándome como una deidad que tuviera el propósito de crear una Tierra y una humanidad nuevas. A menudo recordaba las lecciones de Aristóteles y dudaba de mí mismo y de cuanto estaba haciendo, pues a los dioses inmortales no los laceran heridas sangrantes ni los acosa el dolor o el ansia de acabar con su vida en un acceso de desesperación o arrepentimiento. Y yo había intentado suicidarme al menos dos veces.

Quizás hubo una tercera, cuando bebí sin medida en un banquete ofrecido en Babilonia por un anfitrión locuaz y embaucador que se obcecó en que bebiera y siguiera bebiendo aun cuando me sentía terriblemente cansado y enfermo. ¿Por qué le hice caso? ¿Acaso no había algo en mi interior que me impulsaba a buscar de nuevo el fin? De hecho, tras aquella orgía, me sobrevino una fiebre atroz que acabó matándome pocos días después.

Mis aventuras asiáticas se prolongaron durante siete años; mi vida sobre la Tierra, treinta y tres años. Y nunca, en ningún momento, conocí la paz de espíritu.

Así que tú que me llamas e invocas, ¿qué sabes de mí? ¿Me has escuchado? ¿Me conoces mejor ahora?

En este momento, cuando estoy en el mundo de los muertos, tengo una certeza: no soy un dios. La eternidad divina nada tiene que ver con la ceguera de las sombras y la impotencia más absoluta. Ahora sé muy bien que no fui capaz de aprehender en su justa dimensión la revelación de Amón —si es que en verdad Amón era un dios y sus palabras, reveladoras—, pero, ¿por qué este castigo tan atroz?

En solo una cosa acertaron los sacerdotes egipcios y sus profecías: su descripción del más allá. Decían que el alma se desprende del cuerpo y luego gravita durante cuarenta días. En ese periodo revive su existencia y observa el mundo como si siguiera habitándolo. En el momento del desprendimiento de la materia pude verme incluso como un nuevo Alejandro, el postrero, un Alejandro aliviado y reconfortado por poder poner punto final a tanta extenuación, elevándose con la ligereza de una pluma para contemplarse a sí mismo. Para contemplar su cuerpo que yacía sin vida.

Lo que vio mi alma durante aquellos cuarenta días no hizo que me arrepintiera de haber abandonado este mundo.

Olvidaron mi cuerpo amortajado en el palacio, en su lecho de muerte, durante siete días, y ellos, mis más fieles servidores y generales del ejército, se enfrascaron en una disputa en torno a quién debía heredar mi imperio. Desde el inicio descartaron a la criatura que se gestaba en el vientre de Roxana, y también a otro hijo mío, al que consideraban ilegítimo, y por tanto indigno para heredar nada. Cada uno aportaba sus argumentos y razones, muy sensatas en apariencia; pero todos, sin decirlo claramente, pretendían favorecer su propio interés.

Por fin designaron a mi medio hermano, un espíritu simple, que fue nombrado rey para que los grandes generales pudieran repartirse mi imperio.

Solo después volvieron a acordarse de Alejandro y me embalsamaron y ungieron con afeites. A continuación construyeron un carro que debía transportarme al oasis de Siwa, donde quería ser enterrado. No pude ver aquel portentoso y magnífico vehículo que debía ser mi sepulcro andante, el cual, según les oía decir y alabar, contenía mi ataúd, labrado en oro, dos estatuas y grabados suntuosos.

Sí pude ver quién me lloró.

Roxana y mis otras mujeres me lloraron, pero la única que cayó transida por el dolor fue la madre de Darío, mi más acérrima enemiga, mi prisionera desde hacía años, a la cual había humillado frecuentemente en mis arrebatos de cólera. Al morir yo pareció olvidar todas mis ofensas y solo se acordó de mi gesto de clemencia cuando le perdoné la vida. Yo llegué a quererla de verdad, hasta el punto de decirle una vez que la consideraba mi segunda madre.

Ella fue la única que dijo no poder vivir sin mí y rehusó volver a probar bocado alguno, así hasta fallecer cinco días después. Mientras, mis mejores amigos y más estrechos colaboradores se peleaban entre ellos por mi legado.

¿Cómo pude no ver en vida algo tan fundamental como el amor de aquella mujer? ¿Cuántas otras cosas de este mundo no vi?

Mi espíritu la veía y acompañaba, alzaba la voz y trataba de hablar con ella, pero no podía oírme.

Le pedía, a voz en grito, que no muriera por mí, que no lo merecía.

SEGUNDA PARTE

9

Mahmud

Me pregunta Catherine que qué me ocurre. ¿Qué es lo que me ocurre? Yo también me lo pregunto.

Pues he aquí lo que me ocurre. En unos instantes se ha hecho evidente lo que le pasa a Mahmud Abdel Zahir.

Han bastado unos segundos para que la imagen de un pasado falso y manipulado saltase por los aires y con él todas mis hipócritas convicciones sobre la vida y la muerte.

He estado mucho tiempo vanagloriándome de una trayectoria heroica y olvidando los episodios deshonrosos. Me considero víctima de una injusticia, me veo como un mártir dentro de la policía, cuando en realidad, quizá, soy el peor de todos ellos. ¡El oficial rebelde! ¡El marginado por su pasado nacionalista durante la revolución! Tanto me gustaba el papel que me lo acabé creyendo. Puede ser que también tratase de representarlo ante Catherine ya desde los inicios de nuestra relación, cuando hablábamos, con tanta pasión como amargura, de los desmanes de los ingleses en Irlanda y Egipto y, en concreto, de lo mal que se habían portado conmigo.

Pero se acabó la función. El tiempo de la impostura ha terminado. ¿Qué has hecho exactamente en la revolución? ¿Correr de la playa al hospital llevando heridos y muertos? Bien. Pero fueron los civiles, los hombres de la calle, los que montaron a los caballos, ayudaron a los artilleros a disparar los cañones; fueron ellos y no los hombres vestidos de uniforme los que llevaron a hombros a soldados y hombres heridos o caídos en combate hasta los carros. Tu función era escoltar esos mismos carros, corriendo delante de ellos. Muchas mujeres de Alejandría hicieron lo mismo y más, como subir a las troneras y exponerse a las balas enemigas, y nunca se consideraron heroínas ni mártires. Vivieron en silencio y en silencio murieron. Y tú, ¿qué fue lo que hiciste exactamente?

¿Disparar a unos beduinos que antes te habían disparado a ti? ¿Qué otra cosa habría hecho cualquiera en esa situación sino defenderse?

Recibiste un disparo de bala en el hombro que nunca puso en peligro tu vida en una guerra en la que murieron miles de personas. Ni siquiera te dispararon luchando contra el enemigo que había invadido tu país. Te hirieron en un incidente trivial, pero aun así te has pasado media vida considerando aquel balazo una especie de insignia cosida en la piel, una condecoración. Pero ahora todo eso ha acabado. ¿Qué te queda de esa imagen de ti mismo?

Solo la traición de Talaat, tu compañero de armas y amigo de siempre, que conservas dentro de ti como la prueba de que el mundo te ha dejado en la estacada. Te llamaron a declarar ante la comisión que interrogaba a los oficiales sospechosos de haber colaborado con la revolución o simpatizado con los rebeldes. Habían encontrado la queja del comisario italiano y decidieron reabrir el caso.

Me alegré cuando vi a Talaat en la primera sesión. Quise preguntarle por su salud y el estado de la herida, pero me conformé con dirigirle una sonrisa y hacerle un gesto con la cabeza a modo de saludo. Él también me hizo una seña con el rostro y giró la mirada. Luego comenzó a interrogarme el presidente de la comisión, un circasiano. No entendía sus preguntas; es más, me parecían ridículas:

—Estando usted en Qurrat Qawl al Libán, ¿alguien rompió la imagen de su alteza el jedive?

—No, nadie hizo tal cosa.

—Durante el incendio de Alejandría, ¿vio usted a los reclutas repartiendo porras y palos entre la población e incitándola a destrozar y saquear los comercios?

—No. Más bien ocurrió lo contrario, tal y como afirmé en la primera instrucción. Vi cómo los efectivos del ejército regular detenían a quienes saqueaban los comercios y luego los fusilaban.

—¿De esta declaración puede desprenderse en algún modo que usted defiende la actuación de los rebeldes en Alejandría?

—No.

Cuando el presidente de la comisión terminó conmigo se giró hacia donde estaba Talaat y le leyó el informe del comisario italiano de Alejandría. Acto seguido le preguntó su opinión. La respuesta me dejó mudo.

Sin dilación y sin el más ligero asomo de duda, fue confirmando punto por punto las palabras del oficial italiano: que yo fui el que comenzó la refriega con los beduinos sin ninguna razón aparente y que él trató de detenerme. Lo hirieron de bala a causa de mi insensata e imprudente temeridad de provocar a los beduinos. Sin embargo, no recordaba que hubiera ido a visitarlo al hospital.

Aquello bastó para certificar la acusación formulada por el jefe de policía de haber abandonado mi puesto sin autorización durante el incendio. Cuando el instructor le preguntó acerca de mi supuesta simpatía con los partidarios del alzamiento de Orabi, intentó parecer sincero: no, nunca había escuchado por mi boca comentario alguno favorable a los rebeldes, ¡pero tampoco nada que pudiera interpretarse como un apoyo explícito a su alteza el jedive!

No me podía creer que estuviera diciendo todo aquello delante de mis narices. «Hasta la mentira tiene sus límites», me dije, porque Talaat no era capaz de mirarme a los ojos. Los de la comisión lo creyeron e ignoraron lo que yo había dicho en la primera instrucción. Lo vi claro: había llegado a un acuerdo con el comisario italiano y sus superiores en Alejandría.

Nunca he podido perdonarlo. Supe por qué declaró contra mí cuando el ya entonces general Saíd me lo explicó, confidencialmente, tiempo después. Si lo pienso ahora, aunque no lo haya perdonado, ¿por qué habría de censurarlo? Por aquella época todos intentaban librarse de la cárcel o luchaban por mantener sus puestos de trabajo.

Un traidor, sí, pero honesto consigo mismo. A mí me habrá mentido pero, reconozcámoslo, no se ha engañado a sí mismo. Todo su entusiasmo revolucionario en Alejandría no fue más que un capricho pasajero, como lo fue mi propio entusiasmo y el de todo el país; fue un arrebato frustrado por la amargura de la derrota.

¿En qué era yo mejor que Talaat? ¿Por qué me empeño en negar mi propia ignominia, mi traición particular? Dos respuestas breves que di en el interrogatorio bastaron para certificar mi deshonra.

—¿Apoyaba usted a Ahmad Orabi y su banda?

—Al contrario, yo era uno de los represores de los desmanes de los sediciosos.

—¿Qué sabía usted sobre las acciones emprendidas por el gobernador de la provincia, su excelencia Omar pachá Lutfi, durante los altercados del 11 de junio?

—Supe que su excelencia ordenó la movilización de la policía para reprimir la revuelta, pero los partidarios de los rebeldes no cumplieron la orden. Yo interpreté mal las palabras de los beduinos sobre las órdenes de su excelencia porque ignoro su dialecto.

El comandante Saíd me había sugerido estas respuestas. Había conseguido zafarse de las comisiones de investigación gracias a su mutismo y el sigilo con el que hacía todo, incluido colaborar con la causa de los revolucionarios. Siempre me aconsejaba que no hablara: «Acuérdate de que aquí, en El Cairo, hay más informadores del Gobierno que habitantes».

Él sabía que yo conocía su pasado revolucionario y, además, quería protegerme. Por eso me avisó del peligro al que me exponía al afirmar en mi primera declaración que Omar pachá había reclutado a beduinos para perpetrar la matanza. Me recomendó que lo retirase.

—Como puedes ver —me dijo—, Omar pachá es ahora mismo el ministro de la Guerra y los revolucionarios de ayer son los disidentes de hoy.

Yo fui más lejos aún: los llamé «sediciosos».

—Si al final archivamos la causa primera —añadió Saíd—, bien podrían hacer lo propio con esta. Al ministerio le conviene destruir todos estos papeles. Mejor borrar cualquier alusión comprometedora a Omar pachá en los documentos oficiales.

Y así fue. Me dejaron seguir en mi puesto tras reducir una parte de mi salario y amonestarme con una sanción. A cambio, yo debía dar poco: negar la verdad y traicionar para salvar el pellejo. Yo también había aceptado el trueque.

Luego tuve que asimilar mi nuevo estatus en la policía, el del culpable al que perdonan pero hay que mantener vigilado. Me privaron de cualquier posibilidad de ascenso y me encomendaron tareas de vigilancia de instalaciones, acompañamiento de delegaciones extranjeras y redacción de informes sin importancia. Por el contrario, Talaat ascendió mucho más rápido que yo. Había decidido permanecer en Alejandría, o alguien lo había decidido por él. Pero esta injusticia me benefició. Con el paso del tiempo, fui labrándome en mi interior la imagen del patriota con causa convertido en víctima olvidada.

Después del interrogatorio pasé meses sintiendo asco de mí mismo. Bebía a espuertas. Luego llegó el olvido y con él pude borrar de mi memoria el oprobio de la cobardía y la traición. Una vida dedicada a esconder mis recuerdos, a hundirlos cada vez que salían a flote.

Pero esta vez ya no se trata de un recuerdo sino de la realidad.

Sí, vi la piedra que se cernía sobre el muchacho y corrí junto con Ibrahim a salvar la vida del pequeño Mahmud; pero en el último momento, en los últimos segundos, cuando comprendí que si me acercaba más también me alcanzaría a mí, me detuve. Me quedé en el sitio, petrificado. Yo era el que más cerca estaba de él. Pero Ibrahim me adelantó de un salto y se lanzó encima del muchacho para protegerlo con su cuerpo y echarlo a un lado. En aquel momento reaccioné y me abalancé sobre Ibrahim, pero demasiado tarde. Solo lo hice cuando estuve seguro de que nada podría ocurrirme y aquella piedra enorme había triturado la pierna de Ibrahim.

El pequeño Mahmud salió ileso del incidente, sin un solo rasguño. Pero Ibrahim se retorcía de dolor mientras Catherine chillaba y un revuelo de niños y adultos se arremolinaba a nuestro alrededor.

Arrastré a Ibrahim con cuidado y lo tendí en el suelo, la sangre corría por su pierna. Una esquirla de piedra afilada como un alfanje le había sesgado la pierna. Tenía la mente completamente embotada y me movía como un autómata. Catherine me acercó un pañuelo con el que vendar la herida, e Ibrahim me dio las gracias entre gemidos de dolor. Pero cuando traté de ponerlo en pie, los ayes se convirtieron en aullidos que apenas podía reprimir y, a su pesar, sus ojos se llenaron de lágrimas.

Me pasé días y días junto a la cabecera de su cama. Le habíamos curado la herida con desinfectantes y vendas que nos proporcionó el soldado encargado de la enfermería del cuartel. Pero la pierna de Ibrahim seguía entumeciéndose. Presa de la fiebre y de un dolor insoportable, al poco comenzó a delirar. Se incorporaba en la cama y decía que podía ver el cólera y que pronto lo ahorcaría con sus propias manos antes de que pudiera cebarse con los pequeños Zahrán y Darwish. Después prometía que cuando compareciese ante Dios se quejaría del oficial Abderrahmán, que no le había querido dar un permiso. Luego dirigía hacia mí su mirada y gritaba: «Tenga cuidado, señor prefecto, mucho cuidado con las serpientes de la pared» o «No quiero morir en tierra extraña, ¡llévenme a mi casa, quiero descansar junto a mis padres y mis hijos!».

Yo lo observaba impotente, sin dejar de pensar. Todo aquel dolor debía haberme tocado a mí. Si hubiera obrado como debía, si hubiera seguido corriendo en vez de detenerme... Pero lo único que podía hacer entonces era permanecer a su lado día y noche. En ocasiones se despertaba y, al reconocerme, me pedía disculpas por todas las molestias ocasionadas; al momento me imploraba que lo enterrase en su pueblo. Yo intentaba tranquilizarlo y darle ánimos diciendo que aún le quedaban muchos años por vivir, Dios mediante, y que pronto se repondría de aquella herida sin importancia y volvería a ser el hombre fuerte de siempre. ¿Qué era esa herida en comparación con todo lo que había sufrido en la guerra?

Intentaba distraerlo con frases como aquella, pero sabía que iba a morir y me llenaba de angustia. No hay médicos en el oasis y su estado no permitía trasladarlo en la caravana a Marsa Matruh o a otro lugar.

Después de dos días de fiebre intensa, el enfermero pidió hablar conmigo a solas. Me confirmó que Ibrahim se estaba muriendo por una infección en la sangre. Le había puesto unas sanguijuelas en la herida pero ya no le chupaban la sangre porque estaba infectada. Y en caso de infección, la suerte está echada. Me dijo que se le había fracturado el hueso de la pierna y que la única solución consistía en amputársela y encomendarse a Dios.

—¿Quién se la amputa? ¿Tú?

No respondió.

Ese mismo día vino a verlo el jeque Sáber, por segunda vez tras el accidente. La primera vino a darnos las gracias por haber salvado al pequeño Mahmud. En esta ocasión apareció secundado por familiares del pequeño y varios jeques de la tribu de los orientales. Yo no podía concentrarme en lo que me decía y me fue imposible enterarme de nada; mucho menos aún me enteré de las deliberaciones de los jeques, reunidos en torno al lecho de un Ibrahim lívido y empapado en sudor, porque hablaban en su dialecto. Yo estaba casi tan mal como él, apenas era capaz de mantener la consciencia.

Sáber se percató de mi estado, me cogió la mano y me atrajo hacia sí para comentarme algo. No era capaz de mirarlo a los ojos.

—Jeque Sáber, Ibrahim se está muriendo —le dije desesperado.

—No, vivirá si esa es la voluntad de Dios —dijo.

Me esforcé todo lo que pude por intentar seguir su conversación.

—No es la primera vez que alguien se rompe la pierna o le entra la fiebre en el oasis. Hay gente que sabe curar esta enfermedad.

—¿Quiénes? —le pregunté.

—Los que curan a nuestros enfermos y heridos —repuso—. Esos gusanos que le ponen en la pierna no sirven para nada, más bien lo contrario. Limpiarán la sangre pero no curan las heridas. Quien les haya aconsejado utilizarlas se ha equivocado. Deje que el hombre de quien le acabo de hablar se ocupe de él.

¿Me había hablado de un hombre?
—¿Y si muere, jeque Sáber? —pregunté.
—También será la voluntad de Dios —respondió.
No me quedaba otra opción.
El soldado enfermero me informó de que él declinaba toda responsabilidad. Le estaban dando a Ibrahim unos brebajes cuya composición ignoraba por completo y le habían quitado las vendas de la pierna para untar la herida con aceites y grasas que, probablemente, acelerarían el proceso de descomposición.
—¿Serías capaz de amputarle la pierna? —le pregunté de nuevo.
—No puedo asumir tal responsabilidad, señor.
Catherine seguía con interés la evolución de Ibrahim y me preguntaba por él las pocas veces que yo volvía a casa para cambiarme de ropa.
—Estoy de acuerdo con el soldado enfermero—dijo cuando oyó que había dejado al paciente en manos de un curandero de Siwa—. ¿Qué pueden hacer aquí los ungüentos y las hierbas? Solo cabe la cirugía. Hay que amputar.
—¿Y te encargas tú de la operación, Catherine? —le respondí con impaciencia y con ánimo de hacerla callar.
Su respuesta me pilló desprevenido.
—Me gustaría intentarlo. Podría ayudar al enfermero.
—El enfermero se desentiende del asunto —zanjé yo a un paso de la puerta.
—Pues tú también deberías negarte a participar en el asesinato del pobre Ibrahim.
No le conté que ya estaba implicado en su muerte, nadie parecía haberse dado cuenta de mi acto de cobardía. Ni siquiera el propio Ibrahim, aunque sobreviviera, recordaría nada. Pero ya estoy yo aquí para juzgarme. Me sorprendía que Catherine no sintiera por su parte ningún tipo de arrepentimiento o culpabilidad. Ni se le pasaba por la cabeza que todo lo ocurrido se debía a su idea de visitar aquel funesto templo en plena canícula. ¡Si hubiese declinado ir hasta allí con todo ese calor! ¡Si yo mismo hubiera tratado de

hacerla desistir, si la hubiera convencido para quedarnos en casa! Pero fuimos y dejamos que el pequeño Mahmud nos siguiera todo el camino corriendo bajo aquel sol de plomo. Nada tiene de extraño, pues, que, rendido por la fatiga, se hubiera entregado al sopor de un profundo sueño que le impidió percatarse del peligro. Cuando lo despertaron nuestros gritos ya era muy tarde para salir corriendo. Allí se quedó, petrificado, hasta que Ibrahim lo salvó de la muerte, sumiéndome a mí en la culpa.

Pero a Catherine no parecía haberle afectado lo más mínimo. Ella seguía leyendo sus libros y revisando sus dibujos como si tal cosa, y le sorprendía mi insistencia en permanecer junto a Ibrahim pasase lo que pasase. ¿Cómo iba a saber ella lo que me rondaba por la cabeza, estos continuos cuestionamientos del pasado y el futuro? Ya me he enfrentado a la muerte, he filosofado mucho en el desierto sobre la fascinación que ejerce sobre mí, sobre esa voz oculta que me llama. Pero cuando la vi cernirse sobre mí en forma de piedra caída del cielo sentí horror. Venía a por mí pero, sobrecogido por el pavor, dejé que fuera a por Ibrahim. ¿Es esta mi verdadera naturaleza?

Pero yo no nací cobarde. Podré mortificarme todo lo que quiera, pero en Alejandría planté cara a la muerte a cada instante, y jamás pensé en huir. Avanzaba por entre los obuses, las llamas, las balas de los beduinos y las bandas de saqueadores como si estuviese llamándola a voz en grito. ¿Desde cuándo he cambiado? ¿Desde el momento en que seguí el consejo de Saíd y renegué de todo? Lo cierto es que obedecía a Saíd porque en el fondo deseaba hacerlo. Porque yo mismo, quizás, aunque él no me lo hubiera dicho, habría acabado haciéndolo.

Podría haber elegido la verdad. Muchos otros lo hicieron. No fueron la mayoría, cierto, pero se contaban por millares. Soportaron la cárcel, la pérdida del puesto de trabajo y el destierro. Yo podría haber hecho lo mismo, buscar otro oficio, viajar a Siria y reunirme con mi hermano Suleimán. Me habría ayudado de buena gana y quizá me hubiera hecho socio de su negocio. Yo fui, por mi propia voluntad, el principal responsable de mi traición, de mi abandono. Como he abandonado a Ibrahim al dejarlo solo ante la muerte.

Todas mis esperanzas estaban puestas en los habitantes de Siwa. Si lo salvaban, me salvaban a mí también.

Les di la autorización para usar sus remedios, a pesar de las protestas del enfermero y Catherine. Lo hice por pura desesperación. Los soldados no decían nada, pero yo podía ver en sus ojos miradas de rechazo y censura. ¡Cómo podía dejar a Ibrahim en manos de un curandero!

Durante varios días le administraron misteriosos brebajes y le ponían todo tipo de aceites en la herida. La pierna, aunque seguía hinchada, comenzó a perder el color amoratado. Después, la fiebre fue cediendo poco a poco. Rashid, el hombre que lo curaba, venía varias veces al día. Entraba sin decir una palabra y se iba con el mismo mutismo. En ocasiones lo acompañaba el jeque Sáber, y ambos se quedaban de pie frente a la cama de Ibrahim, deliberando entre ellos con gesto serio, lo que aumentaba mi angustia y me inducía a preguntarle al anciano qué pensaban hacer. Su respuesta no me tranquilizaba.

—Todo está en manos de Dios, señor prefecto —me decía con un tono de gravedad.

Cuando la fiebre remitió y se recuperó de su prolongada inconsciencia, Ibrahim tenía un aspecto de extrema debilidad y delgadez. Sus compañeros le dieron sopa y arroz cocido pero todo lo vomitaba al momento y su estado volvió a deteriorarse. Sáber se enteró y comentó que habíamos cometido un grave error: solo podía ingerir agua con azúcar. Así hasta que Dios decidiera su suerte.

Un día, cuando me dirigía a la habitación de Ibrahim, Rashid me paró y me habló en árabe. Yo pensaba que no sabía hablar. Me dijo que hacía cuanto podía pero que no habría cura definitiva mientras no desapareciese la inflamación de la pierna.

—¿Qué podemos hacer? —le pregunté.

—La única solución es cauterizar —repuso—, y aquí muy pocos saben hacer esa operación. El mejor es un beduino que vive a las afueras de Shali, pero no sabemos exactamente dónde. Debo pedir al jeque Sáber —añadió— que lo busque y lo traiga, pero son muy caros sus servicios.

—Le pagaré cuanto pida, y a usted también le daré dinero por haber atendido a Ibrahim.

—Mi mejor paga es que Dios cure a este hombre. Él y usted salvaron a mi hijo de una muerte segura.

—¿Mahmud es su hijo? —le pregunté sorprendido—, ¡por qué no lo había dicho antes!

—No quise decir nada sin haber intentado antes hacer todo cuanto puedo y sé para ayudar al sargento. Y rogaré a Dios que se cure del todo.

Sáber tardó varios días en localizar al beduino. Era un hombre gigante, ataviado con una ampulosa capa de rayas rojas y hablaba con un tono de voz autoritario y grosero. En cuanto lo vi sentí repulsión y ganas de despacharlo con cajas destempladas, pero tanto Sáber como Rashid lo trataban con sumo respeto, ponderando sus habilidades médicas. En consecuencia, di orden, a regañadientes, de que le dieran plena libertad de acción.

El beduino pidió preparar una hoguera y puso en ella un tornillo grande con mango de madera. Cuando estuvo bien caliente, rojo como un tizón, nos pidió que agarráramos con fuerza al paciente y le descubriéramos la pierna tumefacta. El pobre Ibrahim nos suplicaba, presa del pánico, que le libráramos de ese trance, proclamando, con la mirada fija en el hierro ardiente, que ya estaba recuperado del todo por la gracia de Dios y que no necesitaba nada más.

Me fijé en las miradas de repulsa en los soldados, que se agolpaban en torno a Ibrahim. Uno de ellos, el enfermero quizá, dijo: «¡Que Dios lo proteja!». La verdad es que yo también me decía lo mismo. Había oído hablar antes de la cauterización, pero nunca había visto una y, en aquellos momentos, me preguntaba si sería útil en este caso concreto. Pero hicimos lo que nos pedía el beduino. Sentamos a Ibrahim en una silla y mientras dos soldados lo asían con fuerza de brazos y axilas, otros dos le mantenían las piernas bien abiertas.

El beduino estuvo un rato palpando lentamente la pierna a la altura de las rodillas, lejos no obstante de la herida. Según acercaba sus dedos gruesos a la zona de la herida, los alaridos de Ibrahim iban en aumento. Luego dejó de tantear, apretó con fuerza el dedo índice en un lugar determinado, haciendo que Ibrahim redoblase los aullidos de dolor. El beduino nos gritó que no dejáramos que se moviera mientras él se giraba para coger el clavo al rojo vivo y cauterizar durante unos segundos el lugar que había marcado. Luego hizo lo propio en otro punto cercano, mientras Ibrahim no dejaba de gritar.

—¡Todos chillan y lloran! —exclamó el beduino con cierta extrañeza—. ¡Cuánto puede doler este fuego en comparación con el de la condena eterna!

¿Era un sueño? ¿Me estaba volviendo loco? Sentía un dolor lacerante en mi pierna, en el mismo sitio donde acababa de aplicar el hierro candente a Ibrahim. Tuve que darme la vuelta y taparme la boca con la mano para no gritar como él.

El olor a carne quemada llenaba la estancia. El hombre sacó de entre sus ropas un frasco cubierto por una funda de cuero y vertió un líquido sobre la zona cauterizada. Oí un chisporroteo y luego vi cómo aquel ungüento formaba una corona de espuma blanca sobre la quemadura. Sentí un escalofrío en la pierna y en todo mi cuerpo, un temblor de frío, y volví a hacer un gran esfuerzo para contenerme ante mis soldados.

El beduino esperó un instante manteniendo quieta la pierna de Ibrahim; sus gritos se habían convertido en un gemido ininterrumpido. Cuando el líquido se secó, comenzó a vendar el punto cauterizado con unas gasas mientras respondía a una pregunta de Sáber:

—No, ya no vuelvo más. Rashid sabe bien lo que tiene que hacer a partir de ahora para limpiar la herida. El sargento volverá a caminar dentro de dos días.

Rio con estruendo y al momento apostilló:

—¡Andará, sí, pero cojo!

«Podía habérselo callado», mascullé yo. Pero me quedé clavado en mi sitio. Estaba convencido de no poder mover las piernas si me ponía a andar en ese momento.

Estuve dos días, tanto en casa como en el cuartel, tratando de desplazarme con pasos cortos y pausados para evitar que nadie se percatara. Luego remitió el dolor de la pierna, justo cuando Ibrahim pudo incorporarse y caminar, con la pierna coja, la misma que, según el enfermero y Catherine, había que amputar.

Sáber regresó para interesarse por el paciente, que ya podía ponerse de pie. Le di las gracias a él, a Rashid y al beduino, cuyo nombre nunca llegué a conocer.

Fue la única gratificación que pude darle. El ministerio acababa de rechazar mi petición de reducir el tributo y, peor aún, amenazaba con aumentar el monto de la multa e imponer nuevas sanciones si no se enviaba lo estipulado en la próxima caravana.

La gente del lugar me miraba con más simpatía desde mi supuesta participación en el salvamento del pequeño Mahmud. Pero, en cuanto les di la noticia, los ojos de Sáber y Rashid expresaron la misma animadversión de siempre.

El plazo de gracia había llegado a su fin.

10

Catherine

Sabía que estaba cometiendo un error. Mahmud se iba a enfadar, y mucho. Pero tenía que hacerlo.

No veía otra solución. En todas estas semanas no he avanzado nada. He aprendido por mí misma un número considerable de lenguas muertas, pero no sé decir ni una sola frase en el idioma de esta gente con quien convivo. Por lo tanto, necesitaba su ayuda. Además he dejado de trabajar en buscar pistas que puedan conducirme a Alejandro... «¡Ya está bien!», me dije. Iría a ver a los jeques hoy mismo, por mi propio pie, sola. Luego le pediría disculpas a Mahmud, no solo por lo que iba a hacer sino también porque fui yo quien lo incité a venir aquí.

Estaba muy desmejorado desde el accidente de Ibrahim. Había permanecido a su lado en todo momento, comportándose como si él fuese el responsable de la desgracia de ese pobre soldado. Y seguía reprochándome la visita al templo, ¡como si fuera la culpable de lo que le ha pasado! Debe comprender que fue un accidente y que a nadie se le puede echar la culpa de aquella fatalidad. Además, tampoco fue tan grave a fin de cuentas, porque le habían curado la herida a Ibrahim con la medicina tradicional. Pero Mahmud siempre anda buscando motivos para sentirse desgraciado.

Lo último que necesito son los males de su alma. Ya tengo bastante con los míos.

Además, desde ayer todo es más confuso. La carta de Fiona que había llegado con la última caravana me había intranquilizado mucho.

No se trataba de la acostumbrada sucesión de noticias y relatos varios que suele enviar. Lo único que decía es que llegaría en fechas próximas a Alejandría, en un vapor, y de ahí vendría a visitarme a Siwa. Así, de repente, sin previo aviso ni explicaciones. A lo mejor pensaba que venir de Alejandría a Siwa es una excursión, como viajar en tren desde el condado de Connacht a Dublín. Le pedí a Mahmud que escribiera a alguno de sus amigos oficiales en Alejandría para que fuera a esperarla y dispusiese su estancia allí mientras nosotros tomábamos una decisión: ¿iría yo a buscarla y la llevaría a El Cairo o volveríamos juntas a Siwa? Pero ¿para qué? Hasta su caligrafía era rara, algo desigual y temblorosa, algo que no era propio de mi hermana. ¿Qué me estarás ocultando, querida Fiona?

Aparece continuamente en mis sueños. La pasada noche la vi con su hermoso rostro cubierto por un velo trasparente de seda. Ella intentaba quitárselo con las manos, pero cada vez que tiraba se arrancaba parte de la cara, como si estuviera hecha de una materia elástica.

Me desperté sobresaltada, pero al rato volvió a visitarme. Esta vez no venía sola: la acompañaba Alejandro. Desde algún tiempo él también se me aparece en sueños, debido a mi gran error. Estaba muy enfadado y Fiona lo abrazaba y lo consolaba como si fuera un niño lloroso. Cuando me acerqué a ellos vi que era un niño de mármol con los ojos pétreos llenos de lágrimas. Mahmud me despertó y me preguntó:

—¿Por qué gritas?

—Hay algo terrible en este desierto —le respondí jadeando.

—Es una pesadilla —me tranquilizó, dándome unas palmaditas en la espalda—. Duérmete, Catherine.

No dije nada y me abracé con fuerza a él, en la cama. Pero ya no podía dormir: me pasé el resto de la noche con los ojos bien abiertos para mantenerme despierta. La angustia me duró hasta el amanecer.

Esta no soy yo. Nunca he tenido miedo ni de los desiertos ni de los sueños ni de las supersticiones. Pero fue una gran estupidez invocar al espíritu de Alejandro. En ningún momento pensé que su espíritu se me fuera a aparecer, pero me decía que no tenía otra forma mejor de pasar el rato. Después del accidente de Ibrahim estuve encerrada en aquella casa todo el día. Seguí las recomendaciones del libro: cerré las ventanas y las puertas hasta dejar la sala completamente a oscuras, encendí una vela y la puse en la mesa, junto con un vaso de agua boca abajo. Pero no seguí las indicaciones a rajatabla: no puse alrededor del vaso papeles con las letras del alfabeto. ¿Para qué? Solo dejé, a un lado del vaso, dos letras, la *s* y la *i*, y al otro, la *n* y la *o*. Me bastaba para lo que deseaba averiguar. Cerré los ojos y pensé en Alejandro, musitando su nombre muchas veces mientras tendía las manos hacia el vaso. A continuación formulé la pregunta: «¿Te encontraré aquí?». A mi pesar, me temblaba la voz y se me había acelerado la respiración. Tenía miedo, eso seguro. Solo soy un ser humano. Tuvo que ser el temblor de la mano lo que hizo que el vaso se moviera y emitiera un tañido apagado, pero me llevé tal susto que me levanté y abrí puertas y ventanas.

No volveré a hacerlo. Sigo pensándolo: eso del espiritismo es pura superchería. Pero mi miedo ha puesto de manifiesto que, como los demás mortales, temo todo aquello que escapa a mi conocimiento y comprensión.

No debería avergonzarme de los sueños que me persiguen incesantemente; salen de ese miedo, y yo misma los he convocado. Alejandro vino a verme dos veces después de aquella estúpida llamada. La primera noche se me apareció con la imagen que yo tengo de él, a lomos de un caballo negro que volaba por el cielo batiendo dos alas blancas. De repente descendió y se abalanzó sobre mí blandiendo la espada más enorme que yo haya visto jamás. Y grité.

La segunda noche volvió a asustarme. Se me apareció con los rasgos de Malika y su pelo rubio recogido en múltiples trenzas. «¿Por qué haces esto?», le pregunté. Rompió a reír y las trenzas comenzaron a convertirse en serpientes que se desprendían de su cabeza y se retorcían y se movían hacia mí. También chillé y me desperté al momento.

No, no soy la misma. Algo me está pasando y debo volver a ser la de antes. Tengo que olvidar todo esto y, luego, ponerme a trabajar. El trabajo de verdad ahuyentará cualquier temor o preocupación.

Tenía que hablar directamente con los jeques. Y que fuera lo que tuviera que ser.

Salí de nuestra casa, situada al pie de la colina, y subí hacia las murallas de la ciudad. Como de costumbre, los líderes de las tribus estaban sentados en la bancada, bajo la sombra de las hojas de palma, frente al pórtico principal.

Pensé en lo que iba a decirles. Les repetiré lo que ya le dije a Mahmud: no quería su maldito tesoro, cuya búsqueda había provocado la destrucción de todos aquellos templos. Tampoco quería las momias ni los restos arqueológicos por los que tanto suspiraban los europeos. A lo mejor así conseguía tranquilizarlos y hacer que colaborasen conmigo. Llevaba el cuaderno de dibujo para poder explicarles mi petición. Avanzaba firme y decidida por el estrecho sendero que conducía a su consejo.

En cuanto vieron que me dirigía hacia ellos, se levantaron como un resorte y comenzaron a hacer señas con las manos para que retrocediese. No les presté atención y aceleré el paso. Su jefe, el jeque Sáber, a quien conocí cuando llegamos al oasis, se acercó. Hablaba perfectamente árabe, muestra de que había recibido una buena educación, y aunque fue muy amable no me cayó especialmente simpático. Es un estratega, lo leí en sus pequeños ojos. A lo mejor me equivoco. Mahmud me había hablado del interés de Sáber por el estado del sargento Ibrahim, así que puede que no sea tan malo. Además, ¿desde cuándo juzgaba yo a la gente por su fisionomía? Debería haber aprendido la lección de Michael, con su rostro angelical.

Se acercó lentamente hacia mí, mientras el resto de ancianos daban voces y hacían aspavientos con las manos. Pero yo seguía subiendo y él bajando, y cuando estuvimos cara a cara señaló hacia donde estaban sus compañeros y me dijo en un perfecto árabe clásico:

—Lo siento, *madame*, ¿no sabe usted que esta es la puerta de los notables?

Miré hacia el portón de troncos de palmera que tenía a su espalda y respondí, nerviosa sin quererlo:

—Sí, lo sé, pero ¿sabe usted también que...?

—Allí hay otra puerta para las mujeres —me interrumpió mientras señalaba con el índice hacia su izquierda—. Aquí no se permite que las mujeres entren por la puerta de los notables.

—Sí, también lo sé —repuse, haciendo un gran esfuerzo por contenerme—. La llaman puerta de Quduma y está reservada para las mujeres; pero usted no me ha dejado explicarle la razón de mi presencia aquí. No quiero entrar en el pueblo, ni por esta puerta ni por la otra, ¡para qué querría entrar si aquí nadie...! No importa. He venido a hablar con los notables. Deseo decirles que...

—Los notables pueden ir a verla a usted si así lo ordena nuestro ilustrísimo prefecto. —Volvió a interrumpirme con su más que sospechosa delicadeza—. Estamos al servicio del prefecto y al de usted, *madame*, pero, como podrá ver, los notables no están acostumbrados a que las mujeres se acerquen a su consejo. Se irritan sobremanera; el señor prefecto lo sabe bien.

Sus continuas e intencionadas alusiones a Mahmud me resultaban ciertamente molestas. No obstante, abrí el cuaderno de dibujo y le expliqué que solo quería preguntar...

Pero cuando lo vi plantado ante mí, como si estuviese dispuesto a impedirme avanzar incluso a la fuerza, con aquellos ojos fríos y el rostro carente de cualquier expresión o sentimiento, perdí toda esperanza y cerré el cuaderno con fuerza. Me di la vuelta y eché a andar cuesta abajo sin decir nada más. Al momento escuché una voz ronca detrás de mí que decía en árabe:

—Señora, espere, espere...

Me giré y vi a uno de aquellos notables, de muy avanzada edad, que bajaba con mucho tiento por la pendiente, apoyándose en un cayado. Me detuve expectante. Él siguió bajando y me extrañó ver que llevaba unas gafas sin patillas, sujetas por una cinta. Nunca antes había visto en el oasis a nadie con gafas.

Se me acercó y me espetó en dialecto egipcio:

—No se enoje. Los notables no le desean mal alguno. Pero esta puerta...

—... está prohibida a las mujeres. Ya se lo he dicho al jeque Sáber, no tengo intención de cruzar esta puerta.

—Entonces, ¿qué quiere usted?

Oí que el jeque Sáber y el resto de principales lo llamaban.

—¡Jeque Yahya, jeque Yahya...!

Estuvieron un buen rato gritando su nombre mientras agitaban las manos con muestras de enfado. Pero el anciano no les prestaba mayor atención.

—¿Qué desea? ¿Podemos ayudarla en algo?

Abrí el cuaderno y señalé una hoja.

—Deseaba explicar a los notables que no busco..., solo me interesa..., quiero decir... —tartamudeaba—. ¿Podría decirme alguien si en el gran templo de Aghurmi o en cualquier otro lugar hay inscripciones de este tipo? Juro que esto no tiene nada que ver con su tesoro ni con ningún otro tipo de objeto de valor. Al contrario, lo que procuro puede deparar a su oasis mucho dinero. Lo juro.

—¿Por qué jura? Yo la creo —dijo con una sonrisa que acentuó el contorno de las arrugas de su rostro moreno. Luego emitió una risa contenida y añadió—: Sé muy bien que usted es una persona sensata y no cree en ningún tesoro, ni bajo los templos ni encima de ellos.

Acto seguido se puso el índice en la boca como si quisiera sellar un secreto. Yo le sonreí antes de ponerle el cuaderno a la altura de los ojos.

—¿Y bien?

Los notables seguían gritando. Algunos se habían puesto en pie y parecían dispuestos a lanzarse camino abajo en cualquier momento. De repente, al jeque Yahya se le contrajo el rostro y, sin mover un músculo de su cuerpo enjuto, comenzó a rugir con una vitalidad juvenil y una fuerza que me dejaron sorprendida. Un torrente de palabras atronadoras dirigidas hacia los de arriba. Varios siguieron refunfuñando un rato pero al cabo todos volvieron a sus asientos.

El jeque Yahya agarró el cuaderno y lo miró entornando los ojos. Le costaba mucho mantenerlo entre las manos.

—Sé árabe pero no egipcio antiguo —comentó confuso.

—No es la lengua de los faraones —dije dándome cuenta de que todo eso no significaba nada para él—, sino la de los griegos.

—Nadie en estas tierras sabe leer la lengua de los antiguos —repuso él con mayor desconcierto, y me miró fijamente—. Tenga paciencia, puede pedir ayuda a alguno de los europeos que vienen a veces a Siwa. —Me devolvió el cuaderno y añadió riendo otra vez y señalándose las gafas—: Apenas puedo verla a usted y quiere que distinga unas inscripciones en una lengua que ignoro...

—Pero a lo mejor puede darme alguna indicación —volvía a intervenir yo con un tono de nerviosismo que, una vez más, había intentado dominar sin éxito—. Solo quiero saber si en el gran templo o en cualquier otro hay grabados de este tipo. He ido al de Aghurmi pero no pude averiguar ni ver nada. Las casas cierran el acceso a las ruinas.

—Deje las casas cerradas, pues —dijo el jeque Yahya con tono pausado, y cambiando su modo de expresarse añadió—: Ya se lo he dicho, me parece usted una persona sensata. Y la gente sensata no entra en casas que le han cerrado la puerta.

Se quedó un rato frente a mí, mirándome, y comprendí que quería prevenirme.

—¿Qué podemos hacer entonces? —pregunté.

—Hay restos arqueológicos lejos de las casas y podrá encontrar grabados e inscripciones en muchos sitios que están deshabitados. Además, en el oasis tenemos más pueblos con templos aparte de Shali y Aghurmi; pruebe a buscar allí.

—Pero si apenas he empezado aquí. ¡Cómo voy a irme a otro sitio!

—Escúcheme: no sé qué estará usted buscando, pero si yo estuviese en su lugar me lo pensaría dos veces después de lo de la piedra

—hizo una pausa y continuó—: Nadie, quizá exceptuándome a mí, se va a creer que no está buscando el tesoro. Piensan que la piedra desprendida del templo es un castigo o un aviso del dueño del tesoro, cuyo sortilegio ha de mantener alejada a la gente de sus riquezas hasta el día en que haya de revelarse su ubicación.

—¿Pero usted no se creerá tales historias? —le pregunté sin comprender bien el objeto de sus palabras.

—¡Y qué importa si yo las creo o no! —respondió en un acceso de furia mientras señalaba hacia el grupo de notables, que seguían hablando entre ellos con estrépito—. Lo que cuenta es que ellos sí se las creen. No son mala gente, al contrario, tienen buen corazón, pero les puede el miedo. Aquí —añadió con el rostro contraído— todos son buenos pero demasiado estúpidos. Usted también. ¿Por qué no quiere comprender, después de todo cuanto le he dicho? Adiós, cuide de su marido y cuídese usted.

Y acto seguido se dio la vuelta y emprendió la subida hacia la muralla apoyado en su cayado y repitiendo «adiós».

Con una sonrisa en los labios, contemplé cómo se alejaba aquel anciano que acababa de ofenderme. Él también me había dicho que debía irme de allí, como el jeque Sáber, pero estaba convencida de que él, al menos, quería ayudarme de verdad. Además, había tratado de prevenirme de un peligro.

En el camino de regreso me dije que el anciano tenía razón al advertirme. ¿Por qué no dejarlo ya? ¿Por qué no considerar mi relación con el desierto, con Alejandro y con este oasis una especie de aventura fracasada? No es el fin del mundo. No sería mi primer fracaso y siempre puedo empezar de nuevo. No les gusta verme paseando por los templos y piensan que les quiero robar sus riquezas. A lo mejor mi insistencia en seguir buscando entre las ruinas agrava el peligro que se cierne sobre Mahmud.

Sé que últimamente tiene bastantes problemas con ellos. Desde que ha empezado la recaudación de impuestos, o el intento de recaudación, no pasa un solo día sin que estalle un conflicto con alguna familia. También me dijo que habló con Sáber para que él se encargara de la recaudación, pero se niegan a pagar. Entonces Mahmud se ve obligado a ir él mismo o a enviar unos cuantos hombres armados, que tampoco logran nada. Dice que se ha recaudado muy poco, y que en el oasis se está gestando una nueva rebelión. Lo mejor que puedo hacer es estar tranquila y esperar a que las cosas se calmen. Pero entonces, ¿qué sentido tiene seguir aquí? Quizá lo más conveniente sería irnos los dos juntos, pero Mahmud nunca abandonaría su puesto, se expondría al oprobio y quién sabe si a la cárcel. ¿Qué hacer, pues?

Al llegar a casa me senté en un peldaño de la escalera. El calor resultaba tolerable. Me quedé mirando un rato a los niños que jugaban en la plaza. De vez en cuando me miraban de reojo, con prevención, preparados para salir corriendo en cuanto presintiesen que me disponía a acercarme a ellos. He dejado de sonreírles, de hacerles gestos amistosos, ya no intento hablar con ellos. No sirve de nada. Este oasis es ingrato. ¿No había estado Mahmud a punto de dar su vida por salvar a uno de esos muchachos? Deberían estarle agradecidos, en lugar de preocuparlo de esta manera. Por si fuera poco, todo esto está empeorando aún más nuestra relación.

Desde el accidente del templo ha vuelto a beber mucho, y yo no soporto verlo ebrio. Cuando bebe dos vasos se puede estar con él, pero en cuanto comienza a dar señales de borrachera me aparto de su lado. De hecho, hace un tiempo que nos evitamos y dormimos en camas distintas, como si fuéramos dos extraños. Ya no me importa. Al contrario, me alivia, sobre todo después de aquella noche en la que trató de hacer el amor conmigo borracho y no pudo consumar el acto. Se puso furioso y estuvo un buen rato lanzando juramentos contra sí mismo. Después se levantó, dio un par de vueltas por la casa maldiciendo y palmeándose la frente; volvió a la cama vacilante y se echó encima de mí con una rabia renovada. Era la primera vez que le pasaba desde que nos conocimos. A pesar de la repugnancia que sentía hacia él y hacia mí misma, traté de tranquilizarlo:

«Quizá has bebido demasiado, estarás más cansado que de costumbre...». No había manera: siguió intentándolo una y otra vez hasta quedar derrengado por el esfuerzo y dejarme exhausta. Fue tan desagradable que me hizo recordar mis odiosos episodios conyugales con Michael.

Lo que ocurrió en los días posteriores aumentó mi malestar más si cabe. Al día siguiente, antes de comer, cuando volvió del trabajo me llevó a la cama y esta vez sí. Al caer la tarde lo intentó de nuevo con una rudeza inusual, aun sabiendo que yo detesto que me traten así. Daba la impresión de que quería vengarse de sí mismo y de mí. Así estuvo durante varias noches y varios días seguidos.

Quería creer que seguíamos unidos por una relación de amor y comunión verdaderos, y que mis protestas eran una forma de coqueteo, un juego frívolo. Pero no, entre nosotros ya nada es como antes. Su actitud me hace pensar que no siente hacia mí ni una pizca de deseo. Solo quería confirmarse a sí mismo su hombría. Después comenzó a evitarme de nuevo. Es un alivio: en el fondo de mi corazón le estoy muy agradecida.

Nunca llegué a pensar que un día me sentiría feliz viéndolo distante. Esto es lo que el oasis ha hecho con nosotros.

Quizá esté siendo injusta con el oasis. Mahmud es Mahmud, no ha cambiado. O, mejor dicho, siempre ha sido así, imprevisible, voluble. Bebe, aunque su religión se lo prohíbe, y si va los viernes a rezar a la mezquita solo lo hace por cumplir el deber social y conservar el respeto de la gente. Sin embargo, algunas veces lo veo saltar de la cama en la oscuridad de la noche para hacer las abluciones y demorarse en una sucesión de oraciones y lloros. Es infrecuente, la verdad, pero yo no sé muy bien qué hacer, si sentir lástima o reírme. Me pregunto en qué creerá Mahmud... Y yo, ¿en qué creo yo? Dejé de pensar en ello hace ya mucho tiempo. No voy a la iglesia ni rezo a solas en casa. Quizá piense que Dios se me revelará un buen día de estos... En cualquier caso, la cuestión ha dejado de preocuparme.

Mi mirada se vuelve ahora a los niños que están jugando. La infancia es tan inocente... ¡La ignorancia es tan dulce! Los chicos excavan canales en la arena en los que echan agua y colocan, en los bordes, hierbas y ramitas verdes. Juegan a labrar huertos y regadíos, como ven hacer a sus padres. Pero lo más llamativo es que nunca dejan de modelar muros y paredes altas de tierra alrededor de aquellos sembrados. Ya desde pequeños aprenden a levantar murallas. Las niñas juegan aparte, lejos de los varones. ¡Más muros!

Me gusta mucho verlas jugar. Me gustan los colores de sus ropas bordadas de manga larga, son los únicos colores alegres que veo aquí. Me gustaría saber cómo se hacen esas trenzas finas y largas que tanto embellecen sus caras, como una diadema tallada. Pero, ¿quién me lo va a contar? ¿Sus madres? Solo salen a la calle para ir, en grupo, a un entierro o una boda, y van cubiertas de pies a cabeza por una enorme tela azul. No dejan nada a la vista. Son masas silenciosas de carne desplazándose lentamente, como un augurio siniestro. Cuando las veía me daban ganas de chillar: «¿Dónde están aquí las personas?».

Cuando me levanto, me siento mareada de estar tanto tiempo sentada bajo el sol. Subo el resto de peldaños con mucho cuidado y detenimiento.

En esta casa, calurosa pero a la sombra, se está mucho mejor. Cierro la puerta mientras sueño con un baño de agua fría, con tumbarme y dejar que se vayan todos estos pensamientos: Mahmud, Alejandro, los jeques, las mujeres, los niños... Olvidar este oasis y dormir sin sueños. Pero antes de entrar en el baño oigo unos golpes apresurados e insistentes en la puerta.

¿Quién será? Nadie ha llamado nunca antes a nuestra puerta, excepto Mahmud, antes de meter la llave en la cerradura.

—¿Quién es? —pregunto con recelo.

Una voz tensa y difusa, que parece que sale de la madera de la puerta, responde:

—¡Malika!

11

Mahmud

¡Como si no tuviera ya suficientes problemas!

¿Qué historia es esa de que va a venir Fiona, con todo lo que tenemos aquí? Ojalá llegue mi carta a Alejandría antes que su vapor, antes de que se le ocurra siquiera venir a Siwa. Si está loca, allá ella, pero no va a encontrar a un solo guía de caravanas tan temerario como para aceptar a una mujer sola. O eso espero, porque si alguno termina aceptando y la cosa acaba mal vamos a tener un problema. Y yo seré el responsable, por supuesto. ¿Tengo que protegerla yo, que ni siquiera sé cómo proteger a Catherine ni cómo protegerme a mí?

Miré por la ventana del despacho del cuartel y contemplé el viejo cañón abandonado por el ejército después de la última campaña. Me gusta mucho, con su cureña corta y sus dos ruedas de madera que parecen de carromato. ¿Para qué nos sirve? No hay soldados adiestrados para utilizarlo. Quizá lo dejaron ahí para recordar a los habitantes del oasis que el Estado tiene siempre la última palabra. ¡Dios sabe cuánto necesitamos esa autoridad en este momento! El oasis está en ebullición y las familias protestan y riñen todos los días.

Volví y me senté a la mesa; tenía delante los últimos mensajes del ministerio. Amonestaciones y más amonestaciones y, después, un consejo en forma de orden. Tenía que mostrarme severo e inflexible con las familias, porque la mano blanda no servía para nada, como había quedado demostrado.

Magnífico, señores del ministerio, pero ¿dónde están los soldados y las armas?

El sargento Ibrahim, que conoce el oasis desde mucho antes que yo, también me daba consejos: debía obrar como mis antecesores en el cargo. ¿Cómo? Escogiendo a unos cuantos de entre quienes se niegan a pagar los impuestos para azotarlos en el patio del cuartel o encarcelarlos junto con sus familias. Un escarmiento para el resto.

—Ibrahim, estas gentes le han salvado la vida, ¿de verdad le gustaría hacerles eso? —le pregunté.

—No, señor prefecto, no me agrada ni lo más mínimo, pero no tenemos opción. Tanto ellos como nosotros estamos sujetos a lo que diga el Gobierno y este no cesará hasta conseguir lo que se propone. Si usted los perdona, mandará otro batallón de soldados y no precisamente para azotar y encarcelar a unos pocos. Hay que optar por el menor de los males.

Me es imposible contradecir la forma de ver las cosas de Ibrahim. Cuando se recuperó y comenzó a andar por su propio pie le propuse mandarlo de vuelta a El Cairo y pedir a Saíd bey que lo licenciara del cuerpo. Pensaba que le estaba haciendo un favor, pero su expresión adoptó un semblante de profunda tristeza.

—Puedo servirle, señor, aun cojeando —dijo, al borde de las lágrimas.

—¿Le he encomendado alguna tarea que sobrepase sus capacidades? —le pregunté asombrado.

—Ahora, señor prefecto, mandarme de vuelta a El Cairo sobrepasa mis capacidades. Necesito el dinero que ahorro aquí. Tengo muchas bocas que alimentar en el pueblo. Saíd bey, Dios lo guarde, conoce bien el asunto, por eso me dijo: «Ve con el señor prefecto, allí te pagarán más y puede que ahorres algo». Está al tanto de mi situación porque es de mi aldea, es el maestre de nuestra orden sufí, además de un hombre bueno. Le gusta ayudar a la gente. Cuando supo que me licenciaron de las tropas regulares, disueltas al acabar la guerra con los ingleses, y me vio sin medios para valerme y dar de comer a los niños, medió para que me dejaran entrar en la policía. Si no llega a ser por él, no sé qué habría sido de nosotros.

—Pero si lo hago pensando en su interés. Me preocupa su estado de salud después del accidente...

—El accidente fue la voluntad de Dios. Se podría haber herido usted, pero Él, por fortuna, no lo quiso. También podría haber decretado que muriera, pero Dios, alabado sea, decidió darme una nueva vida. No me prive, señor, de poder disfrutar de ella.

—Como usted quiera, Ibrahim.

Me dio por pensar durante un tiempo que, en el fondo, yo deseaba que se fuera. Si no, no olvidaría mi acto deshonroso, del que él no se había percatado. Pero al final llegué a la conclusión de que más me valía tenerlo aquí, para que me lo siga recordando. Se acabó el huir de mí mismo.

No le hice caso, en cambio, en lo concerniente a las flagelaciones y los encarcelamientos de los aldeanos. Seguí yendo con Sáber a ver a los cabezas de familia que se negaban a pagar y, tratando de favorecerme de su buena predisposición hacia mí tras el salvamiento heroico del muchacho, intentaba convencerlos de que, por su interés, les convenía entregar el tributo. De esa manera el Gobierno no podría castigarlos como había hecho tantas veces antes. Había quien respondía con enfado, indignados ante las exigencias desmesuradas del Gobierno, y quien tenía buenas formas. Pero lo mismo daba, al final la recaudación se iba demorando.

Mi informal consejero, Ibrahim, me llamó la atención sobre un detalle. La mayoría de las familias de las que el jeque Sáber se quejaba eran del clan de los occidentales.

—Quién sabe, a lo mejor se maneja mejor con los suyos, los orientales —le dije.

—Puede ser —comentó—, pero tampoco veo que sean muchos orientales los que paguen.

Al salir del cuartel, en el camino de vuelta a casa empecé a pensar en el asunto. ¿Qué se proponía Sáber? Si las insinuaciones de Ibrahim tenían un poso de verdad, estaba claro: predisponerme contra los occidentales. Pero al Gobierno solo le interesa recaudar, y si termina mandando una nueva expedición no va a hacer distinción entre orientales y occidentales. Es demasiado inteligente como para no haber reparado en esto. ¿Qué pretende? Poco importa.

Lo importante de verdad es saber cómo voy a poder salir yo de este aprieto en el que me ha metido el ministerio. Entré en este oasis prejuzgándolo a él y a sus gentes. Y ahora los odio más todavía, por su hostilidad hacia mí, hacia Catherine y hacia mis hombres. Pero cuando me paro a pensar en todo lo que les hemos hecho, no puedo evitar darles la razón.

Nunca hemos venido como hermanos, sino en calidad de invasores. Jamás los hemos tratado como compatriotas sino como súbditos obligados a pagar tributo a unos colonizadores exultantes y prepotentes. ¿Por qué me irrita, pues, el modo de actuar de los ingleses con nosotros? ¿Por qué entonces Catherine y yo criticamos su actitud en Irlanda y en Egipto? Es la ley del más fuerte, nosotros la aplicamos aquí y los ingleses allí. Cuando vieron que Ibrahim es un hombre virtuoso, y también pensaron que yo tenía categoría moral, adoptaron otra actitud hacia nosotros. ¿No se han percatado de que yo no soy como los anteriores? ¿Por qué tanta testarudez y tanta ceguera? ¿Por qué quieren destruirse a sí mismos y destruirme a mí? No sirve de nada pensar. La rueda del destino ha echado a rodar y ya nada la detendrá.

Según me acercaba a la casa vi a los niños que juegan en la plaza observando mi casa en silencio. A los pies de la escalera había un burro.

Cuando me vieron aproximarme salieron corriendo, como siempre, pero continuaron mirando la casa con gran curiosidad.

Me sentí inundado por un temor repentino, y de repente se oyó un grito dentro de la casa.

Los muchachos se quedaron clavados en el suelo y, cuando se oyó otro grito, reconocí la voz de Catherine. Saqué la pistola y me lancé a la escalera llamando a Catherine a voces.

—¡Catherine! ¿Qué pasa? ¡Estoy aquí! ¡¿Qué ocurre?!

Irrumpí en casa pistola en mano, pero al momento me detuve, incapaz de comprender lo que estaba ocurriendo ante mí en aquella sala casi en penumbra.

Catherine estaba de pie, con una hoja de palma en una mano y atándose los botones de la camisa, rota, con la otra. Con la hoja golpeaba con suavidad a una joven arrodillada ante ella en el suelo que se aferraba a las rodillas de Catherine y maullaba.

—¿Qué está pasando aquí? —repetí.

Y acto seguido apunté, de manera inconsciente, hacia la muchacha. Pero cuando estaba apretando el gatillo, Catherine me dio con la hoja de palma en la mano y la bala salió desviada hacia algún lugar de la habitación. Grité de dolor y se me cayó el arma. Catherine la alejó con el pie hasta la otra punta de la habitación. Yo no dejaba de proferir insultos mientras me agarraba la mano herida. Intentaba concentrarme en lo que tenía delante, pero todo me daba vueltas. ¿Habían enviado a alguien a matar a Catherine? ¿Habían decidido empezar con ella en lugar de hacerlo conmigo? ¿Por qué estaban todos esos chicos delante de la puerta, mirándola con ojos temerosos? Esta chica había agredido a Catherine y le había rasgado la ropa, y a lo mejor había intentado matarla. Pero, ¿por qué le agarraba la pierna y se la besaba? No entendía nada, solo que Catherine se estaba defendiendo con una hoja enorme y pesada de palmera.

Me lancé sobre la chica; seguía aferrada a las piernas de mi mujer y la fui empujando a patadas hacia la puerta con la idea de tirarla por la escalera. Ella gritaba, pero yo no cejaba en mi empeño de echarla escaleras abajo. Catherine se abalanzó sobre mí y volvió a golpearme con la hoja de palmera, esta vez en el pecho, mientras gritaba entre jadeos:

—¡¿No has podido matarla con la pistola y ahora quieres arrojarla a la calle para que todo el mundo la vea medio desnuda?!

Luego arrojó una chilaba de hombre hecha un embrollo hacia la chica, que gemía tirada en el suelo, y le hizo señas para que se la pusiese.

La muchacha, que vestía una ropa blanca andrajosa, se levantó, se embutió en la prenda masculina y se tapó el rostro. Parecía muy delgada, como un niño. Echó a correr hacia la puerta.

—¿Quién era esa? —le pregunté a Catherine confundido—. ¿Por qué dejas que se vaya? ¿Cómo ha entrado? ¿Qué te ha hecho?

Antes de salir, la muchacha se giró de repente y se quitó el velo. A pesar de todo, su rostro irradiaba una belleza deslumbrante. Se dirigió hacia Catherine con un resplandor fugaz en sus ojos grises, señalándose el pecho y luego señalándola a ella y a la pistola en el suelo, mientras bramaba en su jerga incomprensible y lloraba sin consuelo. Luego se arrodilló a los pies de Catherine y se puso de nuevo a abrazarle las piernas y besárselas, con sordas convulsiones que parecían más bien gemidos y palabras entrecortadas por los sollozos.

Yo no podía moverme: estaba anonadado. Lo mismo que Catherine; inmóvil en su sitio, la camisa rasgada dejaba entrever la redondez de sus senos. Podía imaginar su pecho blanco y firme bajo el sostén de trasparente seda negra.

El lloro y los gemidos de la chica se parecían cada vez más a un rugido sordo.

—¿Entiendes algo? —le pregunté a Catherine completamente desconcertado.

—Ni una sola palabra —respondió como hechizada—. Pero me parece que está enfadada porque quiere que sepamos algo que no llegamos a entender. Y por eso quiere que le dispares con la pistola.

—¡Yo también quiero que me disparen!

Un repentino ataque de furia apartó de mí cualquier atisbo de aturdimiento y salté sobre la pistola, pero Catherine alargó el brazo que tenía libre y me puso la mano en el pecho. Trató de hablarme con tranquilidad, a pesar de sus jadeos:

—Ya ves, está loca. No te vuelvas tú más loco aún.

En ese momento, la chica hizo un gesto repentino y estiró la mano hacia el pecho de Catherine, como si quisiera abrazarla o estrangularla, no sabría decirlo. Me abalancé sobre ella por detrás y la agarré del cuello. Comenzó a gritar y a punto estuve de matarla.

De pronto me invadió una locura de celos ante la idea de que si la tocaba otra vez mancillaría el cuerpo de mi mujer. Con un extraño brillo en sus ojos azules, Catherine empezó a decir algo, hablando muy rápido, en gaélico, idioma que yo tampoco entendía, y después comenzó a darle golpes en la cabeza a la chica con la palma. Por su parte, la muchacha trataba de liberarse de mi brazo. Lanzó un grito desgarrador, y después un reguero de sangre comenzó a bajarle por la frente. Gritaba con todas sus fuerzas, pero Catherine le arrancó el velo y se lo tiró a la cabeza mientras trataba con la otra de soltarla de mis brazos. Por fin, la empujó hacia la calle y cerró la puerta tras de sí con fuerza.

Cuando la chica se fue, me percaté del silencio que se había adueñado de la casa. A pesar del escándalo que se había formado, había podido distinguir un revuelo de voces en el exterior, niños y adultos gritando, como en un prolongado lamento. Pero ahora no se oía nada, calma absoluta. Abrí la puerta y solo vi a la chica aupándose al burro sin dejar de aullar y, dirigiéndose hacia el Oeste, dejaba atrás el pueblo, que quedaba ahora tan silencioso como un cementerio. De todos los chicos que momentos antes se agolpaban en la plaza solo quedaba uno; tendría unos cuatro años y estaba sentado en el suelo llorando. Un hombre se le acercó corriendo y se lo llevó hacia el interior de la aldea. Todo aquello me desconcertó. Cuando miré hacia la plaza vacía, el desorden dio paso a la irritación. Volví a entrar en casa.

—¡La plaza se ha quedado vacía! —exclamé—. No hay ni niños ni adultos. ¡No hay un alma!

Catherine estaba sentada en una silla, con la cara desencajada.

—Sin duda saben quién es —dijo pasados unos instantes.

—Entonces, ¿tú también la conoces?

—Sí, es Malika. La única que me habló el día en que fui al templo de la revelación. Aquel día solo me dijo su nombre y hoy ha venido a verme disfrazada de chico, como has podido comprobar. Pero, probablemente, habrán descubierto que es la bruja y que ha huido de su casa.

—¿La bruja? ¿Quieres decir que es una de esas hechiceras de las que se habla en el oasis?

—No, digo que es la bruja. Ha osado abandonar su casa antes de que acaben los meses de reclusión.

No entendía nada de lo que me estaba diciendo Catherine. Se estaba abotonando la camisa y de repente se detuvo.

—¡La bruja me ha besado el pecho! —exclamó.

—¡No juegues conmigo, Catherine! —grité enfurecido—. ¿Por qué le dejaste hacer todo esto? ¿Había estado antes aquí? ¿Qué significa eso de «bruja»?

Catherine se irguió en la silla. Su enfado iba creciendo por momentos.

—Dime, ¿por qué en este oasis se pide a las mujeres que sean mejores que sus maridos? ¿Y cómo puedes ser el prefecto de este lugar y no saber quién es la bruja?

—¿Eso entra también en los deberes de mi cargo?

—¡Por supuesto! Si yo he buscado y leído todo cuanto se ha escrito sobre este oasis, libros de viajeros, historiadores y arqueólogos, tú también deberías haberte informado. ¿Cómo puedes gobernar a gente a la que no conoces? Cuando te tranquilices te arrepentirás de haber pensado en matarla. Yo también me arrepentiré de haber estado a punto de hacerlo. ¿Por qué lo he hecho?

Hizo una pausa antes de concluir:

—En cualquier caso, está condenada. A buen seguro la matará su familia.

—Te ruego que me ayudes a tranquilizarme —le pedí a Catherine, completamente desorientado. Estábamos sentados uno frente al otro—. Respóndeme, por favor: ¿quién es la tal Malika? ¿Qué significa eso de que es una bruja? ¿Y qué ha pasado en esta casa?

—¡Espera un poco a que yo misma me tranquilice! —dijo con una risa nerviosa. Se recostó en la silla y prosiguió, tras tomar aire—: A Malika no la conozco, solo la vi un minuto en Aghurmi, aunque puede que la haya visto una segunda vez. Había un muchacho observándome cuando fui al templo de Um Ubayda. Creo que era ella, disfrazada, como hoy.

—Entonces, lleva tiempo vigilándote. Ya volveremos a este punto, pero, por favor, explícame lo de la bruja.

Catherine hablaba y yo intentaba concentrarme en sus palabras, pero me era imposible asimilar aquella historia.

—¿Viste la ropa blanca que llevaba debajo Malika? ¿No te has dado cuenta de que tenía el pelo suelto, sin trenzas? ¿Te has fijado en que no llevaba ni joyas ni iba maquillada? Ni siquiera llevaba *khol* en los ojos como el resto de las chicas de aquí —comenzó.

—¿Bromeas, Catherine? Por supuesto que no me he dado cuenta de nada de eso, y si lo hubiera hecho no le habría prestado mayor atención. Las únicas mujeres que he visto aquí son las niñas que juegan al borde del camino y no sé ni cómo visten ni cómo se arreglan cuando se hacen mayores. ¿Qué importancia puede tener eso?

Me dijo que ella tampoco había visto mujeres aquí, pero todo estaba descrito en los libros que había leído sobre el oasis.

—En esta región, las viudas visten de blanco y no se maquillan. Cuando Malika se quitó las ropas de hombre y el velo vi su vestido sucio, de color blanco, y comprendí que era viuda y que debía cumplir el castigo impuesto en el oasis a las mujeres que pierden al marido. Quizá no sea un castigo, sino la expresión de un miedo cerval a la muerte, transmitido de generación en generación. O, mejor dicho, un miedo a la mujer, porque los hombres que enviudan no son sometidos a ningún tipo de reclusión. Al contrario, se les permite volver a tomar esposa incluso antes de que se cumpla un mes de la muerte de la anterior. Pero la mujer debe esperar mucho más, lo necesario para liberarse y purificarse del espíritu maligno que se ha apoderado de ella y ha provocado la muerte de su marido. Ha de permanecer confinada cuatro meses y diez días, sin poder quitarse la ropa de luto por muy manchada o rota que esté. Tampoco puede bañarse, pintarse, llevar joyas o peinarse. Pero, por encima de todo, jamás debe abandonar la casa bajo ningún pretexto; nadie debe verla, pues quien ve a la bruja, así llaman a la viuda aquí, morirá sin remisión, ya que el ángel de la muerte se ha encarnado en su cuerpo.

»A lo largo de todo este proceso de purificación no le está permitido ni ver ni hablar a nadie; como mucho, con algún pariente muy próximo especialmente osado y solo a través de una pared. Así hasta que al fin queda libre del espíritu que vive en ella desde la muerte de su esposo. Solo entonces se le concede licencia para bañarse, en uno de los manantiales del oasis, y volver a maquillarse y ponerse sus joyas. Pero es un día muy peligroso. Tanto, que un pregonero ha de ir por los caminos advirtiendo: "¡La bruja viene hacia vosotros; preveníos de un funesto augurio!". Y todo el mundo se queda en casa, porque la bruja es especialmente dañina en los momentos que preceden al acto de la purificación final, y si te encuentras con ella firmas tu propia sentencia de muerte.

Yo escuchaba sin dar crédito a lo que oía. Una y otra vez le pedía a Catherine que se detuviera y repitiera lo que había dicho. Deseaba de verdad entenderlo. Sin embargo, se me escaparon muchos detalles. Cuando terminó su relato le pregunté, con la cabeza en otro sitio:

—Más de una vez he oído a ese pregonero, entre Shali y Aghurmi; pero, claro, no me entero de nada.

Pero no era lo que deseaba decir. Reuní fuerzas y lo solté:

—¿Cuál es la pena impuesta a quien incumple el periodo de reclusión?

—¿Cuál será el castigo aplicado a Malika, quieres decir? No lo sé. No he leído nada al respecto en los libros. Nunca se habla en ellos de viudas que incumplen la sanción.

—Pero tú lo has dicho, van a matarla.

—Era una conjetura, nada más. —Hizo una pausa para proseguir con ardor—. Espero estar equivocada. Espero que no se lo hagan a Malika, que se libre. Pero temo por ella, ha violado muchos tabúes. Ha salido de su casa sin haberse liberado completamente del espíritu mortífero, antes de estar purificada, ha osado desplazarse desde

Aghurmi hasta Shali y ha diseminado la maldición y la muerte por todo el oasis, según sus creencias.

—¡Y también ha osado atacarte a ti, no lo olvides! —grité, dando un respingo.

—Es una niña —la excusó, haciendo un ademán de indiferencia con la mano—. A lo mejor está loca de verdad, y, probablemente, le hemos dado el castigo que merecía. Quizá mayor de lo necesario. Nunca me perdonaré lo que le he hecho.

Yo no podía compartir con ella ese arrebato de misericordia. Demasiadas emociones bullían en mi interior. Debía darle un escarmiento a quien tan impunemente había irrumpido en mi casa y agredido a mi esposa. Niña o anciana, loca o cuerda, ángel o demonio, daba lo mismo. No podía pasar por alto esta afrenta.

—¿Y por qué tuvo que elegir esta casa y no otra? —pregunté, furioso.

—Pero, ¿será posible que no lo hayas entendido aún? —respondió mirándome con expresión de asombro—. ¡¿Adónde vas ahora?! —añadió a voz en grito.

Me fui sin responder a su pregunta.

12

El jeque Sáber

¡Un terror mayor que el descrito en todas las profecías se ha cernido sobre vosotros, gentes de esta tierra! Os burlabais de ellas y ahora tenéis algo mucho peor. Un horror sin rostro, la maldición en vuestras propias casas desde que la bruja salió de la suya. Ahora sí, ahora llamáis a los sabios y a los hechiceros para que os libren de esta desgracia que asola el oasis en pleno.

La bruja salió al mediodía de ayer, pero tan solo pocas horas después, al anochecer, los aullidos se habían apoderado de toda la región, desde Shali hasta Aghurmi. Mujeres que abortaban al atardecer y niños completamente sanos aquejados de una fiebre súbita. Palmeras vigorosas y robustas que de buenas a primeras se tronchaban, como heridas por un rayo al paso de la bruja; incendios súbitos en hogares donde no había fuego alguno. Continuamente llegaban noticias diversas sobre nuevas desgracias en tal huerto o tal casa, se sumían en gritos y lloros los lugares por donde pasaba la bruja o los habitantes que habían tenido la desgracia de posar sus ojos en ella. Todos temían que llegase una catástrofe en cualquier momento y no sabían cómo evitarla.

Estáis recibiendo vuestro merecido, gentes del oasis. Yo tampoco estoy a salvo: en cualquier momento puede caer sobre mí este pájaro que tan funestamente revolotea sobre nuestras cabezas. Pero no lo siento, ni por vosotros ni por mí mismo. Que el mal se cebe con todos nosotros, pero antes he de probar el sabor de la venganza. Llevo ansiándolo toda mi vida.

Notables de los clanes, aquí me tenéis. Os espero con suma impaciencia. Llevo sentado aquí, en vuestro techado, desde antes de la salida del sol.

No perdonaré a nadie. Ni a los egipcios ni a los occidentales, ni siquiera a los orientales; no puedo olvidar lo que me han hecho todos ellos. Ha llegado el momento tanto tiempo esperado; os convertiréis en los dóciles instrumentos de mi venganza. Nunca sospeché que el momento crucial se produciría de este modo y menos por este motivo, pero bienvenido sea. Cualquier camino sirve.

El miedo que sentís lo padecí yo cuando tenía cinco años. Cuando Yúsuf, del clan de los occidentales, le tendió una trampa a mi padre y al resto de los notables orientales. Lo odio más que a ningún otro de los occidentales; sin embargo, he de reconocer la astucia y eficacia de su plan. Únicamente cuando me hice mayor pude apreciarlo y percatarme de su minuciosidad, pero ya era tarde para la venganza. En todo caso, sí tuve tiempo para estudiar los pasos de su maquinación, y así aprendí de él.

Llevo mucho tiempo recreando su complot, reviviéndolo ante mis ojos y rememorando cada uno de sus detalles. Primero, esparció la confusión por todo el oasis cuando los egipcios no tenían fuerzas suficientes para imponer el orden. Incitó a los zejeleros de los orientales a poner cerco a la tienda de uno de esos europeos advenedizos empeñados en asaltar nuestros templos y cementerios. Debían asesinarlo y quemar todas sus pertenencias. Pero antes de que pudieran consumar el ataque, hizo llamar a aquel extranjero y le contó que, según había oído, su vida corría peligro y que, por eso, se ofrecía a protegerlo en su propia casa. Cuando los orientales llegaron a la tienda, la hallaron vacía y tuvieron que contentarse con prenderle fuego después de saquearla a conciencia.

Yúsuf conocía de sobra el interés de los egipcios por garantizar la seguridad de aquellos forasteros, más incluso del que ponían en poner a salvo a sus propios hijos. Por ello mantuvo al hombre en su casa durante unos días y después viajó con él de incógnito a El Cairo, donde, víctima del engaño, afirmó que de no haber sido por Yúsuf habría terminado reducido a cenizas junto con su tienda. Como recompensa, nombraron a Yúsuf alcalde del oasis y regresó con un nutrido contingente de soldados egipcios y beduinos. Ahí empezó a consumarse mi desgracia.

El nuevo alcalde y su destacamento acamparon cerca de la ciudad. Luego hizo llegar un mensaje a los líderes de mi clan, que se habían hecho fuertes en el pueblo y se habían pertrechado de armas para defenderse. Les dijo que los egipcios no habían venido en busca de guerra y que, si los orientales enviaban una delegación de ancianos, firmarían un acuerdo y la paz volvería a Siwa. Una vez más, el engaño de Yúsuf funcionó. Mi gente envió una comisión al campamento egipcio, pero en cuanto llegaron, los encadenaron a todos y anunciaron su ejecución inmediata si quienes se habían refugiado en Shali no deponían las armas y entregaban a todos sus jefes. Cuando vinieron a por mi padre grité y me agarré con fuerza a él, pero un soldado me rompió la cabeza con una estaca. Fue entonces cuando quedé tuerto.

De mi infancia solo recuerdo aquellos momentos de pánico. Me acuerdo de aquellos hombres porque aún hoy, en sueños, me golpean la cabeza. Y durante el día es mi ojo izquierdo, con el que únicamente alcanzo a distinguir figuras difusas, quien se encarga de recordármelos. La pérdida de mi padre y la sensación de impotencia de mi infancia y mi juventud tampoco me han permitido olvidar. Pero aprendí a ser discreto y no revelar mis pensamientos. En un principio mi mutismo respondía más bien al miedo, me encerraba y huía de la gente. Este carácter mío acabó convirtiéndose en una ventaja, y me acordé de la estrategia de Yúsuf, que había conseguido su propósito gracias a su astucia y su hipocresía. Debía aprender de él si quería vengarme de su clan.

Nadie sabía que mi ojo izquierdo solo veía sombras. Mientras siguiera pareciendo sano, no había motivo para decir lo contrario. Cuando aprendí de memoria el Corán y los hermanos de mi padre propusieron enviarme a al-Azhar, en El Cairo, no les dije que no amaba lo más mínimo ni Egipto ni a los egipcios. Simplemente les pedí encarecidamente que me mandaran a estudiar a Túnez. Nunca me arrepentiré de haber estudiado en la mezquita de Zituna. Allí pude tratar con miembros de las familias de notables del sur del país, cuyo idioma podía comprender y con quienes podía utilizar el mío. Gente versada, además, en la genealogía de las tribus y en las costumbres de mi tierra.

Fue allí donde entré en contacto con el hombre que me dio el libro de las profecías. Ocurrió en la mezquita; se quedó mirándome fijamente a los ojos con un fulgor que me asustó. Tenía una edad muy avanzada y se le veía muy deteriorado. Sin embargo, cuando salí me siguió con gran agilidad y me agarró por detrás con tanta fuerza que casi me caigo.

—¡Tú eres a quien estaba esperando! —me habló en nuestra lengua, sin asomo del acento típico de los del sur tunecino.

Comprendí enseguida que era de nuestro clan.

—Y tú, ¿quién eres? —le pregunté, sobrecogido.

Como única respuesta, se remangó y me mostró un muñón. Luego alzó el rostro y pude ver el surco de una profunda cicatriz en su garganta que dejaba al descubierto un trozo de carne blanca despellejada.

—Tú eres el señalado por las estrellas, me lo han anunciado —añadió—. Tú nos vengarás, a mí y a los nuestros, de los occidentales.

Di un respingo al oír esas palabras, pero seguía desconfiando. Por eso le dije, para tantearlo:

—Sí, pero muchos occidentales han sufrido heridas tan graves como las tuyas, o peores aún, en nuestras guerras.

Pero no me prestó atención y siguió a lo suyo.

—Llevo toda mi vida aquí contemplando el curso de los astros e interpretando el destino de nuestra tierra. El oasis es un libro abierto para mí y todo está bien claro: no habrá paz mientras la tierra no elija a uno de los dos clanes: o ellos o nosotros.

En ese momento recordé algo.

—Uno de los notables de los occidentales intentó que el oasis fuera solo para ellos y fracasó —le dije.

—Lo sé —repuso—, pero tú triunfarás. Está escrito, triunfarás; de lo contrario, todas las profecías se cumplirán. Mientras no acabes con nuestros enemigos, el destino de nuestra gente será idéntico al mío. Avisa a tu pueblo.

A continuación me dio otro consejo que no necesitaba en absoluto: vigilancia y discreción, sobre todo, mucha discreción, pues los nuestros suelen hacer caso omiso de los consejos y advertencias. Les puede el orgullo y la testarudez, lo mismo que a los occidentales. Esa lección la aprendí mucho antes de oírla de su boca, y mi sed de venganza es aún más insaciable que la suya. No me acuerdo de la cara de mi padre, y mi venganza consiste en no olvidar el odio hacia quienes lo mataron. ¿No me correspondía como derecho natural resarcirme por su muerte?

Ignoro hasta qué punto son ciertas las profecías de aquel oriental exiliado, pero no dejo de repetírselas para inspirarles miedo, porque solo con el miedo podré dominarlos.

Porque todo cuanto ha hecho mi clan hasta ahora no ha servido para aliviar mis ansias de revancha. Cierto, terminaron dando muerte al alcalde Yúsuf antes de que tuviera la ocasión de celebrar su primer aniversario como alcalde, y luego vencimos a los occidentales en más de una guerra. Pero mi sueño no es la victoria. El fin llegará cuando la tierra nos elija a nosotros, tal y como anhelaba el autor de las profecías. Mientras tanto, los vencemos, después nos vencen ellos a nosotros, y luego llegamos a un acuerdo que rompemos. Y así podríamos pasarnos toda la eternidad si no se elabora una buena estrategia, mejor aún que la de Yúsuf.

Desde hace tiempo pienso que la solución radica en una guerra total entre los occidentales y los egipcios en la que nosotros permanecemos al margen. Esa es la razón por la que enfrento a unos con otros, me presento ante ellos como el ángel de la paz, hasta que vean que soy el ángel de la muerte. También intento granjearme la confianza de ese prefecto huraño y de su maldita mujer, que nos han enviado como un revés del destino.

También por esa razón mostré tanto celo en la cura del sargento, para contentar a la familia del niño cuya vida había salvado y, de paso, también al conjunto de mi tribu, aun cuando no me habría importado lo más mínimo que aquella piedra hubiera terminado reventándole el cráneo.

Teníamos una oportunidad única pero, como de costumbre, la hemos echado a perder. Les insistí en que pagasen el tributo aunque los occidentales no lo hicieran. Sabía perfectamente que, si no se llevaba a cabo la recaudación completa de la cantidad estipulada, El Cairo organizaría una nueva campaña de castigo, pero esta vez nosotros quedaríamos al margen y la cosa sería un mano a mano entre los egipcios y los occidentales. Se trataba de provocar el conflicto desde la distancia, como había hecho Yúsuf. Le expliqué a mi gente, con una prudencia extrema, las ventajas de pagar el impuesto y dejar que los occidentales cargasen con la culpa de no hacerlo. Pero el orgullo y la obcecación pudieron más: «¡Si ellos no pagan, nosotros tampoco! ¿A cuento de qué vamos a dar el tributo si ellos no lo hacen?».

No pasa nada. ¿Hemos perdido esta oportunidad? Acojamos con los brazos abiertos la tormenta que ha desatado la bruja. Esta vez haré cuanto esté en mi mano para que ella acabe con ellos.

¿Qué vas a decir o a hacer ahora, Yahya, para proteger a Malika? Sé que, como de costumbre, serás de los primeros en venir aquí y ponerte a hablar. Con tu falsa bondad y tu historial de héroe de pacotilla nos darás un imponente sermón y tratarás, una vez más, de arruinarme el plan. Siempre tratando de convencer a propios y extraños de que estás por encima de divergencias y disputas, que no estás con tu clan ni con el nuestro. Pero no soy tan inocente, sé que eres el más hipócrita de nosotros. Seré paciente contigo, al igual que lo estoy siendo con todos ellos. Que Dios me ayude a ocultar el gozo que me provoca lo que os espera. Occidentales, la muerte de Maabad os libró de la guerra, pero ¿cómo podréis escapar después de lo que ha hecho Malika? No hace falta decir nada más. Lo mejor será que no abra la boca. Hasta el momento, todo se desarrolla según lo previsto. Ya oigo el rebuzno de tu burro, Yahya. Ahí estás. Saldré a recibirte y te abrazaré, Yahya, como siempre, deseando que entre mis brazos te conviertas en ceniza.

La asamblea de los notables estaba reunida al completo mucho antes que de costumbre. Los rostros de los representantes más destacados del clan de los occidentales, Idrís, Abdel Mayid y Yahya, dejaban entrever preocupación, mientras que en los de mi gente, Salam, Nafi y Abdulá, veía rabia contenida. Pero, por encima de todo, percibí en los rostros de unos y otros un profundo temor. Bien. Yo os daría motivos para alimentar vuestro tormento.

—El prefecto me mandó llamar ayer, pero no sé exactamente cuál es su intención —comencé con voz triste y la cabeza gacha—. Quiere castigar a Malika, a su familia y a quien la dejó salir de casa. De lo contrario, se tomará la venganza por su mano.

Los presentes, sin excepción, alzaron sus voces para maldecir al prefecto, a su mujer y el mal día en que ambos pisaron esta nuestra tierra. «Amén», dije para mis adentros.

El jeque Abdulá tomó el relevo:

—¿No habría sido mejor haber seguido el consejo de Mabruk y haberlo matado a él y a su esposa en cuanto llegaron al oasis, trayendo consigo sus malos presagios?

—Ese día quisimos evitar una desgracia, pero por no hacer nada hemos terminado cayendo en un mal mayor aún —añadió el jeque Nafi.

El jeque Abdel Mayid lo interrumpió:

—No perdáis el tiempo con consideraciones inútiles. Ahora urge que nos preguntemos cómo vamos a hacer frente a esta maldición que asola nuestra tierra. ¿Qué haremos para conjurar la calamidad desatada por la bruja?

Se hizo un tupido silencio, roto por el jeque Yahya. Hablaba con voz débil, inusual en él, como si ni siquiera él mismo se creyera sus palabras.

—He oído hablar de las desgracias ocurridas y he visto viniendo de Aghurmi una palmera caída en el camino. Pero el tronco lo tenía enfermo desde hacía tiempo y...

No pudo completar la frase. Los notables, furiosos, lo interrumpieron con voces y aspavientos. Algunos, incluso, se pusieron de pie y lo increparon:

—¡Qué quieres decir con eso! ¡Los hijos de mi vecino han amanecido con fiebre! ¡Los escorpiones negros han abandonado sus escondrijos y se han metido dentro de las casas como si fueran hormigas! ¡Con estos ojos he visto arder un olivo! ¡Si seguimos así moriremos todos! ¿No oyes el llanto en todos y cada uno de nuestros hogares?

Sonreí en mi fuero interno al verlos así, a punto de abalanzarse sobre él. Pero Yahya esperó a que se calmaran y entonces se volvió hacia el jeque Salam, cuya familia ha venido consignando de generación en generación los principales acontecimientos del oasis en un libro a modo de registro, y le preguntó qué se hizo en el pasado ante una catástrofe de este tipo.

—Nunca antes habíamos padecido una calamidad parecida —repuso Salam—. Lo sé a ciencia cierta. De todos modos, ayer mismo repasé el manuscrito donde aparecen los principales acontecimientos y no vi referencia alguna.

—Si matamos a nuestra niña, ¿borrará su muerte la mancha de la bruja? —intervino el jeque Idrís, con un deje de amargura en la voz.

Todos guardaron silencio. Sé que todos estaban expectantes, esperando escuchar lo que había que decir y no me pude resistir las ganas de ser yo quien lo dijera:

—Servirá para contentar al prefecto. Y aplacará su indignación —dije. Había elegido el momento oportuno.

—¡Así descienda sobre él y su mujer, fuente de todos los males, la ira de Dios! —estalló Idrís—. No me importa nada si esto le gusta o le disgusta. Me resulta más sencillo solventar su asunto que el de la maldición de la bruja. Pero con respecto a esta, algo hay que hacer y lo vamos a hacer ahora mismo, si Dios quiere.

El resto de los notables del clan de los orientales le lanzaron miradas de reproche y algunos llegaron a hacerle gestos para que no siguiera por ahí. No deseaban incomodar a Yahya, el cual, sin embargo, no parecía haber reparado en nada de lo dicho hasta ahora.

—Cálmate, jeque Idrís, déjanos pensar —terció el jeque Nafi—. ¿No has oído decir a Salam que nunca antes había ocurrido nada igual en el oasis? La gente espera que sus notables hallen una solución.

Como si con estas palabras se hubiese abierto una puerta a la esperanza de Yahya, este alzó la voz, aún débil y dubitativa, y le formuló una pregunta a Salam.

—¿Qué dice el manuscrito, jeque Salam, sobre la forma de obrar de nuestros antepasados con las mujeres poseídas por los genios?

—¡Menuda pregunta, jeque Yahya! —respondió Salam sorprendido—. Hacían como hemos hecho nosotros, llamar a un anciano que sepa el Corán de memoria y las plegarias adecuadas para que saque al espíritu del cuerpo de la mujer. Luego la dejaban encerrada, hasta sanar o morir. No se trata de un espíritu cuya acción maligna afecte solo al cuerpo donde se ha instalado; además de corromper a la bruja, propaga el mal y la ruina por todas partes. De ahí que los ancestros tomaran todas las precauciones posibles y prescribieran la reclusión de las viudas hasta su completa purificación.

—Pues entonces —intervino el jeque Abdulá pausadamente—, hagamos como dice el jeque Idrís y que Dios nos asista. Matémosla rápido y liberémosla de ese espíritu letal.

Volvió a oírse la voz de Yahya, ahora tronante e iracunda:

—¿Estamos aquí para dar con una solución o para repetir una y otra vez «hay que matar», «hay que matar»? Como si todos estuvierais poseídos por Azrael, Dios me perdone.

Yahya se removía como una fiera atrapada en su celada. Era el momento propicio para lanzar el golpe definitivo.

—Sea lo que sea lo que ha hecho Malika —dije con tranquilidad—, sus actos ya no son de la exclusiva competencia de su familia.

El jeque Abdulá tomó el hilo que yo había dejado suelto y tiró de él con fuerza:

—Cierto, jeque Sáber, Malika es hija de todos nosotros y la desgracia que por su mano se ha cernido sobre esta tierra nos afecta a todos sin excepción. Por lo tanto, los occidentales no pueden tomar ellos solos la decisión final.

—¿He dicho yo algo de que solo los occidentales podemos decidir en esto? —prorrumpió Yahya—. ¿No estamos deliberando entre todos? ¿No estamos preguntando al jeque Salam sobre la forma de actuar de nuestros antepasados en casos extremos como este?

—Con toda la sinceridad, jeque Yahya —terció el jeque Abdulá, igualmente enojado—, admite que no quieres ninguna solución que pueda dañar a esta muchacha, origen de nuestras desgracias.

—¿Tú también quieres matarla? —gritó Yahya, incapaz de dominarse—. Sí, jeque Abdulá, Malika es mi niña querida y la quiero, pero si supiera, notables, que su muerte servirá para sanar esta tierra de la ruina que, según decís, ella misma ha provocado; si jurarais incluso que sabéis a ciencia cierta que matándola habremos de conjurar la maldición, no me opondré. Pero ¿y si muere y todo sigue igual?

Los notables intercambiaron miradas inquisitivas, pero no por las palabras de Yahya, sino por el alboroto que llegaba de los jardines de Aghurmi. Dentro de mí, me sentía pletórico.

Por el camino comenzaron a desfilar, corriendo cuesta abajo, un grupo de zejeleros occidentales con los fusiles al hombro. No miraban hacia arriba, donde estábamos nosotros. Se unieron a ellos decenas de hombres armados con escopetas, cuchillos y palos, y todos ellos se unieron en gritos que pedían la muerte del prefecto y de los infieles. Algunos dispararon al aire mientras la tropa seguía su marcha hacia el cuartel.

El jeque Yahya comprendió lo que estaba ocurriendo y se puso en pie alzando la voz cuanto pudo para hacerse oír por encima del estrépito de la calle:

—¡Jeque Sáber, detén a esos locos, ellos sí que nos van a traer la ruina!

Yo también hube de forzar la voz al máximo:

—¿Peor aún que la que ya tenemos, jeque Yahya? Son vuestros hombres; detenedlos vosotros.

Yahya se acercó a Abdel Mayid y se inclinó sobre él.

—Sabes que no puedo correr para alcanzarlos —le conminó sacudiéndolo por los hombros—. Eres joven, Abdel Mayid, ve y diles que se detengan. Diles que esto ya lo hemos intentado antes y solo hemos obtenido guerra, horcas y cárceles.

Pero Abdel Mayid bajó la cabeza para no mirar a Yahya a la cara.

—Ya es demasiado tarde, jeque Yahya —masculló en un tono apenas inteligible.

Yahya se incorporó y fue posando la vista en todos los presentes.

—¿Ah, sí? —exclamó con voz ronca—. ¡Os habíais puesto de acuerdo antes de esta reunión! Yo soy el único que no lo sabía, ¿no? Primero vais a por el prefecto y luego a por Malika. Una vez más la deliberación de hoy no es más que una farsa, ¿verdad? Como siempre —hizo una pausa y remató con voz ahogada—: ¡Entonces os haré la guerra yo solo a todos vosotros!

Nadie le respondió. Aunque lo hubieran hecho no habría podido oírlos en mitad de aquella algarabía de voces y disparos. Tomó el bastón y, tambaleándose, salió todo lo deprisa que pudo y se dispuso a bajar la cuesta cuando, de repente, se hizo un silencio estremecedor.

Los fusiles de los hombres callaron y todos nos giramos hacia el cuartel.

Me puse en pie y vi a los zejeleros con el miedo dibujado en sus rostros. Algunos nos hacían señas y señalaban aterrorizados en dirección al cuartel. Pero antes de que pudieran decir nada una enorme bola de fuego explotó por los aires, y acabó convirtiéndose en una lluvia de llamas. Se oyó un trueno y se escucharon los gritos de las mujeres. También gritaron los jeques. La tierra temblaba y el techado de hojas de palma y barro de la sala de asambleas comenzó a resquebrajarse y a caer en pedazos sobre nuestras cabezas. Los aullidos de las mujeres eran aún más intensos que el estruendo de la explosión; los campesinos que momentos antes habían atacado el cuartel corrían despavoridos hacia nosotros, dando tumbos y chocando unos con otros, sin detenerse a ayudar a incorporarse a quienes caían en la estampida. No obstante, alguno tuvo tiempo para alzar los ojos hacia nuestra posición y gritar: «¡El cañón!», como si lo hubiésemos comprendido.

Los jeques daban vueltas sobre sí mismos sacudiéndose el polvo de las ropas y tosiendo. Cuando los hombres se alejaron y los gritos de las mujeres dieron paso al llanto, los ancianos se calmaron, pero se quedaron mudos, envueltos en un remolino de polvo y con la mirada fija en la nube de humo blanco que flotaba inmóvil entre el cielo y la tierra. La escrutaban como si buscasen en ella, y en el tufo de pólvora que impregnaba el aire, una respuesta a sus preguntas.

Y la respuesta no se hizo esperar. Al pie de la colina apareció el prefecto Mahmud Abdel Zahir a lomos de su corcel blanco, secundado por sus soldados, también a caballo.

Espoleó su montura y con unos cuantos brincos se plantó frente a nosotros. Sin bajarse del caballo, se dirigió a nosotros:

—Es solo un aviso, consejo de ancianos —dijo con voz pausada, señalando hacia la hilera de humo blanco—. La próxima vez, el cañón apuntará hacia las murallas y a vuestras casas, tal y como ocurrió en la última campaña militar.

Tiró de las riendas y se giró para regresar por donde había venido, pero al momento se detuvo y se dirigió de nuevo a nosotros.

—¡Jeque Sáber! —me gritó—. ¡Quiero todo el tributo en el plazo de una semana! Deme los nombres de las familias que se niegan a pagar. Mañana quiero en el cuartel, tras la oración del alba, al jeque Idrís y al jeque Abdulá.

Y a continuación se marchó con sus soldados. Los ancianos quedaron sumidos en el silencio, y yo, en el desconcierto más absoluto. ¡Mi plan había funcionado! ¡El destino, incluso, me había ayudado con la maldición de la bruja! Además, ¡el ataque contra los egipcios lo habían llevado a cabo los occidentales, nosotros no teníamos nada que ver!

Reparé en Yahya, inmóvil allí donde comenzaba la cuesta. Se giró hacia nosotros, sacudiendo la cabeza en señal de tristeza. Luego prosiguió su camino muy despacio.

—No importa, Yahya —musité como si lo tuviese delante de mí—. Ya tendremos otra ocasión...

13

Catherine, Mahmud, el jeque Yahya

Catherine

¿Todo esto ha pasado en un solo día, de ayer a hoy?

Primero vino Malika, nos abrazamos, luego nos peleamos y al final casi la termino matando; después el cañonazo, que hizo retumbar todo el oasis, y al final yo, recluida aquí en casa, como si fuera la nueva bruja. ¿Esta pesadilla es real?

Hace una hora, Mahmud me ordenó que permaneciera aquí y que no abriera la puerta a nadie. Tenía mucha prisa y solo pensaba en irse. Fuera, se oían los relinchos de los caballos de sus soldados. Lo estaban esperando para volver al cuartel. Lo agarré del brazo para impedir que se fuera y le rogué que me diera una explicación. Respondió con impaciencia, tratando de zafarse de mi mano, y dijo que mi vida corría peligro: la gente del pueblo me hacía responsable de lo ocurrido desde el momento en que la bruja abandonó su casa.

—Pero, ¿fui yo acaso quien le pidió que viniera? ¿No fue ella la que irrumpió aquí sin preguntar? —le pregunté, enfadada.

En realidad, la culpa era suya, por haber echado de aquella manera tan escandalosa a Malika. Él amenazó a los habitantes del pueblo con una venganza que nadie, incluyéndome a mí, podía comprender ni justificar.

«Lo hecho, hecho está», respondió. Añadió que debía comprender que la tranquilidad que siguió al cañonazo era solo aparente. Seguro que estaban urdiendo algo y yo debía quedarme en casa mientras él buscaba una solución.

—¡No me importan sus amenazas! —grité—. ¡Prefiero morir a quedarme encerrada aquí!

—¡Puedes morirte, si eso es lo que quieres! —gritó él también, desasiéndose con fuerza de mi mano—. ¡Pero no aquí ni bajo mi responsabilidad!

Acto seguido salió hecho una furia, diciendo que iba a apostar a unos cuantos soldados ante la puerta de nuestra casa para impedirme abandonarla, aunque fuera por la fuerza. Oí cómo cerraba la puerta con llave.

No ha pasado más de una hora, pero ya no aguanto más esta reclusión. No me importa quedarme días y días en un lugar, leyendo y escribiendo, sin salir; pero si soy yo quien lo decide, y aquí no hay elección. Mahmud se ha convertido en un nuevo Michael. ¿Y yo? ¿En qué me he convertido yo?

No tengo ganas de hacer nada, solo de tumbarme en la cama y dejar la vista clavada en el techo de la habitación. ¿Qué me está pasando exactamente? Desde ayer no hago más que mortificarme por mi comportamiento con Malika. Mahmud la golpeó y la pateó, y yo intenté matarla. Un final trágico para un hermoso principio.

Cuando le abrí la puerta mi corazón latió de alegría al ver cómo se despojaba del velo y dejaba ver su rostro radiante. Se adentró cohibida en la sala, apuntando con el dedo hacia mí y luego hacia ella. Después sacó de un hatillo de tela dos estatuillas de piedra en forma de mujer. Me las dio y sonrió.

Las contemplé admirada. Eran dos piezas rudimentarias, pero estaban esculpidas con elegancia y finura y mostraban la gracia del cuerpo femenino. ¿Dónde las había encontrado? ¿Por qué me las entregaba a mí? La miré, sonriendo también, como preguntando; se me acercó y señaló la cabeza de las estatuillas. Las escruté con atención y mi asombro fue en aumento. Una de ellas tenía unos rasgos que intentaban imitar los míos; la otra se parecía más a ella. Le tendí ambas y le pregunté en árabe:

—¿Quién?

Quería preguntarle quién las había tallado, pero no sabía cómo expresarlo. Ella las tomó y acercó la una a la otra y luego las juntó como si se estuviesen fundiendo en un abrazo. Repitió el movimiento varias veces. Yo no dejaba de mirarla. Parecía tener sed: estaba continuamente mojándose los carnosos labios con la lengua. Pero no le ofrecí nada de beber. Como si mi mente hubiera dejado de pronto de funcionar. No podía apartar la mirada de aquellos labios rojos y de sus cautivadores ojos grises.

Mi silencio y mi sonrisa le dieron ánimos y dejó las estatuillas encima de la mesa y se acercó a mí, vacilante. Se colocó justo enfrente. Casi estábamos tocándonos. Podía sentir su respiración en mi cuello, jadeante y cálida. Estiró los brazos despacio y me estrechó los hombros con las manos. Me abrazaba con tanta ternura que no pude por menos que abrir mis manos y estrecharla yo también. Pero de repente solté un «no» y la empujé con fuerza. Como se había aferrado a mis hombros se me rasgó la blusa. «No, no —repetía yo una y otra vez—, ¡no soy Safo!». Malika no entendía nada; tan solo me lanzaba miradas heridas, con los ojos llorosos. Luego se puso a hablar en su lengua a toda prisa mientras yo insistía: «¡No soy Safo!». Entonces, se volvió hacia donde estaban las estatuillas y las juntó de nuevo, como si quisiera fundirlas en un abrazo. Pero yo seguía moviendo la cabeza de un lado a otro y gritando «¡no!» con obstinación. Arrojó las figuras al suelo con fuerza y volvió a acercarse a mí, diciéndome algo que, según pude intuir, quería que entendiese pese a desconocer su lengua. Luego se puso de rodillas y me rodeó la pierna con las manos. Gemía, lloraba y le temblaba el cuerpo. Al cabo volvió a ponerse en pie, palpándome los muslos primero y luego la cintura, así hasta posar la cabeza entre mis pechos descubiertos y besarlos con sus labios regados de lágrimas y saliva. Desde aquel momento no he dejado de preguntarme si el estremecimiento que me sacudió el cuerpo de arriba abajo se debía al asco o al deseo; si tomé la palma y la golpeé con ella para castigarla o para alejar de mí la tentación de un placer prohibido.

«¡No soy Safo!», seguía repitiéndome una y otra vez. Me sé de memoria los poemas que escribió para sus alumnas y amantes pero no soy como ella. «¡No soy Safo!, ¡no soy Safo!, ¡no soy Safo!», murmuraba sin cesar a modo de conjuro, resistiendo la tentación de tenderle de nuevo la mano y hacer que se levantara para que sus labios besaran mis pechos. Al final acabé por echar mano a la hoja de palma y darle golpes con ella, hasta casi matarla. ¿Estaba enfadada con ella o conmigo misma? ¿Mi enfado se debía a la osadía de sus besos o al escalofrío que me habían producido? Llevo un día entero haciéndome preguntas: ¿por qué no había podido dejar de pensar en ella desde que la vi por primera vez? ¿Por qué me dio tanta alegría y se me aceleró el corazón cuando la vi llamando a mi puerta? ¿Y por qué sigo recordando los versos de Safo si rechazo el amor lésbico? Lo hacía, me decía en respuesta a esta última pregunta, porque me gusta memorizar la poesía griega clásica, de Homero a Alceo, el amante de Safo.

Pero cuando se fue Malika reuní los fragmentos de las estatuas, que se habían roto cuando las tiró con violencia contra el suelo, y traté de recomponerlas. Eran tantos que me fue imposible. Sí pude apreciar, no obstante, la delicadeza y sensibilidad con las que fueron talladas, y la minuciosidad de las formas de las manos y los rostros. ¿Sería posible que fuera la propia Malika quien las hiciera?

Mientras palpaba con los dedos aquellos trozos, los versos de Safo, muy a pesar mío, me retumbaban en la memoria:

De verdad que morir yo quiero
pues aquella llorando se fue de mí.

Y al marchar me decía:
"Ay Safo, qué terrible dolor el nuestro
que yo sin desearlo me voy de ti".

Pero yo contestaba entonces:
"No me olvides y vete alegre,
sabes bien el amor que por ti sentí".

Pero yo no podría haberle dicho a Malika «vete y sé feliz» conociendo como conozco el rigor de las normas familiares que hay aquí. ¡Si se salvara, si pudiera volver a mí! ¡No! ¡Nunca he sido así! ¡No soy así! ¡Jamás!

Catherine, cuántas veces habrás repetido esta frase en las últimas horas. La dijiste cuando invocaste el espíritu de Alejandro. Y cuando te alegraste de que Mahmud pareciera tan distante y ajeno a ti. Y, ahora, al ceder a la tentación de Malika. ¿Quién eres? Hay algo en este lugar que cambia a las personas. En este oasis en mitad del más vasto de los desiertos. Algo que nos transforma. No me extraña que Mahmud terminara disparando el cañón para contener a un ejército de desharrapados. Y eso que, tras un periodo de repulsión y rechazo, había tomado cariño a esta gente. Pero deja de pensar ahora en Mahmud. ¿Qué me dices de ti? Has cambiado en este oasis; el oasis te ha cambiado. O a lo mejor ha ocurrido todo lo contrario: te ha hecho encontrar tu verdadera identidad.

En absoluto, esta no es la verdadera Catherine.

«Ni una sola palabra salió de su boca cuando se marchó».

Mahmud

Ya no hay marcha atrás. Soy responsable de todos estos soldados que galopan tras de mí. Todos ellos tienen familia, casa y seres queridos lejos de aquí. Hemos estado al borde de la muerte hace tan solo una hora. Solo un milagro pudo salvarnos de una aniquilación segura. Pero ahora necesitamos más milagros. Esta tranquilidad no engaña a nadie, ni a ellos ni a mí.

Cuando llegamos al cuartel les mandé tomar posiciones en los lugares mejor parapetados, con los rifles en ristre. Junto a las ventanas, en la azotea, detrás de los muros... Solo nos quedaba esperar.

Ahora, si nos atacaran de nuevo, sería imposible repetirlo. Ni yo mismo me lo podía creer cuando el obús salió disparado. Mi única esperanza, muy ligera, era que ni el óxido ni la arena ni la humedad hubieran echado a perder del todo el cañón o las municiones. Cuando lo cargué y lancé el obús hacia el cielo, lejos del pueblo, lo sabía muy bien: aquellos segundos eran cruciales para saber si seguiríamos con vida. Mis hombres, apostados en los lugares más adecuados a mi entender para defender el edificio, tenían la orden de disparar contra los zejeleros si estos abrían fuego. Sabía bien que, de ocurrir así, las bajas serían cuantiosas en sus filas tanto como en las nuestras.

Ya me lo había advertido Ibrahim cuando entré en el cuartel a primera hora de la mañana. «El ambiente está muy tenso», me dijo. Alguien estaba instigando a los occidentales contra mí y contra Catherine, acusándonos de ser los culpables de todas sus desgracias. Acusaban a mi mujer de haber utilizado la magia para hacer salir a la bruja de su encierro y, para limpiar esta tierra de la ponzoña que estaba acabando con plantas, animales y seres humanos, los incitaban a vengarse de nosotros dos. Por todo ello, Ibrahim pensaba que hoy iba a ser el día del ataque. También me lo recordó: «Esta gente combate con ardor, más cuando lo hacen contra ejércitos forasteros. Se precipitan a la muerte sin reparar en las armas del enemigo ni en su número, acabando con cualquiera que se cruce en su camino. Sin detenerse jamás a contar sus muertos».

Fue decirme esto y mandarlo de inmediato a casa a avisar a Catherine para decirle que no debía salir. Pensé incluso en enviar a dos soldados a vigilar la entrada, pero supe que no le harían nada a ella sin antes acabar conmigo. Por lo tanto, su salvación dependía de la mía.

En ese instante también me acordé del cañón. Podía utilizarlo para amedrentarlos: en el pueblo ya habían probado su poder de destrucción. Y así lo hice, para meterles miedo. Se obró el milagro. Ignoro si volverá a funcionar, pero al menos esta vez sirvió para salvarnos de las garras de la muerte y darnos un poco más de tiempo. Ahora debo mantenerme firme y convincente en mis amenazas aun cuando ni yo mismo estoy seguro de nada en esta vida. Con toda seguridad han comprendido ya la razón de hacer venir a Idrís, de los occidentales, y Abdel Mayid, de los orientales. Los tomaré como rehenes para obligarlos a todos a pagar los impuestos. Mañana, cuando se presenten en el cuartel, será mi gran prueba de fuego. Solo así podré demostrar que estoy capacitado para imponer mi autoridad en este oasis. Eso si llego a mañana, claro.

Una vez más, por supuesto, me doy cuenta demasiado tarde de mis errores. No debería haber amenazado al jeque Sáber ni haber insistido en vengarme de Malika y su familia. Como dijo Catherine, solo es una muchacha trastornada. ¿Cómo puede querer alguien en su sano juicio vengarse de un niño o de un loco? Además, ¿qué culpa tenía la familia si la chica se había ido sin su consentimiento, disfrazada de chico, y se había metido en nuestra casa infringiendo todas las normas? ¿No eran ya suficientes los golpes y las patadas, además de la herida que le hizo Catherine?

Ahora, después de fracasar en su intento de matarme a mí y a Catherine, decía Ibrahim que irían a por Malika. Solo así podrían liberarse de la maldición de la bruja. Supersticiones incomprensibles para cualquier ser racional, pero poco podía hacer yo en esos momentos por salvarla. Si la terminaban sacrificando no habría sido culpa mía, ni del cañón ni de mis amenazas al jeque Sáber. Se trataba de sus supersticiones sobre las viudas. No debí utilizar el cañón..., ni decirle al jeque Sáber que nada iba a cambiar. Aun así, si estoy convencido de todo eso, ¿por qué, en el fondo de mi ser, me considero culpable? En lugar de darle vueltas a algo que ya no tiene remedio, sería mejor pensar en la manera de salvar a la otra loca, Catherine. Si salimos con vida de esta he de alejarla de inmediato del oasis, enviarla a El Cairo sana y salva. Pero ¿cómo?

En cuanto a mí, solo me queda seguir con el plan previsto. Si es preciso, los encarcelaré y azotaré, todo con tal de reunir el tributo, como hicieron mis antecesores. A lo mejor también opto por enfrentar a orientales con occidentales, o viceversa, siguiendo la propuesta de Mr. Harvey, y eso que, en su momento, tanto como él mismo, me pareció repugnante.

¿Qué destino trágico me tiene reservado este oasis?

El jeque Yahya

«¡Yo solo os haré la guerra a todos!». ¿De verdad les había dicho eso? Deliras, Yahya: ya no eres joven ni tienes ningún vigor. Pero por ti, Malika, sería capaz de todo. Te lo prometo, hija mía.

Sin embargo, el burro se niega a moverse. Rebuzna como si llorara y se detiene a cada paso. No es su costumbre. Él no es tan viejo como yo. Y hasta un anciano, borrico mío, es capaz de echar a correr. Así que ¡vamos! El cañonazo frustrado puede haberte dejado paralizado, como a los notables, o será el olor a pólvora, tan asfixiante para ti como para mí. ¡Asfixiados o no, voy para allá, Malika!

Esta palmera caída en el camino siempre ha estado podrida, podía olerlo cuando pasaba por delante de ella, y los escorpiones negros igual aparecen un día como desaparecen al siguiente. ¿Qué culpa tiene Malika?

Te comprendo, hija mía, comprendo perfectamente que no puedas soportar la cárcel y busques la libertad. Tú, el único pájaro libre que puede volar tan alto, por encima de toda esta manada de muertos en vida. A lo mejor yo mismo fui como tú en el pasado. No, tú eres mucho mejor.

Venga, borrico, echa a andar de una vez. Ayer no pude verla. Fui a casa de mi hermana a informarme de lo ocurrido. Aquello estaba lleno de mujeres extrañas. Habían puesto los mantos negros delante de la puerta para que no entraran los hombres. Quizá había sido idea de la propia Jadiya, para impedirme acceder al interior y entrometerme en sus planes. Estaban tramando algo contra Malika, seguro.

—¡Arre, borrico, date prisa! Hoy debo verla sin falta, ¡aunque traten de impedirlo todos los hombres y mujeres de este oasis!

¿Cómo pretendéis que Malika comprenda y asuma vuestras tradiciones? Ni yo mismo, anciano como soy, soy capaz de entenderlas. ¿La hermosa Malika un ángel de la muerte? ¿Escorpiones negros, casas y árboles quemados, niños enfermos? ¡Los enfermos sois vosotros! Malika, ¡cuántas majaderías! Tan absurdas como las profecías de Sáber de las que tanto te reías. Ni siquiera tú has llegado a comprender nunca la razón de tu reclusión ni yo a entender el sentido de todas esas leyendas.

Costumbres violentas, como las guerras, orgías de sangre que se suceden en el tiempo. Siempre están inventando motivos para volver a organizar una. Cualquier pretexto les basta; a veces ni siquiera hacen falta. Primero debaten los notables de cada tribu entre sí, luego todos ellos juntos y, al final, ¡guerra! ¿Qué es todo esto, qué finalidad tiene? Celebraciones con gritos y cantos, tamboriladas y regalos para festejar con regocijo la muerte y los cuerpos mutilados. Fijan la hora, el lugar y el juez, todo según las normas. Después, se encuentran en el campo de batalla, los dos clanes, uno frente al otro y, dentro de cada uno, las familias principales ocupando su lugar en la vanguardia, justo delante de una familia rival que, por tradición, suele ser la misma batalla tras batalla. Detrás de todos ellos, las mujeres vociferan y cantan tonadillas. Cuando el juez da la señal de inicio con un redoble de tambor, los guerreros disparan un único disparo y luego se detienen para proceder a la retirada de los cadáveres. A continuación, otro redoble y vuelven a disparar, así durante días y días, hasta la victoria de uno de los dos bandos.

¿Cómo no iba a enfadarse tu tío, Malika, con todas estas grotescas ceremonias, con sus canciones, gritos, tambores y alboroto? Tanto que terminé enfrentándome a todos, yo solo. Y por ti, ahora, lucharé de nuevo contra todos, mientras sea capaz de usar mi fusil.

No te han contado mi historia. Hace tiempo que los de nuestro clan han dejado de narrársela a los niños, pero sé que siguen murmurando y hablando en secreto de la locura del joven Yahya. No lo creas, hija mía, no estaba loco; únicamente deseaba poner fin a esta locura.

Hoy te contaré lo que nunca te he contado antes. Para que me comprendas y podamos juntos acabar con la demencia de esta tierra nuestra. Cuando era joven me tenían por el mejor de los occidentales, el más valiente de sus caballeros, porque nunca fui derrotado en combate ni retrocedí ante los enemigos. Pero cada vez me hartaba más, guerra tras guerra, carnicería tras carnicería. Tenía la conciencia dolorida de tanta sangre derramada, y al final dije basta. Me negué a secundar a los míos en una batalla injusta en la que no llevaban ninguna razón. Me recluí y los hombres de la familia vinieron a verme. ¿Cómo podía yo, su héroe, negarme a participar en la batalla? ¿Cómo podía cometer tamaña afrenta? Fue la gota que colmó el vaso.

—Si queréis guerra, que así sea —les dije—. Pero será la última de todas.

—¿Qué quieres decir, Yahya?

—Que en lugar de hacerlo como siempre, luchar hasta que uno de los dos derrote al otro, combatiremos hasta el fin: o morimos nosotros o mueren ellos.

—¿Estás de broma, Yahya? —rieron.

—No. Son mis condiciones. Esto tiene que acabar de una vez por todas.

—Es una extraña petición, Yahya, pero estamos de acuerdo, siempre y cuando te quedes a nuestro lado.

—¿Hasta el último hombre?

—Sí, hasta el último hombre.

—¿Lo juráis sobre el sagrado Corán?

—Sí, lo juramos.

Juraron y fuimos a la guerra. El primer día comencé a disparar sin dejar de escrutar las filas enemigas para ver sus puntos débiles y definir la estrategia de los días siguientes. Debía cumplirse la promesa: uno de los bandos tenía que desaparecer. Pero a mediodía vi cómo algunos de nuestros hombres caían derrotados y se retiraban. Les grité recordándoles su juramento, pero ni mis conminaciones ni los insultos y ofensas de las mujeres tuvieron resultado. Al llegar la tarde quedábamos tan solo unos pocos. Al rato, solo quedaba yo. A cada redoble de tambor, salía de mi escondite y disparaba con toda precisión hacia las filas compactas de los orientales. Sus balas, no obstante, siempre pasaban lejos de mí. Podrían haberme matado de haberlo querido, pero no lo hicieron. De repente, tras una nueva ráfaga de disparos, se acercaron a mí y arrojaron las armas a mis pies. Se pusieron a besarme las manos y la cabeza diciendo que era el hombre más valiente sobre la faz de la Tierra. Me ofrecieron quedarme con ellos y vivir con todos los honores entre los orientales, pero yo monté mi asno y no volví ni a mi casa ni a mi gente. Enfilé la ruta del desierto con el propósito de no volver jamás.

Esta es la historia de mi locura, Malika. La historia que ya no quieren contar. Sé muy bien que me equivoqué, hija mía, pero, créeme, amaba a mi gente: quería que, por fin, una de las dos tribus pudiera vivir en paz. Y, créeme también, ahora mismo estoy dispuesto, a pesar de mis años, a luchar contra todos ellos para darte a ti la vida. ¿Quién más que tú se merece vivir en esta tierra, azotada por la superstición y la ignorancia?

Aunque me cueste la vida.

¡Si este burro anduviera más deprisa!

En la fuente del Yawiya vi a unos hombres procedentes de Aghurmi.

Uno de ellos se arrimó al burro y, agarrándolo del cuello, lo hizo parar. Luego me habló durante mucho tiempo. Yo permanecí en silencio.

Me quedé allí, inmóvil bajo el sol. Al cabo de un buen rato, el burro se puso a andar hacia la casa, pesadamente, movido por un impulso natural.

Entré en silencio. Habló mi hermana Jadiya y hablaron sus hijos. Se quitaban la palabra los unos a los otros con estrépito para corregir el relato del anterior. Pero yo no interrumpía ni hacía preguntas. Tan solo escuchaba a los hombres jurar y a las mujeres gritar, sin decir nada. Según contaban, Malika se había encerrado en su habitación nada más volver de la casa del prefecto. No solo había cerrado la puerta con llave sino que, además, se había parapetado detrás de ella con todo el mobiliario y las cajas que había encontrado. Insultaba a quien llamara a la puerta o dijera su nombre. Lanzaba improperios contra su madre y sus hermanos y maldecía al fallecido Maabad. ¿Por qué la consideraban viuda si Maabad no era ni siquiera un hombre? Seguía siendo virgen: Maabad no había sido capaz ni de desflorarla. Así pues, no era esposa de nadie y mucho menos viuda. ¿Cómo podía ser entonces ella la bruja? Todo esto lo decía una y otra vez, riendo y llorando. «¡La bruja era Maabad, porque no era un hombre!», repetía. Pero, al mismo tiempo, amenazaba a quien se acercara a la puerta con derramar sobre él la maldición y arrasar el oasis por entero: hombres, mujeres, árboles y piedras, todo. Que le dijeran en primer lugar, a ver, ¿por qué decían que era la bruja? Ya se lo había dicho a su madre: el hombre con el que había sido obligada a convivir durante dos años no había sido capaz de yacer con ella y la pegaba sin ningún motivo. Pero la madre la abofeteó y le prohibió que volviera a hablar del asunto. No debía quejarse: bastaba con tener un hombre que le sirviera de cobijo. Pero ella no quería la protección de Maabad, lo odiaba a él y a todos los hombres y mujeres de la región. Sí, a todos. ¿Por qué no la dejaban en paz? Se había liberado ya, gracias a Dios, de Maabad; ¿por qué no le permitían buscar una hermosa compañía lejos de allí? Malika no era como ellos, no se parecía a nadie, y él la quería, la quería más que a su propia madre.

—¿Dónde está mi tío Yahya? ¿Dónde está mi tío? Solo quiero hablar con él, ¿por qué no viene ya? A los demás se los puede tragar la tierra.

Yo escuchaba, en silencio, todo aquello. Al final lograron romper la puerta y entró la madre, sola. Malika la recibió en mitad de la habitación con el pelo enmarañado y manchado de sangre, sostenía un gran cuchillo en la mano. Jadiya trató de tranquilizarla tendiéndole un plato con comida, pero Malika escupió y le preguntó llorando que por qué la había vendido, por qué la había arrojado en manos de Maabad. Luego giró la punta del cuchillo hacia sí y se lo clavó en el pecho mientras maldecía a todos los hombres y mujeres. Un chorro de sangre salpicó a la madre.

Mi hermana se señaló entonces la ropa, ensangrentada, y comenzó a darse palmadas en las mejillas, pero yo me levanté y salí de allí sin que un solo sonido saliera de mi boca.

Jadiya vino corriendo detrás.

—¿El funeral, jeque Yahya, cuándo el funeral?

No me di la vuelta.

Regresé a mi huerto pensando en aquellas palabras y me preguntaba dónde se hallaría la verdad. ¿Se había clavado el cuchillo ella por su propia mano o lo hicisteis vosotros, para limpiar, como aconsejaban vuestros notables, la mancilla de la bruja de la faz de la Tierra? ¿Dónde está la verdad? Y aunque la supiera, ¿de qué me iba a servir si Malika se ha perdido ya para siempre? La han perdido las mentiras de los hombres y el horror de las mujeres, y también la prepotencia de ese jefe de policía carcomido por el rencor. Se ha ido para siempre. Ya nada importa.

No quiero verla muerta. No quiero recordar a mi niña durante el resto de mis días como un cadáver. Quiero que siga viva tal y como la conocí, la más hermosa flor que jamás haya crecido en esta tierra.

Sí, necesitaba un cobijo, una protección, mantenerla alejada de las malas hierbas pero... ¡Yahya, ay, Yahya! ¡Cuántas veces no habrás encarado la muerte a lo largo de tu vida! Con estas manos he enterrado a mis hermanos, mujeres, hijos y nietos... ¿Por qué no soy capaz entonces de soportar tu muerte, Malika? Te lloro y me lloro a mí mismo. Ya no espero nada de ninguno de vosotros.

No he sabido arrancarla de vuestras tinieblas, ni cuando era joven ni ahora, en la vejez. Lo intenté y fallé. El Señor no ha tenido a bien enseñarme el camino. Hasta hoy. Ahora ya sé cuál es. Me alejaré de vosotros para siempre. Ya no tengo fuerzas para adentrarme en el desierto, como hice en mi juventud, pero me recluiré en el pequeño cuarto de mi huerto y no volveré a veros.

Te abandonaré, oasis, no para encontrarme a mí mismo sino para abandonarme para siempre.

14
Mahmud

No sé qué habrá sido más útil, si el cañonazo, que en realidad no fue más que un estruendoso fogonazo, o el encarcelamiento de los dos jeques. En cualquier caso, ya no me ha hecho falta encarcelar ni azotar a nadie. Mantuve a Idrís y Abdel Mayid como huéspedes en una de las habitaciones del cuartel y les pedí a los soldados que los tratasen bien y no dejaran que sus familiares los visitaran ni les hicieran llegar nada de sus casas. La medida funcionó, y ordené su puesta en libertad días después.

Desde el primer día empezaron a llegar los fardos de dátiles y las jarras de aceite de oliva, hasta el punto de llegar a desbordar los almacenes, lo que me obligó a utilizar el patio. Venía el jeque Sáber en persona, o bien enviaba a un representante para decirme que esta era la cuota de la familia de fulano, y luego me pedía un acuse de recibo. El tributo exigido iba camino de ser satisfecho por completo, con el añadido de la multa económica, y yo me pasaba el día entero en el cuartel, recaudando y haciendo inventario.

Sentado en mi escritorio, en el piso segundo, oí un gran estrépito de voces y gritos de niños que se acercaban poco a poco al cuartel. Ya me había acostumbrado al alboroto que suele acompañar a las familias que acuden a depositar el impuesto; aunque quizá esta vez se tratase de la también habitual agitación producida por la llegada de los soldados que habían ido a recibir a la caravana procedente de Matruh. Pero tampoco podía ser eso, porque el ruido de los caballos que martilleaban con sus cascos el suelo era mayor.

Me asomé a la ventana y, para mi sorpresa, vi a un joven oficial apeándose de su montura. Lo acompañaban seis soldados de caballería. Estos se apearon de sus caballos e inmediatamente formaron una fila, a la que se sumaron los hombres del cuartel que habían ido a esperar a la caravana. El oficial se quedó de pie unos instantes frente a los soldados, como si estuviera pasándoles revista. Después le hizo una seña a uno de mis hombres, que permanecían en silencio alrededor de la tropa recién llegada. Le dijo algo al soldado, antes de dirigirse hacia la escalera.

Yo estaba de pie cuando entró en el despacho. Se llevó la mano, recta, a la sien y juntó los tacones con un gesto marcial. Después avanzó hacia mí con paso disciplinado y firme y me entregó un sobre de color amarillo.

—El capitán Wasfi Hemmet Niyazi a sus órdenes, señor prefecto —se presentó en tono oficial.

¿Capitán? ¿Tan joven? Yo no llegué a serlo hasta bien pasados los treinta, y este apenas sí llegará a los veinticinco. ¿Cómo es posible?

—Por favor, capitán, tome asiento —dije señalándole una silla frente a mi escritorio.

Volví a mi sitio y lo contemplé con detenimiento: rubio, de cara aniñada, de estatura media más bien tirando a bajo. Lo más destacable en él eran sus ojos de color miel cuyas pupilas se movían sin cesar.

Solo se sentó cuando vio que yo lo hice.

—El ministerio nos había prometido refuerzos hace meses —le dije riendo—. Pero no nos había dicho cuándo llegarían. De haberlo hecho, nos habríamos preparado para recibirlos.

No le conté que en realidad esperaba un contingente mucho mayor de soldados y oficiales. Me puse a mirar el sobre, lleno de sellos y firmas, y añadí:

—Pero bienvenidos sean ustedes y los caballos. Nos hacían falta. Nuestras monturas están derrengadas.

Di una palmada y al momento apareció el sargento Ibrahim. Le pregunté a Wasfi si quería té o café pero dijo contentarse con un vaso de agua. No bebía ni té ni café.

—Querrá decir una jarra de agua —repuse sonriendo—. No tenemos vasos aquí.

Cuando volvimos a estar a solas, proseguí:

—Ahora descanse del viaje, ya hablaremos mañana de trabajo. Lo importante ahora es conseguirle un lugar donde alojarse.

Dijo que ya le habían hablado en El Cairo de las costumbres del oasis y que lo mejor era residir en el cuartel. No sería muy diferente a la escuela militar.

—Puede que la vida aquí sea un poco más complicada que en la academia. Ya verá como...

—Perdón, señor prefecto, debería habérselo dicho nada más entrar —me interrumpió, sosteniendo la jarra. Había estado bebiendo a grandes tragos—. He llevado a Mrs. Fiona a su casa antes de venir aquí. Me indicaron cómo ir y decidí dejarla primero en un lugar más apropiado para ella antes de presentarme ante usted.

Tardé unos instantes en asimilar la noticia. Con los últimos sucesos me había olvidado por completo de Fiona. Pero Wasfi continuó diciendo con cierto entusiasmo que el gobernador de Alejandría le había encomendado que se encargase encarecidamente de Mrs. Fiona hasta su llegada al oasis. El señor gobernador en persona, añadió, había venido a despedirla en compañía de su secretario, poco antes de ponerse en marcha la caravana. Wasfi parecía muy orgulloso. El secretario, por cierto, añadió, le manda saludos.

—Quién es —le pregunté.

—Su excelencia el general Talaat bey Abdel Aziz.

—Gracias a usted y al general.

Sentí una gran contrariedad y decidí esperar antes de volver a casa. Ahora tenía dos problemas. Debía sacar de aquí a las dos hermanas y con la mayor rapidez. A ser posible en esa misma caravana de vuelta. Ya veríamos.

Con las ideas un poco dispersas, le pregunté cómo era posible que tuviera el uniforme y el fez impolutos a pesar de las penalidades de la travesía a través del desierto. Con la mayor seriedad, repuso que por la mañana se había cambiado de ropa para poder presentarse en perfectas condiciones ante su prefecto y hacerse cargo de su tarea.

Le expliqué la naturaleza de nuestro cometido en el oasis, sin entrar en detalles sobre los últimos acontecimientos. Su primera misión consistiría en hacer acopio del resto del tributo que faltaba por cobrar y disponerlo todo para enviar lo recaudado hasta ese momento con la caravana. Luego salí con él a enseñarle el cuartel. Mandé que le dispusieran un cuarto adecuado y al momento trajeron su equipaje. Le ordené al sargento Ibrahim que preparasen habitáculos para los soldados y les dieran de comer. Antes de marcharme le dije a Wasfi que debía pasar un momento por casa, y que si no estaba muy cansado podía venir después a comer con nosotros.

Llamé varias veces a la puerta antes de entrar. Allí estaban Catherine y Fiona, de pie, esperándome junto a la mesa de la sala. Me había preparado para decirle con falsa alegría: «Bienvenida a nuestro desierto, Fiona», pero después del «bienvenida» me quedé clavado en la puerta sin añadir nada. Allí, delante de mí, había dos mujeres exactamente iguales. Catherine y su copia.

Me aproximé a ambas con discreción y repetí, balbuciente: «Bienvenida...». Catherine emitió una risa tenue.

—Ya lo has dicho antes, Mahmud. ¿Qué te parece esta sorpresa?

—Una sorpresa harto agradable, por supuesto —repuse yo complaciente—. Tenéis los mismos ojos y las mismas mejillas redondeadas.

—Sí —convino Catherine—, pero Fiona es mucho más hermosa.

Me acerqué un poco más: Catherine no mentía. Su hermana tenía un talle esbelto y unos rasgos más armoniosos. Un rostro de una belleza resplandeciente enmarcado por una melena dorada, mucho más tupida que el cabello de su hermana. Aun así, cuando le estreché la mano me impactó la palidez de su piel, incluso cuando su sonrisa, dulce y cálida, era tan bella como sus facciones. A lo mejor aquel color mustio de su rostro era resultado del viaje. Nada más.

Nos sentamos los tres en la sala y le dije a Catherine que el nuevo oficial, quizá, vendría hoy a comer con nosotros.

—¿El capitán Niyazi? —preguntó Fiona.

—Sí, Wasfi.

—Ya te acostumbrarás —intervino Catherine—, la gente de aquí se conoce por el nombre de pila. A mí también me chocó al principio, cuando te decían «Mrs. Catherine» o «Mr. Mahmud», pero debes saber que de ahora en adelante serás «Mrs. Fiona».

—Es mucho más agradable y sin etiquetas —comentó ella sonriendo.

Dejé de prestar atención a la conversación y me concentré en Fiona. Tenía una presencia tranquila y poderosa, aun cuando no hacía ningún esfuerzo por imponerla. Me pregunté si el gobernador y su respetable ayudante habían ido a despedirla por encargo de alguien de la embajada o de otra instancia o, más bien, por contemplar una vez más la belleza de esta mujer. Me sorprendió más aún reparar en otra cosa: había algo en ella que, aun siendo tan bella, impedía considerarla una mujer verdaderamente atractiva. Como si pareciera un reflejo, la réplica de una mujer auténtica de carne y hueso. ¿Sería esa la razón de que siguiera soltera?

—¿Lo sabías? —me preguntó de repente Catherine, entusiasmada. Se dio cuenta de que no estaba siguiendo su conversación y repitió la pregunta, ampliada—: ¿Sabías que al capitán Wasfi le interesa la arqueología?

—No hemos tenido tiempo para hablar de casi nada.

—Es un hombre muy culto —corroboró Fiona— y habla el inglés como se habla en Inglaterra. Más aún —añadió tras una pausa—, se comporta como un verdadero *gentleman*.

Hablaba en tono neutro y no alcancé a saber si era una alabanza o una crítica.

—Bien, así tendrás con quien hablar de tus ruinas —le dije a Catherine levantándome y preparándome para partir.

Catherine me acompañó a la puerta y, cuando iba a salir, me susurró al oído, en árabe:

—Sería mejor que Wasfi no viniese a cenar. Fiona necesita descansar. Sus médicos, en Irlanda, le han aconsejado que pase una temporada en un clima seco y cálido —añadió—; le hace bien a sus pulmones.

—Pues entonces le conviene más el Alto Egipto —mascullé mientras cruzaba el umbral—. Ya sabes cómo andan las cosas por aquí.

Fiona tenía razón. En la mesa, Wasfi se comportó como un auténtico *gentleman*. Demostró conocer las normas del buen comer mucho mejor que yo, sin dejar de ponderar el gusto de Catherine a la hora de preparar los platos, tratándola a ella y a su hermana con gran deferencia y permitiéndose alguna delicada broma que provocaba en ellas una sonrisa o una carcajada.

Tras el almuerzo, se enfrascó en una conversación sobre arqueología con Catherine. Intercambiaron opiniones diversas sobre libros y nombres para mí desconocidos. Había leído —dijo— todo cuanto se había escrito sobre los restos de Siwa y deseaba verdaderamente visitarlos. Pero Catherine movió la cabeza con amargura diciendo que, probablemente, no sería fácil, pues la mayor parte de los restos se hallaban diseminados entre las casas, y la gente no quería ver a los forasteros rondando por allí. Ella lo había intentado pero no tuvo éxito. Wasfi apuntó que, con toda seguridad, encontrarían una solución.

«¿Todavía no has escarmentado, Catherine? —pensé, consternado—. ¿Después de todas las desgracias acarreadas por tus visitas a los templos? Imaginaba que, tras la profunda tristeza que te produjo la muerte de Malika (estuviste cuatro días sin salir del dormitorio), te abstendrías de retomar esta peligrosa afición. Pero me equivocaba. Eres un verdadero peligro para ti misma y para los demás».

Volví a su conversación en el momento en el que Catherine se dirigía a Wasfi, buscando, por razones que me eran incomprensibles, las palabras con mucho cuidado:

—Usted, que ha leído tanto sobre el asunto, seguro que sabe contestarme a una pregunta: si hubiera en Siwa templos griegos, ¿dónde podríamos encontrarlos?

—Sería cuestión de buscar sobre el terreno —repuso Wasfi, eligiendo asimismo sus palabras con esmero—, pero bien podría estar entre ellos el llamado templo de los *rumíes*. El mismo nombre sugiere que se trataba de un lugar de culto erigido por los griegos o los romanos. A buen seguro no se parecía en nada a los templos del antiguo Egipto.

—Leí lo que escribió el primer viajero que lo vio —dijo Catherine—. Según él, era el templo más hermoso del oasis. Pero al cabo de un tiempo quedó completamente destruido. No se conservó ni una sola columna, tan solo piedras esparcidas entre las charcas, cerca de la laguna de Jamisa. Desapareció casi por completo.

—¡Menos mal que ya no queda nada de él! —grité muy a pesar mío. Como los dos se volvieron hacia mí con gesto de sorpresa, continué—: Así la gente no tiene por qué seguir buscándolo.

A continuación se produjo un instante de silencio, que rompió Fiona.

—Les he oído decir que ese templo estaba junto a una laguna —dijo, con su ya habitual sonrisa.

—Sí —intervino Catherine—, la laguna de Jamisa, está hacia el Oeste.

—¿Y por qué tiene que haber desaparecido del todo? —prosiguió Fiona—. A lo mejor permanece cubierto por las aguas, ¡y siguen rezando en él!

Wasfi y yo la miramos admirados.

—Imagino por dónde vas —comentó Catherine—. Venga, Fiona, sigue.

—¿No conocen ustedes la historia de los moradores del castillo sumergido en el agua? —preguntó, mirándonos a Wasfi y a mí—. ¿Por qué no le habría podido ocurrir a ese templo de ustedes algo similar a lo que le pasó al rey de Cork de Irlanda y su hija. Les cuento la historia y ustedes juzgan por sí mismos.

—Muy bien —dijo Catherine entusiasmada—, cuenta, Fiona, cuenta.

—Había una vez —comenzó— un rey muy rico que vivía en un hermoso palacio en mitad de un amplio y verde valle. De entre todas sus riquezas, su tesoro más preciado era una fuente que brotaba en el patio del palacio. Nunca había conocido Irlanda aguas más dulces y cristalinas que aquellas; la gente venía de todas partes para beber esta agua mágica. Pero cuando la afluencia comenzó a ser multitudinaria, el rey de Cork temió que el agua terminara agotándose. Por eso pensó en poner un alto muro alrededor del manantial para impedir que la gente se acercase. Cuando él quería beber, enviaba a su hermosa hija Fiur con la llave de la cancela y un cántaro de oro que él mismo había forjado a tal efecto. No quiso dejar la llave en manos de ninguno de sus sirvientes por temor a que robasen el agua. Sí, hasta ese punto temía por su tesoro enclavado en el corazón de la tierra. Una noche celebró una fiesta a la que invitó a un gran número de príncipes y nobles. El castillo se llenó de luces, melodías y mesas repletas de manjares y néctares diversos...

Mientras Fiona seguía con su relato yo la miraba con atención. Enseguida me vino a la mente la imagen de Nima y me puse a compararlas. Fiona narraba sus historias con calma y sencillez, como si aquel palacio de Irlanda fuera un lugar familiar, como si bastara abrir la puerta para verlo, a lo lejos, en medio de un prado irlandés verde y fecundo. Nima, por su parte, vivía sus historias y se convertía en parte de ellas. Tan pronto era la princesa encarcelada, con el rostro bañado en lágrimas, como el rey hechizado o el amante abandonado y, cuando llegaba el final feliz, se le iluminaba la cara de alegría y me obligaba a participar con ella en el colofón, para trocarnos en monarcas, mendigos, amantes o ermitaños. ¿Cuál de los dos estilos era mejor?

¡He aquí que el hermoso príncipe de Nima aparece en el cuento de Fiona!

—En cuanto entra en la fiesta del rey se enamora de su hija y ella de él, sin poder apartar los ojos el uno del otro. El recién llegado invita a bailar a la princesa, en cuyas mejillas se dibujaba el rubor de la pasión, y ambos comienzan a bailar por la estancia con la fragilidad de dos mariposas que baten sus alas al ritmo de la dulce melodía. Los músicos tocan sus instrumentos como si desearan que aquel baile prodigioso no terminara jamás. No obstante, al llegar el momento de la cena tuvieron que sentarse a la mesa.

Me fijé en la mirada de dicha de Catherine y en los ojos de Wasfi, que no dejaban de moverse con una excitación infantil, poniendo la máxima atención en las palabras de Fiona.

—Al llegar la hora de cenar —prosiguió—, el rey mandó a su hija a llenar el cántaro de agua de su tan preciada fuente. El hermoso príncipe la acompañó a lo largo del patio de palacio hasta la fuente, pero cuando ella se inclinó para llenar el cántaro de oro lo sintió enormemente pesado y no pudo agarrarlo bien. Resbaló y cayó al agua. El príncipe trató de salvarla, mas en vano. Al momento, el agua empezó a agitarse y a brotar con fuerza y anegó el patio por entero. El príncipe trató de correr hacia la sala del palacio para pedir socorro, pero las aguas, gozosas al verse libres, corrían a sus anchas y comenzaron a inundarlo todo. Al final no solo el palacio, sino el verde valle en su conjunto, quedaron cubiertos por las aguas. Así surgió el lago de Cork.

Fiona calló un momento y nos miró, uno a uno.

—Lo más extraño —continuó— es que ni el rey ni sus huéspedes se ahogaron, como habría sido lo normal, ni tampoco la hermosa princesa Fiur, la cual volvió a la noche siguiente para reanudar su baile con el apuesto príncipe bajo las aguas. Y todas las noches, desde entonces, se vuelve a repetir el banquete en el fondo del lago. Y así será hasta que alguien tenga la fortuna de poder rescatar el cántaro de oro sumergido en algún lugar, el verdadero responsable de todo cuanto ocurrió...

»¿Están completamente seguros de que nadie sería capaz de encontrar ese templo bajo el agua? —Como nadie dijo nada, Fiona añadió—: Hoy, si caminas por la orilla del lago de Cork, se puede ver el fondo a través de las aguas cristalinas y, en él, las torres y muros del palacio. Por las tardes, incluso se pueden oír la música y las canciones festivas. Eso sí, solo en verano: en invierno el lago permanece completamente helado.

Cautivados por la magia de sus palabras, permanecimos un rato expectantes, deseando que la historia no hubiera llegado a su fin, hasta que Catherine rompió a reír.

—¡Estaba segura, Fiona, sabía que lo harías! —exclamó dando una palmada y, volviéndose hacia donde estábamos Wasfi y yo, añadió—: Creo que Fiona es el último representante de la estirpe de cuentacuentos irlandeses. Antes había cientos de ellos, miles quizá, capaces de congregar a multitudes. Pero prácticamente han desaparecido. Fiona, sin embargo, se sabe de memoria todas esas historias, ¿verdad?

—No hables de eso —repuso ella haciendo un gesto de rechazo con la mano—. Afortunadamente, aún quedan muchos. Pero, ahora, díganme: ¿qué han comprendido de esta historia?

Nos miramos los unos a los otros.

—A mí no me preguntes —intervino Catherine—, me sé la historia desde que era pequeña y también la moraleja. El rey fue castigado porque dejó a los pobres sin agua.

—Sí, eso cuando eras pequeña —respondió Fiona—, pero ahora, ¿cómo la interpretas?

Catherine se encogió de hombros, sonriente.

—Eso también es una respuesta —dijo Fiona. Acto seguido me miró a mí—. Y tú, ¿cómo lo ves? —me preguntó.

—A mí me parece una historia muy hermosa —repuse tras unos momentos de vacilación.

—Sí —convino ella, con semblante serio—, pero tienes que decir lo que has entendido. El cuento no se termina cuando acaba de narrarse sino cuando lo comenta quien lo escucha.

—A lo mejor —me vi obligado a decir al cabo de unos momentos de reflexión— su propósito es darnos a entender que lo que vemos no siempre es la verdad. La superficie del agua, por muy cristalina que sea, puede esconder una vida desconocida para nosotros. La verdad puede esconderse debajo de cualquier superficie. ¿Es esa la moraleja?

—Quizá —Fiona sonrió—. ¿No te he dicho ya que las historias las elaboran quienes las escuchan? ¿Y usted, Mr. Niyazi?

Wasfi frunció su ceño infantil y abrió mucho los ojos. Parecía un alumno aplicado en mitad de un examen.

—No soy muy ducho en resolver acertijos —dijo—, pero no creo que el final sea un castigo al rey por su avaricia, como dice Mrs. Catherine. Al contrario, se dice que tanto el rey como la princesa, el príncipe y todos los invitados viven para siempre bajo el agua en una celebración perpetua.

—Pero no lo olvide —le atajó Catherine—, todos ellos están recluidos bajo el agua.

—A lo mejor —tercié yo— el palacio ya era una cárcel antes de quedar sumergido. Pudiera ser que el mundo entero fuera una inmensa cárcel.

—Cuidado, Fiona —le dijo Catherine a su hermana—, el lado oscuro de mi marido comienza a ponerse en funcionamiento. Pero no te inquietes. Igual vuelve a su otro yo jovial con un nuevo relato.

Pero Fiona parecía absorta, con los labios contraídos y las manos aferradas a la mesa. De repente la cara se le puso roja y se llevó la mano a la boca mientras su cuerpo entero se sacudía en una tremenda convulsión. Hacía todo lo posible por evitar un acceso de tos y trató de ponerse en pie con la servilleta en los labios, pero en seguida tuvo que sentarse, azotada por un espasmo. Jadeaba, intentando tomar aire. Wasfi y yo nos levantamos aterrados y Catherine fue hacia ella y la abrazó por los hombros. Tratando de dominarse, me hizo una seña hacia un frasco que había al otro lado de la mesa.

—¡Mahmud, deprisa, dale una cucharada de esa medicina!

Fiona se desembarazó suavemente del abrazo de su hermana y, sin dejar de toser, hizo varias veces un gesto de rechazo con la mano. Cuando se le pasó la crisis, se agarró con fuerza a la mano de Catherine y alzó sus llorosos ojos hacia su hermana, que seguía en pie a su lado. Después se volvió hacia nosotros y dijo con gran agitación y entre jadeos, como si estuviese enfadada consigo misma:

—Lo siento, les he fastidiado la... cena... y ... y... nada más llegar...

Murmuramos palabras de objeción sin mucho sentido mientras ella trataba de decirle algo a su hermana, apuntando con el índice hacia el frasco del jarabe.

—No vale para nada, ni mucho ni poco... He tomado una cucharada antes de la cena. —Hizo una pausa durante la cual trató de sosegarse—. Los médicos me habían dicho en Irlanda que mi enfermedad no es contagiosa. No me lo habría permitido... a ustedes dos... y a Catherine.

—No hables de eso ahora —protesté—, lo importante es que te recuperes.

—Sí, pero nunca me lo habría perdonado —insistió ella.

Catherine se inclinó hacia su hermana y le besó las mejillas.

—Tú solo contagias las cosas buenas —dijo con un tono que quería ser de broma—. ¡Ojalá me contagiaras a mí!

La velada terminó antes de tiempo. Acompañé a Wasfi al cuartel. Íbamos en silencio, taciturnos, pero a mitad de camino me detuve.

—En su opinión, ¿por qué nos ha contado Fiona la historia del castillo sumergido? —le pregunté de sopetón—. ¿Y por qué nos preguntó nuestro parecer?

Wasfi también se detuvo y me miró con una expresión de sorpresa dibujada en el rostro:

—Según creo, señor prefecto, tan solo quería entretenernos. La crisis que ha sufrido me había hecho olvidar la historia por completo.

—Tiene usted razón —afirmé reanudando el paso.

Pero algo dentro de mí me decía que no nos había contado aquella historia con la mera intención de pasar el rato. En primer lugar, deseaba conocernos; pero, ¿después?... En ese momento, Wasfi comenzó a hablar:

—Durante la travesía tuvo ya varias crisis de estas. A todos nos dolía verla así. Cuando tenía una se apartaba y la sufría a solas. Luego supimos que no le gustaba que la gente la viera así y que se preocuparan por ella. Solo volvíamos a verla cuando todo había pasado, con su eterna sonrisa en los labios. Como si no hubiera ocurrido absolutamente nada.

A la mañana siguiente, cuando estaba a punto de enviar al sargento Ibrahim a buscarlo para presentarle a Wasfi, el jeque Sáber se presentó en el cuartel. Desde el incidente de Malika y el cañonazo no había aparecido por allí. Dijo que se había enterado de la llegada del nuevo oficial y deseaba darle la bienvenida en nombre de los jeques de las tribus. Lo recibí con un tibio saludo de cortesía y le presenté al capitán Wasfi, diciéndole que este, a partir de ahora, sería su contacto e interlocutor en todo lo concerniente a la recaudación de impuestos. Pero Wasfi me dejó de una pieza: se dirigió al jeque llamándolo «honorable», alabando su forma de proceder, de la cual, decía, había oído hablar antes de llegar a Siwa.

—¿Quién le ha contado todo eso? —le pregunté sin poder contenerme.

—El cabo Wahba Salmawi venía conmigo en la caravana. Nació en Marsa Matruh y vivió aquí una temporada. Conoce a todos los notables.

—Yo también lo conozco —intervino Sáber.

A continuación, el capitán pidió permiso para salir «un minuto», al cabo del cual regresó con una pequeña caja de forma rectangular y recubierta de fieltro. Dirigiéndose al jeque Sáber dijo que su padre, el señor Hammat, había hecho la peregrinación a la Meca ese año y había traído unos objetos sagrados del Hiyaz. Le rogaba que aceptase un modesto presente. El notable puso cara de asombro cuando, al abrir la caja, sacó un rosario amarillo. Lo calibró en las manos y exclamó: «¡Ámbar puro!». Luego dio repetidamente las gracias a Wasfi, recalcando que, en efecto, se trataba de una verdadera bendición procedente de la Kaaba y que elevaría sus oraciones por el bien de su señor padre peregrino y del suyo propio.

Cuando el jeque salió y me quedé a solas con Wasfi no pude contener mi enfado:

—¿Qué ha hecho usted, capitán?

No entendía la razón de mi enojo.

—Su excelencia el general Saíd bey me aconsejó tratar con deferencia a los notables de las tribus —respondió, desconcertado.

—¡Con todo, debería haberme pedido permiso antes! Usted no conoce a este jeque, este hombre es quien... —Me detuve porque no sabía qué decirle. Si empezaba a hablar, tendría que contárselo todo y no quería. Al menos de momento.

—Lo siento mucho, señor prefecto —se excusó con un gesto de profunda decepción—. ¡No volverá a ocurrir!

Hizo una pausa y cambió de tono.

—Pero he traído más rosarios, para el resto de notables —añadió, vacilante—, y también para mi prefecto. ¿Da su señoría permiso para...?

—Obre como estime oportuno, capitán —le atajé haciendo un ademán para que se retirase—; siga el consejo del general Saíd bey.

En cuanto salió oí unos insistentes golpes de nudillos en la puerta. Era el sargento Ibrahim.

—Discúlpeme la pregunta, señor prefecto —dijo, tras hacer un saludo apresurado—: ¿por qué ha venido a verlo el jeque Sáber? Desde lo del ataque se limitaba a esperar en la puerta y mandaba a alguien con un recado.

—Quería conocer al nuevo oficial. ¿Por qué me lo pregunta?

—Excúseme, señor, de nuevo —repuso tras unos momentos de silencio—, pero ese hombre me da miedo. No ha vuelto a hablar conmigo ni una sola vez desde que me curaron la herida. Cuando me lo cruzo me mira como si no me conociera. Ni un saludo ni nada de nada.

—No se preocupe —lo tranquilicé, moviendo la mano en señal de indiferencia.

—Yo no me preocupo, solo quería decirle, señor, que no me inspira confianza. También he oído cosas en el pueblo. Según se cuenta, él fue quien incitó a los campesinos a atacar el cuartel aquel día...

—Sí, yo también lo sé, y sin necesidad de oír nada en el pueblo. Presidía la reunión de los notables aquella mañana y cuando vio a los campesinos avanzar hacia el cuartel no trató de detenerlos, ni él ni ninguno de los otros principales. Seguro que conocía el plan de ataque desde la noche anterior, pero no hizo nada por ponerme sobre aviso. Sí, ya lo sabía. Nada nuevo, pues. Lo importante es que está recolectando el tributo y hace entrega de él con toda normalidad.

—Pero ¿hasta cuándo, señor prefecto? Es esta normalidad la que me da miedo. Temo que le pueda pasar algo a usted o a la señora, o incluso a su hermana.

—¿Qué tiene que ver la hermana con todo esto?

—Quiera Dios librarla a ella y a nosotros de cualquier mal, pero, señor, usted sabe que quien está sediento de venganza nunca olvida y que la venganza enloquece a quien va tras ella. Tenía yo un compañero en el ejército, buena gente y de familia respetable, sabía leer y escribir. Ascendió rápido, le quedaba poco para llegar a sargento primero. Solo vivía para el trabajo: nunca iba a su pueblo durante los permisos, como hacíamos nosotros, ni siquiera cuando nos daban permisos largos. Un buen día lo mataron. Una rencilla familiar de tiempos de sus antepasados. Matándolo a él querían castigar a la familia entera. No bastaba con matar a un campesino y ya está, necesitaban a alguien relevante. Y el pobre hombre murió sin haber hecho nada malo.

—Dios nos libre de todo mal, sargento.

—Perdón por mi insistencia, señor, sé que usted y yo debemos estar aquí, porque es nuestro trabajo, nuestra manera de ganarnos el pan, y lo que Dios tenga a bien reservarnos, así sea, pero ¿por qué no saca de aquí a la señora y a su hermana cuanto antes?

—Pensaré en ello, sargento. Ahora, puede retirarse.

Cuando salió, me levanté y me puse a andar de un lado a otro por el despacho, evitando acercarme a la ventana. No quería ver a nadie. Ibrahim acababa de decir lo que llevo tanto tiempo pensando, desde la llegada de Fiona. Ya no puedo fiarme de Catherine, es imprevisible; mañana mismo podría volver a salir por ahí y provocar una nueva catástrofe. Superada su tristeza —o su aparente tristeza— por la muerte de Malika, volvió a comportarse igual que antes, como si nada hubiera ocurrido. Lo mismo que este oasis: fue morir Malika y dejar de hablar de incendios, escorpiones y otras calamidades. Como si toda aquella gente hubiera estado ansiando su sangre para recuperar la normalidad. ¡Pobre chiquilla!

Ayer, mientras Catherine hablaba con Wasfi, el *gentleman*, ya barrunté nuevas desgracias. Trataré de retrasar unos días el regreso de la caravana a Marsa Matruh, la misma en la que el capitán ha venido con Fiona, para arreglarlo todo y enviarla a ella y a su hermana de vuelta.

¡El capitán!

Se había licenciado en la academia militar. Parecía proceder de una rica familia circasiana. No lo envidio, pero ¿por qué alguien tan afortunado querría venirse a este miserable oasis? Con todos los contactos e influencias que debe de tener, ¿por qué elegir un destino tan peligroso como este? ¿Por qué adula al jeque Sáber? Yo, como tú, Ibrahim, tampoco me fío. Más motivos de preocupación, como si no tuviera ya suficientes. Hasta Talaat ha decidido volver para recordarme el pasado. ¡Su excelencia el secretario del gobernador, ni más ni menos! ¡Enhorabuena! Nunca quise ser como él ni estar en su lugar, pero, ¿qué quiero ser yo? ¿Cuál es mi problema?

El problema eres tú, señor prefecto. En este mundo no basta con ser mitad bueno y mitad malo, mitad patriota y mitad traidor, mitad valiente y mitad cobarde, mitad casto y mitad amante... siempre en el punto medio de todo. No mataste a Malika con tus manos, pero dejaste que la mataran; quisiste salvar al pequeño Mahmud, pero a medio camino dejaste a Ibrahim tirado con una pierna rota. Te lanzaste a apoyar la patria y la revolución, y cuando llegó la hora de la verdad renegaste de ambas y te quedaste donde estabas. Nunca has llegado a nada ni has acabado nada de lo que has empezado. Talaat al menos fue coherente: traicionó y siguió traicionando hasta el final. Se vendió, pero a un buen precio. Tú, sin embargo, te has vendido a cambio de nada. Solo rencor, hacia ti mismo y hacia los ingleses, hacia el mundo entero, y todo eso sin saber exactamente lo que quieres. Ni siquiera en el amor, del que solo tomaste el placer, llegaste nunca más allá. Dejaste que Nima, a la que amabas, se perdiera. Antes de conocer a Catherine nunca te implicaste en serio con ninguna mujer. Luego todo cambió, pero al final también se ha terminado, después de lo de Malika. Su espectro se interpone entre nosotros todas las noches, alejándome más y más de mi mujer. Y luego irrumpe en mis sueños.

Esta noche pasada he tenido una pesadilla terrible. Venía hacia mí con el rostro cubierto; solo se le veían unos ojos enormes. Corría por la orilla verdosa del lago. Yo también echaba a correr, detrás de ella, quería tomarla de la mano pero no podía, por mucho que lo intentara. De repente la orilla de lago se convirtió en un desierto enorme y yo me caí al suelo, impotente y exhausto. Miré hacia atrás y lancé un grito de terror al ver a una bruja horrenda de pie junto a mí, con ojos como tizones y una hoja de palma tan grande como una palmera entera con la que comenzó a golpearme en el pecho y a hundirme en el suelo. Pero antes de quedar completamente enterrado pude volver a contemplar su rostro, que había recuperado aquella hermosura que yo solo había visto una vez, enmarcada por un sedoso y reluciente pelo rubio con el brillo de las lágrimas en sus ojos. En ese preciso instante me desperté agitado, sin poder respirar, como si de verdad yaciera bajo tierra.

Permanezco de pie, en el despacho, un buen rato, tratando de recuperar el aliento, como si siguiera dentro de aquella pesadilla.

Después vuelvo a sentarme a la mesa, diciéndome por enésima vez que de nada sirve darle vueltas a lo irremediable. No huiré de los ojos de Malika, ni tampoco de Catherine, ni de Sáber ni de Ibrahim; tampoco del rostro de Talaat, que planea sobre mí desde que Wasfi lo ha nombrado.

He de pensar, por lo tanto, en otra cosa. Algo hermoso. ¿Ha habido algo más hermoso en mi vida que Nima? Intento recordarla, pero su rostro se niega a mostrarse. Y no puedo reprochárselo.

Me acerco a la ventana. Nada, salvo aquel cielo azul y unas nubecillas dispersas. Del patio del cuartel me llega la voz de Wasfi, aguda pero severa, que da órdenes a los soldados.

Ya lo entenderé, poco a poco. No hay por qué apresurarse. No tiene importancia, ni siquiera debo esforzarme en entenderlo.

El primer viernes después de su llegada fui con él, y con los soldados, como de costumbre, a la mezquita aljama de Shali. Desde hacía un tiempo nos dejaban un espacio apartado del resto de fieles y, al acabar la oración, algunos notables venían a darme la mano sin decir nada antes de abandonar la mezquita. Pero esa vez, Sáber, tras saludarme y mirarme con sus ojos vidriosos, tomó de la mano al capitán Wasfi y se lo presentó con gran orgullo a los notables de los orientales y occidentales, uno por uno. Luego, se giró hacia mí y dijo como de pasada:

—Los notables desean dar la bienvenida al nuevo oficial, con vuestro permiso, por supuesto.

Yo asentí con la cabeza mientras me disponía a abandonar el recinto, secundado por mis soldados. Supe después que lo invitaron a comer en la casa del jeque Sáber, donde se intercambiaron regalos.

Sé que los notables estaban intentando aproximarse a Wasfi para aislarme aún más y también para humillarme, al mostrar mayor respeto y afecto al subordinado que a su superior. En cuanto a Wasfi, veo que se esfuerza en el desempeño de su nuevo cometido. Por ahora, no tengo motivos para reprobar su comportamiento. Su relación con los notables podría servir para apaciguar los ánimos de la gente del oasis después de todo lo que ha pasado. Ibrahim hace todo lo posible por prevenirme, una y otra vez, diciendo que haría mal en suponer que la historia acaba ahí. En cualquier caso, pase lo que pase, a él no le afecta; depende únicamente de mí, lo que le libra de mantener contacto con Wasfi y de la severidad con la que este trata a sus soldados. Desde muy temprano ya estaba ordenando formar filas, haciéndoles marchar o correr por el patio, hasta les manda ejercicios de tiro.

Los soldados lo temen y obedecen. Al poco de llegar, me pidió permiso para realizar entrenamientos diarios, y yo accedí. No veía ningún inconveniente en mantener a los soldados alerta, visto que vivíamos bajo una constante amenaza.

Eso sí, nunca lo he llevado conmigo en mis rondas nocturnas por los lindes del desierto, muy esporádicas últimamente. Ya no tienen sentido, ahora que las incursiones de los beduinos han remitido casi por completo.

En este momento lo que más me preocupa es el estado de salud de Fiona. No pude demorar la partida de la caravana, obligada a regresar a toda prisa a Marsa Matruh para llevar consigo el tributo, tal y como había ordenado el ministerio. Además, Fiona no se encontraba aún en condiciones de soportar otra penosa travesía. Sus esperanzas y las de Catherine de que las altas temperaturas y el clima seco de aquí atajarían sus accesos de tos no se han cumplido. Como aún no ha llegado el calor, no pueden salir de casa, y se pasan el día trasladándose de una habitación a otra en busca de los rayos del sol o sentadas en el patio trasero, en una especie de terraza rodeada de muros donde da el sol casi todo el día. Allí se sienta Fiona, embutida en un manto negro de lana que solo le deja al descubierto el rostro.

El capitán Wasfi me pregunta continuamente por la salud de «Mrs.» Fiona y yo me limito a responderle con parquedad. Pero una mañana, después de que Fiona se hubiera pasado la noche entera tosiendo, y bajo la estrecha observación de Catherine, le dije que su salud no mejoraba y Wasfi, con gesto contrariado y dolorido, me dijo que llevaba tiempo pensando en proponerme algo, pero que no sabía si a mí o a la señorita nos agradaría la idea. Yo me estaba preguntando si no estaría pensando en pedirme su mano, pero en ese momento me dijo:

—El cabo Wahba Salmawi, que llegó conmigo en la caravana, me ha dicho que el oasis alberga hierbas y plantas de efectos milagrosos que no existen en ninguna otra parte de Egipto. Mucha gente viene de Marsa Matruh y de Alejandría para conseguirlas.

—Ya lo creo —le dije—. Gracias a esas hierbas se salvó el sargento Ibrahim. Cómo no se me había ocurrido antes.

Luego reflexioné sobre el modo de pedirle ayuda al jeque Sáber o a cualquier otra persona del oasis, siendo yo como era el enemigo de todos... ¡Ya ni siquiera me saludaban! Pero le dije a Wasfi que le expondría la idea a la señorita Fiona y que ella decidiría.

Ese mismo día le planteé la propuesta de Wasfi y le conté la experiencia de Ibrahim. Pareció interesada.

—Probemos, Mahmud —dijo—. ¿Qué podemos perder? Este amargo medicamento que me recetaron los médicos en Irlanda ya no me hace nada.

Miré a Catherine; estaba frunciendo el ceño. No le convencía la idea, pero Fiona insistió.

Regresé al cuartel y mandé llamar a Wasfi y con él al cabo Salmawi. Lo había tratado en alguna ocasión, pero nunca le había encomendado ninguna tarea. Era corpulento, y sus rasgos y acento marcadamente beduinos me producían un cierto rechazo. Le pregunté y repitió lo que ya me había referido Wasfi.

—¿Y sabe de alguien diestro en el uso de tales hierbas?

Una sombra de desesperanza surcó su rostro.

—Por desgracia, señor prefecto, la última persona que quedaba en el oasis capaz de curar con hierbas, según la gente de Marsa Matruh, ha renunciado a este mundo y se ha recluido en su finca.

—Aun así, intentémoslo —dijo Wasfi con entusiasmo.

—Se niega a atender a nadie, mi capitán —repuso Salmawi con el mismo tono precavido. Después me miró a mí—. Más aun, si le decimos que venimos de parte del ilustrísimo prefecto no se molestará ni en recibirnos —añadió, lentamente, con su voz ronca—. Lo conozco bien.

Comprendí que el cabo conocía los sucesos acaecidos en el oasis antes de su llegada y me abstuve de hacer ningún comentario. Pero Wasfi no cejaba.

—¿Nos da permiso para intentarlo al menos, señor?

Reflexioné unos segundos bajo la mirada expectante y ansiosa de Wasfi.

—¿Qué podemos perder? —dije por fin, repitiendo las palabras de Fiona.

Wasfi se llevó la mano, recta, a la sien; se pasaba el día haciendo el saludo marcial.

—¡Sígame, cabo! —exclamó con voz imperativa.

Pocos segundos después oí el trote de dos caballos que abandonaban el patio del recinto.

15

Catherine

—¿El jeque Yahya dices que se llama? Lo conozco.

Les conté a Mahmud y Fiona mi encuentro con él, «el mismo día de aquella otra visita», dije, sabiendo que Mahmud me entendería.

—Si ya lo conoces —dijo Fiona—, podemos intentarlo. No tengo inconveniente en acompañarte.

—Es imposible —objetó Mahmud—. Si se ha negado a ver a un oficial y a un soldado a quien conoce desde hace mucho tiempo, por qué habría de...

—Si yo estuviera en su lugar, también me habría negado —lo interrumpió Fiona—. Cuando un hombre se ha aislado del mundo, no basta con decirle «vuelve» y ya está, así, por las buenas. A lo mejor, si vamos nosotras solas a verlo, dos mujeres en busca de ayuda, nos hace más caso.

—Tal y como están las cosas es muy peligroso que salgas de casa —me dijo Mahmud en árabe—. Lo sabes bien, hay una amenaza constante sobre ti y Fiona.

—Danos el visto bueno, Mahmud, te lo ruego —insistió Fiona—. No espero milagros, por supuesto, pero si se puede hacer algo para aliviar esta tos, un poco tan solo, yo... —dijo, y calló.

Mahmud retiró la mirada de Fiona y pareció debatirse en sus pensamientos.

—No me quedo tranquilo si os vais solas. Os escoltarán unos soldados.

—¡No! —exclamamos las dos al unísono y nos echamos a reír.

Él se quedó unos instantes de pie, como si dudara, y al cabo se fue sin decir nada. Yo estaba segura de que mandaría a alguien para que nos vigilara.

Me puse la ropa de montar a caballo. Fiona se vistió con un traje gris y se cubrió los hombros con un chal de lana y luego nos sentamos a esperar a que Mahmud nos enviara los burros. Supuse que le estaba costando encontrar a alguien dispuesto a alquilarnos lo que fuera: el oasis en pleno nos era hostil.

Brevemente le conté a Fiona lo de Malika. La conversión en viuda maldita y su muerte. No pareció sorprenderse mucho con la leyenda de la bruja, pero se mostró abatida al conocer el trágico final. Un enigma no resuelto: ¿se mató o la mataron?

—No te enfades conmigo, Catherine —me dijo—, pero tanto si se suicidó como si la mataron, es víctima de un crimen. Cualesquiera que sean aquí las costumbres, con independencia de si nos gustan o no, son sus tradiciones y ellos lo asumen así. ¿Qué nos importa a nosotros si son supersticiosos con las viudas o dejan de serlo? Es su vida y así han vivido desde hace cientos de años. Pero estas tradiciones solo dan lugar a muertes y asesinatos cuando hay forasteros de por medio.

—Yo no hice nada —me defendí—, fue ella la que vino a mi casa. Y tenía prohibido salir a la calle.

Fiona no hizo ningún comentario. A pesar de todo, trataba de defenderme a mí misma. Me preguntaba qué pensaría en caso de contarle toda la historia.

Me había costado mucho superarlo. Estuve muchos días encerrada en la habitación tras conocer la noticia de su muerte. Su imagen se me aparecía a cada instante, el recuerdo de aquel tormentoso encuentro y su desdichado final. Trataba de entender lo que había ocurrido y, también, de juzgar mi comportamiento. ¿Había sido ella la que se me había insinuado? ¿O había sido yo? Pero, ¿alguna de las dos había tentado a la otra o solo era miedo? Al principio era tan tierna... Comprendió que no podíamos entendernos y se le ocurrió la idea de las estatuillas, pero tampoco funcionó y fue entonces cuando se enfadó conmigo, y consigo misma, por no ser capaz de hacerse entender. ¿Qué sería? Cuando me abrazó lo hizo con inmensa ternura, como el abrazo de un niño. Yo fui la que me vi sobrecogida por el espectro de Safo y su amor homosexual. ¿De verdad me hallaba bajo los efectos de la poetisa de Lesbos o simplemente era una ilusión? ¿Me atraía todo aquello? El caso es que terminé arrojándola lejos de mí y se me rasgó la ropa. Tuvo miedo. A lo mejor por eso se arrodilló y me agarró de la pierna, para demostrarme que no deseaba hacerme ningún daño. Lo que vino después figuraba en mi memoria como un recuerdo nebuloso. ¿Por qué me besó el pecho? ¿Qué ocurrió exactamente en aquel momento? ¿Le sorprendió verme con el pecho desnudo y lo besó o fui yo quien la atrajo hacia mí? Después me entró miedo, y por eso la golpeé con la hoja de palma, con aquellos versos retumbando en mi mente.

No alcanzo a saber qué pasaba por la mente de Malika. A lo mejor era inocente del todo. Lo que me importa es saldar cuentas conmigo misma. Yo no era así, solo fue un momento de debilidad, un instante de confusión debido a la soledad impuesta por este oasis. Sí, aquel momento fue tan solo una ilusión, gracias a mi fuerza de voluntad pude salvarme del miedo y la debilidad. No soy responsable de cuanto ocurrió; en realidad no tuvo tanta importancia. Y menos aún soy culpable de la muerte de Malika. Pero quién sabe si Fiona se mostraría tan comprensiva si le contase toda la historia. Yo, por lo menos, había decidido pasar página de una vez por todas.

Nos sentamos en silencio al sol, esperando al mensajero de Mahmud. Este, por fortuna, nunca sospechó nada de lo que podía haber pasado entre Malika y yo. Solo que ella me había atacado y me había roto la camisa.

Por fin oímos los rebuznos y alguien que decía el nombre de Mahmud. Abrí la puerta y vi al pie de la escalera a un soldado de anchas espaldas y gran estatura montado en un borrico y secundado por un chico de rostro serio con otros dos burros asidos de las riendas. Fiona se asomó y saludó con la mano.

—¡Buenos días, señor Salmawi! —dijo sonriendo en un árabe muy deficiente.

El soldado respondió con calidez a su saludo, y Fiona, dirigiéndose a mí, me dijo a modo de explicación:

—Lo conocí en la caravana. Sabía un poco de inglés. Muy buen hombre.

El sol inundaba la amplia llanura que se extendía ante nosotros, con la ciudad fortificada a nuestra izquierda. Aun así Fiona sintió frío y entró para regresar al poco con un manto de rayas azules, como el que vestían las mujeres del oasis.

—¿No es bonito? —preguntó mientras se la ajustaba al cuerpo.

—En cualquier caso, abriga —respondí mirándola con extrañeza.

—Lo llaman *tarfutit* —continuó ella, orgullosa—, me lo regaló una mujer en la caravana.

Los niños nos miraban desde la explanada, al fondo, y gritaban cosas que, supuse, eran insultos. Salmawi los reprendió e hizo unos ademanes con el fusil como si estuviera bromeando. Los niños echaron a correr.

—¿Está lejos? —le pregunté en árabe.

—Un cuarto de hora más o menos —respondió.

Fiona no había montado nunca en burro y se reía como un niño mientras ponía todo su empeño en subirse a lomos del animal. Yo la previne, los burros se ponen a saltar y brincar de repente y pueden hacer caer a cualquiera al suelo.

—Conviene agarrarse bien a las riendas —le aconsejé.

Salmawi iba abriendo la marcha, con el niño serio corriendo detrás de nosotros como de costumbre. Dejamos Shali a nuestra espalda y tomamos dirección este, hacia Aghurmi, por el camino de tierra del templo. El mismo que Malika hubo de recorrer tras salir de nuestra casa. Maltrecha, sangrando. El último paisaje que vería de este mundo. ¡Basta! ¿No me había hecho el propósito de no volver a pensar en ella?

Detrás de los muros de los huertos se alzaban los cánticos habituales de los zejeleros. Ya no quedaba ni rastro del aroma de los higos ni de los otros frutos estivales y otoñales; solo el penetrante olor del estiércol. Me dije, con amargura, que por primera vez desde mi llegada podía ver el tránsito de las estaciones: no había salido de casa desde la prohibición terminante de Mahmud y, luego, desde la llegada de Fiona. Como si mi relación con el mundo se hubiera interrumpido hacía dos años. ¡Como si nunca hubiera pasado por ese camino!

Las columnas del templo aparecieron en el horizonte; pero antes de llegar a él, Salmawi se desvió a la izquierda y nosotras lo seguimos.

Al fin, llegamos a un huerto rodeado por un muro que solo dejaba ver las altas hojas de las palmeras, que se mezclaban y jugaban con la cadencia metódica de la brisa. Esta nos traía aromas de jazmín, limón, hierbabuena y otras plantas aromáticas.

Nos detuvimos ante la puerta abierta y Salmawi indicó al chico que llamara al jeque. El muchacho desapareció durante un buen rato y Fiona se puso a mirar con interés todo lo que la rodeaba, con su imperturbable sonrisa en los labios.

—Qué lugar tan extraño, Catherine, cuando ves todo este verdor y toda esta agua te olvidas de que estás en medio de un mar de arena.

—Sí, pero aun así la arena está ahí, a un paso. Si miras por encima de este manto verde la verás por todas partes.

En ese momento regresó el muchacho, acompañado de otro que debía de ser de su misma edad, y le dio la respuesta a Salmawi. El anciano se había recluido y no quería ver a nadie.

—¡Eso no puede ser! —le grité a Salmawi en un arrebato de furia—, ¡voy a entrar yo misma a hablar con él!

Me lancé hacia la puerta, pero Salmawi se interpuso y abrió los brazos para bloquear el camino.

—Señora —dijo respetuoso, con su voz ronca—, no puedo dejarle hacer eso. Ni siquiera en condiciones excepcionales se permite aquí a las mujeres entrar solas y sin permiso a ver a los hombres. Si lo hace, nuestro señor el jeque se va a enfadar mucho. —Hizo una pausa—. Y va a complicar más aún la ya delicada situación del señor prefecto.

Vaya, el tal Salmawi estaba a la orden del día.

Me quedé clavada en mi sitio, sumida en la impotencia y la frustración. Fiona me pidió que le preguntara si, al menos, podíamos pedir consejo al anciano. No hacía falta que nos recibiera: podía recetarnos un tratamiento o recomendarnos a alguna otra persona de confianza.

Salmawi se giró hacia los dos chicos y les habló. Entraron de nuevo en la casa y nosotros volvimos a colocarnos en posición de espera. Yo miraba a Fiona. Seguía manteniendo la calma, pero una sombra de decepción le cubría el rostro.

—Si esto tampoco funciona —suspiró con tono claudicante—, solo nos queda volver por donde hemos venido.

Justo en aquel momento vimos que los chavales corrían hacia nosotros. Hablaron con Salmawi y a este se le iluminó el rostro. Nos hizo señas a ambas para que nos apartáramos un tanto de la puerta y, poco después, apareció el jeque Yahya en persona, con aquellas gafas sujetas a las orejas con trozos de cuerda y caminando con la ayuda de su bastón. Me pareció mucho más envejecido con respecto a la única vez que lo vi. Se detuvo poco antes de llegar a la puerta y comenzó a hablar, con el rostro congestionado por la ira.

No nos miraba ni a Fiona ni a mí, solo se dirigía a Salmawi, en aquel idioma desconocido para nosotras. Este trataba de apaciguarlo con gestos implorantes, pero el anciano hizo ademán como de querer marcharse. En ese momento, justamente, Fiona me pidió a toda prisa que le dijera que, según había oído, se había alejado de este mundo para adorar y servir a Dios, y que la mejor forma de hacerlo, como bien sabía él mismo, era ayudar a quien lo necesitase.

Repetí las palabras de Fiona, indicándole al jefe que me limitaba únicamente a traducirlas.

—Dígaselo a su hermana, nadie tiene derecho a hablar en el nombre de Dios —me respondió con voz temblorosa, pero clara—. Solo Él puede decidir y juzgar.

—En todas las religiones —repuso Fiona— es pecado negarse a prestar auxilio a quien llama a tu puerta.

—Salvo que el solicitante sea un asesino o esté poseído por el odio —arguyó él.

—Mi corazón no guarda rencor a nadie —siguió Fiona—. Solo he venido a pedirle ayuda, pero usted se niega a dármela. Pero Dios sabe muy bien que yo a usted no lo odio.

Se acercó un poco más a nosotros, sin llegar a sobrepasar el umbral, y, mirando fijamente el rostro de Fiona desde detrás de sus gafas, dijo:

—¿Y su hermana? ¿Y el prefecto?

Yo seguía traduciendo el diálogo entre ambos de forma mecánica y sin descanso.

—No puedo hablar en nombre de mi hermana y el prefecto. Pero sé muy bien que el odio, cuando arraiga en los corazones, es una enfermedad. Yo solo he venido a pedirle alivio para este mal que Dios ha decretado para mí. Al menos ha tenido a bien librarme de la enfermedad del odio.

—Yo también estoy libre de esa enfermedad, jeque Yahya —intervine yo—. No odio a nadie.

—¿Y nos ama? —me preguntó el hombre sin dejar de escrutar con sus ojos oscuros la cara de Fiona—. ¿Su marido nos ama? ¿Aman ustedes dos nuestro país y a sus gentes?

Pero no se quedó a esperar la respuesta, simplemente se giró y comenzó a andar hacia la casa, apoyado en el bastón y en el hombro del muchacho.

Fiona permaneció inmóvil, siguiéndolo con la mirada, hasta que desapareció. Yo también me quedé allí, como paralizada, mirándola a ella con impotencia. Por fin retrocedió hacia donde estaban los burros, tosiendo con fuerza y llevándose una mano a la boca. Con la otra me hizo un gesto para que regresáramos.

—¡En la caravana llevaba un medicamento que al menos le servía para parar los ataques de tos! —exclamó Salmawi con voz ronca.

—Pero aquí no lo tenemos —repuse con aspereza—, y además ya no surte efecto.

—Vamos —nos acució Fiona—, ahora no necesito tomar nada..., pero confiaba tanto en la ayuda de este anciano...

—¡Dios lo maldiga! —grité.

Fiona puso gesto contrariado.

—¿Has visto, Catherine? —me reprendió—, ahora mismo estás confirmando que él tiene razón.

—¡Yo no soy una santa como tú! —respondí airada.

—¡Ni yo tampoco! No me gusta que nadie me llame «la santa». Padre se inventó el mote pero me daba vergüenza pedirle que no lo utilizara. Pero tú, te lo ruego, no lo hagas. No soy una santa. Nos basta con ser personas, solo eso, comportarse como seres humanos. Con eso basta y sobra.

Fiona se sumió en un profundo silencio durante el camino de vuelta. Se agachaba sobre el burro como si su cuerpo estuviera a punto de derrumbarse.

No te mueras, Fiona, por favor haz un milagro y cúrate. ¿Qué enfermedad es esta que no se contagia pero que te está matando poco a poco? Obra el milagro tú misma, ya que la medicina de Irlanda no sirve para nada y este maldito anciano se niega siquiera a intentarlo. No me creo las fábulas sobre las hierbas mágicas de estas tierras ni la capacidad de este hombre para darnos un remedio eficaz. Solo he venido por satisfacer tu deseo.

¡Odio y rencor, dice! Que Mahmud y yo tenemos odio... ¡Si a alguien le guía el odio es a él! ¿A quién íbamos a odiar nosotros? ¿Este oasis, a sus gentes, como ha dicho? ¡Mentira! No son dignos de odio sino de lástima. No puedo albergar nada malo contra las gentes de aquí porque no mantengo el más mínimo trato con ellos. Y no odio a sus notables, a pesar de su terrible ignorancia y su mente estrecha de miras. Es más, quería a este anciano hasta hoy, cuando he visto cómo se ha comportado con nosotras. No, la palabra *querer* es una exageración, quiero decir que en su día me agradó. Había algo en él diferente a los demás notables, pero hoy he descubierto su verdadero rostro. Es mucho peor que todos ellos, Dios lo maldiga mil veces; por mucho que te enojes, Fiona, yo no perdono tan fácilmente como tú.

Al llegar a casa, Fiona se sentía tan fatigada que tuvo que apoyarse en mí para subir las endebles escaleras. Yo la estrechaba por la cintura y ambas nos balanceábamos en cada peldaño. Respiraba con dificultad. Cuando entramos en la casa se derrumbó sobre la primera silla que vio.

—No había salido... de la casa... desde mi llegada. —Jadeaba—. Esa es la causa... He perdido la costumbre de... moverme... No te preocupes, Catherine..., ahora dormiré un poco y... ya verás... estaré mejor.

—No estoy preocupada, Fiona —afirmé mirándola a los ojos y obligándome a sonreír—. Será una crisis pasajera, como las otras.

Es verdad, no estaba nerviosa. Estaba muerta de miedo.

A la mañana siguiente me desperté de mal humor.

Fiona se quedó en la cama. Crucé unas pocas palabras con Mahmud en el desayuno. Entre otras cosas, le pregunté si podía pedirle a Wasfi que viniera a tomar una taza de té por la tarde.

—¿Hoy? —exclamó con sorpresa—. Pero, ¿no me habías dicho que Fiona está muy cansada?

—Por eso mismo me gustaría que viniera. Su compañía puede venirle bien. Toda esta soledad, metida todo el día en casa, la está matando.

—No creo que la compañía de Wasfi... —comenzó a decir él reticente.

—¿Tienes celos acaso? —le corté.

—¿De ese niño? —repuso con asombro.

—Entonces —zanjé con un timbre de exasperación que en absoluto pretendía—, invítalo. Y dile que me gustaría echarle un vistazo también a los libros que ha traído sobre Siwa.

Pasé el día con Fiona en su habitación, en el segundo piso. Le llevé el desayuno a la cama y esta vez sí aceptó tomarlo allí. Generalmente se negaba e insistía en bajar, por muy mal que se encontrase, para desayunar conmigo en la sala. Antes se lavaba y vestía como si fuéramos a salir a la calle para reunirnos con alguien importante. Pero aquella mañana permaneció en la cama, y ni la sonrisa de sus labios podía ocultar su enorme cansancio. Me quedé con ella y le ofrecí mudarse a la habitación del piso de abajo, para evitarle subir y bajar la escalera, pero prefirió seguir donde estaba.

Por la tarde, nos sentamos en el salón a esperar a Mahmud y Wasfi. El sargento Ibrahim había venido a informarnos de que llegarían tras la puesta de sol.

A Fiona le sentó muy bien el descanso: su estado de salud mejoró notablemente. Se había arreglado y trataba, como de costumbre, de parecer natural.

Mahmud entró como una exhalación tras dar los dos toquecitos de rigor en la puerta. Parecía muy excitado, pero hacía todo lo posible por disimularlo. Wasfi lo seguía con una sonrisa cargada de incredulidad y un pesado bolso en las manos.

Mahmud esgrimió en el aire un hatillo.

—¡Imaginad qué ha pasado! —exclamó.

Sin darnos tiempo siquiera a decir nada, él mismo se respondió:

—El cabo Salmawi —continuó, frenético— ha venido a verme; quiero decir, estaba a punto de salir del despacho cuando apareció el cabo Salmawi con este hatillo. Se lo había traído un muchacho. ¿Sabéis quién?... ¡Adivinad qué hay dentro!

—¡La intriga nos está matando, Mahmud! —intervino Fiona—. Dínoslo tú, ¿qué hay en ese misterioso paquete?

—Un jarabe y un frasco de aceite —respondió Mahmud agitándolo ante los ojos de Fiona—. ¿Quién los ha mandado? ¡El jeque Yahya, ni más ni menos! Aconseja que Fiona se frote el pecho con el aceite y lo cubra con lana durante toda la noche. El jarabe debe tomarlo por las mañanas, nada más levantarse.

—¿El jeque? ¡Vaya! —exclamé. No podía creérmelo—. ¡Pero si ayer mismo se negó a verla! ¡Ni siquiera quiso saber qué le pasaba! ¿Cómo le ha podido recetar entonces este remedio?

—Eso mismo me pregunté yo, Mrs. Catherine —terció Wasfi—, pero Salmawi repuso que él se había fijado en cómo el anciano escrutaba con detenimiento el rostro de Mrs. Fiona y sus espasmos de tos.

—Sí, pero ¿eso basta para establecer un diagnóstico? —dije.

—Basta con saber que ha pensado en ayudarme, Catherine —intervino Fiona—. A pesar de su enojo, estaba segura de que es un buen hombre.

—¡Por supuesto! —apostillé entre risas—, para ti todo el mundo es bueno, Fiona.

—No —refutó ella con tono serio—, solo los buenos de verdad. Quizá sirva su remedio. Ese jeque parece tener mucha experiencia.

—Va a ser útil, eso seguro —afirmó Mahmud entusiasmado—. Sus remedios hacen milagros.

Nos sentamos los cuatro alrededor de la mesa. Wasfi puso la bolsa a un lado.

—No nos quedaremos mucho tiempo, en cualquier caso. El prefecto debe descansar un poco. Esta noche sale de ronda por el desierto.

—¿Y usted también? —le inquirí.

—No, el señor prefecto desea salir solo —respondió con un matiz de decepción en la voz.

—Alguien debe quedarse en el cuartel —masculló Mahmud.

Me dispuse a servir el té y Wasfi preguntó, recatadamente, si el suyo podía ser muy flojo. Mahmud comentó que Wasfi cuidaba mucho su salud. Por eso no bebía ni té ni café salvo por cortesía.

—Probablemente tenga otras formas de divertirse —dije.

—La lectura es mi única distracción —aclaró Wasfi con una sonrisa, alzando la pesada bolsa que había traído consigo—. Aquí tengo los libros que me pidió.

Una vez servido el té saqué los libros del bolsón y me puse a repasar los títulos. Eran los mismos que me había traído de El Cairo, el famoso atlas de Von Minutoli, junto con los dibujos que hizo de los templos durante su visita al oasis en 1820; la traducción del libro del alemán Rulphs sobre los oasis, y otras obras que también conocía. Pero encontré algo nuevo, un artículo publicado en el boletín de la Royal Society of Geography, firmado por un inglés, Bramly, sobre el Sáhara Occidental y sus tribus. Le pedí permiso para hojear la revista con detenimiento y devolvérsela al cabo de unos días. Me respondió que podía quedármela todo el tiempo que quisiera, que ya se lo había leído. Ya antes de leerlo sabía bien que todos los templos egipcios existentes en Siwa, incluido el de la revelación, se remontaban al último periodo del renacimiento egipcio, antes de la invasión persa. Ese templo lo había construido el rey...

Mahmud seguía el relato de Wasfi con evidentes muestras de aburrimiento y contrariedad.

—Así pues —lo interrumpió—, según sus palabras, Wasfi, mientras los persas se disponían a invadir Egipto, nosotros nos preparábamos para su venida levantando templos. ¡Magnífico! El faraón pensaba que construir un templo era de mayor utilidad para el país que formar un ejército, siendo consciente como era de la inminente llegada de los persas. ¿Por qué no?

El rostro de Wasfi reflejó una evidente incomodidad ante el tono de Mahmud, manifiestamente provocativo.

—Eran otros tiempos —dijo para salir del paso.

—Mahmud, los templos no eran para los egipcios simples construcciones sino un medio de protección —intervine en defensa de Wasfi—. Un símbolo para todo el país. Los techos se decoraban con estrellas, a imagen del cielo, y el suelo estaba cubierto por la tierra egipcia, poblada de enormes árboles de papiro, representados profusamente en las columnas. Y en el sanctasanctórum se aparecía el dios que protegía esta tierra de la ruina y también de los enemigos.

—¡Magnífico, magnífico! —repitió Mahmud aparentando hablar en serio.

—Al fin y al cabo, ellos creían en esas cosas —murmuré. Había conseguido desconcertarme a mí también.

—A propósito del sanctasanctórum, Mrs. Catherine —dijo Wasfi, rompiendo el silencio—, he leído que en la última época adoraban a Amón en Siwa, y que lo llamaban el dios del Sol poniente. Por lo visto, para ellos Amón y Ra, el dios del Sol, eran el mismo dios. Pero, ¿por qué el culto aquí fue al sol poniente?

—Sí, yo también lo he leído, y llevo un tiempo pensando en ello. Usted sabe, capitán Wasfi, que el Oeste o el horizonte del Poniente era para los egipcios el reino de Osiris, esto es, el reino de los muertos, la tierra del Juicio Final, un lugar perdido en el desierto, y como el oasis se halla en el punto más occidental de Egipto pensaron, quizá, que era el último lugar de la Tierra donde se ponía el sol.

Mahmud estalló en una carcajada.

—¡Entonces Amón también era el dios de los muertos! —exclamó.

—No, ¡el dios de la eternidad! —lo corrigió Wasfi alzando la voz. Enseguida rectificó—: La eternidad, señor prefecto —repitió en tono mucho más respetuoso—, el horizonte del Poniente es el umbral de la eternidad.

Mahmud se quedó unos instantes mirándolo fijamente, tratando al mismo tiempo de disimular su enojo. Luego le preguntó por la razón de su interés por las ruinas, siendo como era un oficial de probada diligencia. ¿No había encontrado una afición o una diversión más apropiada?

—No se trata de una simple diversión, señor prefecto, se trata de conocer la historia de mi país y mis antepasados. Estudio sus restos y su grandeza, tan influyentes en el devenir de la humanidad. Si de mí dependiera, ordenaría que los niños estudiaran desde pequeños Historia del Egipto Antiguo y Arqueología. Así aprenderían lo fuerte que fue nuestro país en el pasado, lo eficaz que era nuestro Gobierno. De esa manera sabrían que para recuperar aquella grandeza hay que volver a ser tan fuertes como ellos...

—Pero usted bien lo sabe —insistió Mahmud—, desde la ocupación solo se enseña Historia de Inglaterra. Está prohibido hablar del Egipto antiguo en nuestras escuelas; aun así, los alumnos también pueden aprender a ser fuertes y eficaces estudiando la historia inglesa.

Wasfi frunció el ceño: no se le había escapado el deje burlón de las palabras de Mahmud.

—Tenga en cuenta, señor, que la prohibición de enseñar la historia de Egipto se debe al deseo de evitar a los alumnos estudiar la etapa de la guerra civil, la traición y la manipulación ideológica.

—¿A qué traición se refiere usted, capitán?

—A la de Orabi y a la de quienes se sublevaron con él, por supuesto.

—¿Se refiere usted a Orabi pachá, capitán Niyazi? —preguntó Fiona.

—¿Lo conoce usted? —repuso a su vez Wasfi, ciertamente sorprendido.

—Yo era pequeña cuando tuvo lugar su revolución, pero mi padre, como muchos otros irlandeses, consideraba a Orabi pachá un héroe de la lucha contra la ocupación inglesa. Puso su foto en el despacho, y allí estuvo mucho tiempo.

—Pues, seguramente, ni usted ni su padre sabían —dijo Wasfi— que Orabi traicionó a su señor el jedive y terminó extendiendo el caos por todo el país. Pero su alzamiento fue derrotado de forma contundente, por fortuna.

—Muchas de las revueltas emprendidas por nuestros líderes en Irlanda han sido derrotadas de forma contundente —apuntó Fiona tratando a duras penas de contener su enfado—. Pero aun así, seguimos considerándolos héroes. Por lo menos lo intentaron.

—Pero Orabi...

—¿Por qué no cambiamos de tema? —lo interrumpió Fiona, impaciente. Tenía el rostro congestionado. De inmediato intentó disculparse con una sonrisa forzada—: La política también genera rupturas. Tal vez nos habría convenido más seguir hablando de restos arqueológicos...

Al oír estas palabras me dije a mí misma: «Gracias, Fiona, no sabía cómo poner punto y final a este asunto tan espinoso. Yo solo había invitado a Wasfi para hablar de vestigios arqueológicos. He optado por no sumarme a las críticas, a pesar de que merece mucho más que una simple riña. ¡Defendiendo, o casi, la ocupación británica de su país! ¡Qué vergüenza!».

Pero lo más razonable era no decir nada: lo necesitaba. Me temía, eso sí, la reacción airada de Mahmud y por eso lo miraba, esperando en cualquier momento una explosión de furia contra Wasfi. Sin embargo, ¡no abrió la boca! ¡Menuda sorpresa! Me temo que nunca seré capaz de comprender el comportamiento y la forma de ser de Mahmud. Se quedó callado, con los ojos clavados en Fiona y su breve acceso de cólera, como si la estuviese observando por primera vez. En fin, ahora lo más urgente era inventarme algo para romper ese pesado silencio. Algo que contentase a todos.

Esbocé una amplia sonrisa y comencé a hablar aparentando entusiasmo.

—Sí, deberíamos seguir la sugerencia de Fiona, dejar la política y volver a la arqueología. Capitán Wasfi, ¿también le interesa el legado griego de Egipto? ¿Los considera tan egipcios como las ruinas egipcias? En su opinión, ¿Alejandro y los lágidas pueden ser catalogados de «egipcios»?

—Por supuesto —repuso Wasfi sin abandonar su gesto de contrariedad—, los mismos egipcios coronaron a Alejandro como faraón y los lágidas vivieron aquí durante varias generaciones. Por lo tanto, sí, también son egipcios.

Mahmud rompió su mutismo cuando menos lo esperaba:

—Y los ingleses, que han ocupado vuestra tierra, Irlanda, ¿también los consideráis irlandeses por haber vivido allí durante «varias generaciones»? —preguntó.

—No nos lleves otra vez al terreno de la política —intervine alzando el dedo índice en una burlona señal de advertencia—. Ya nos hemos puesto de acuerdo en obviar la política; además, la comparación no es del todo correcta. —Me giré hacia Wasfi—. Estaba usted intentando decirnos algo sobre el templo de los griegos. ¿Qué ha leído exactamente al respecto? Me interesa mucho.

Wasfi trató de superar su estado de ánimo.

—Con toda seguridad, ha leído usted lo mismo que yo sobre esta cuestión —respondió con un tono de voz más natural—. Probablemente se trate de un templo griego o romano, pues lo llamaron «el templo dórico». Está claro que las columnas eran de estilo dórico y no las clásicas columnas egipcias.

—En cualquier caso, por desgracia no podemos corroborarlo —apostillé—: está completamente derruido.

—Sí —continuó él—, pero también he leído que en las zonas contiguas hay cementerios excavados en las rocas, saqueadas por completo y desprovistas ya de cualquier grabado o relieve; aun así, es muy de suponer que sean griegas o romanas.

—¿Le gustaría visitar esa región, capitán Wasfi? Jamisa no queda lejos y alberga numerosos vestigios, únicos en su género. Si tiene la intención de ir, puedo acompañarlo.

—Si el señor prefecto tiene a bien permitirlo… —accedió él, vacilante.

Mahmud estaba mirando hacia otro sitio, absorto en sus propias cavilaciones.

—Puede hacer usted lo que le plazca en sus días de permiso —respondió mirando a Wasfi—. Pero tú, Catherine, ¿te llevarás a Fiona en una excursión así?

—Quiero decir, en cuanto se reponga —respondí con celeridad—. Que será seguramente muy pronto, cuando llegue el calor.

Fiona pareció reaccionar al oír su nombre.

—Por supuesto, Catherine, debo acompañarte a visitar la laguna; ¡a lo mejor descubrimos algo bajo el agua!

Nos reímos, por cortesía; la velada estaba ya finiquitada desde el momento en que la política entró en escena. No conseguí reanimarla, sobre todo cuando Mahmud se puso a hacer una serie de comentarios que me confundieron y me sumieron en el mutismo. Wasfi aprovechó aquellos momentos de silencio para recoger sus libros y meterlos en el bolso, tras dejar la revista encima de la mesa. Me agradeció el té, del cual apenas sí había bebido dos sorbos.

Se preparó para partir y Fiona le tendió la mano desde su asiento en señal de despedida.

—Trate de venir a vernos de vez en cuando, capitán Niyazi.

Nada le gustaría más, vino a decir. También le alegraría mucho que los nuevos medicamentos contribuyeran a su pronta recuperación. Lo acompañé mientras le agradecía la visita, y Mahmud fue con él hasta la puerta.

—Ordenaré que le preparen el caballo blanco, señor prefecto. Sé lo mucho que le gusta montarlo —oí que le decía Wasfi.

—No se preocupe, regreso con usted al cuartel —respondió no obstante, como por sorpresa, Mahmud.

Y sin dirigir la mirada hacia nosotras, agitó la mano en señal de despedida. En cuanto salieron, Fiona se levantó de su sitio y, tomando el hatillo en sus manos, dijo:

—Voy arriba a descansar un poco. A lo mejor empiezo el tratamiento del jeque Yahya esta misma noche.

La seguí con la mirada mientras subía, despacio, la pequeña escalera. ¡Si supieras cuánto deseo que funcione este tratamiento! No me convence nada el asunto de las hierbas curativas, pero contigo cualquier milagro es posible. Porque no deja de ser un milagro conjurar el enorme enojo y enfado que anidaban en el pecho de aquel anciano y hacer que nos enviase todas estas cosas. Sigue haciendo milagros, Fiona, ¡vive!

¡Mahmud también vivirá!

Mahmud te ama, ¿cuándo me di cuenta? El primer día, quizá, cuando se quedó como ensimismado junto a la puerta, nada más verte. Y siento cómo su mirada trata de rehuirte; puede que esté loco, o cuerdo, pero nunca ha sido buen actor. Los mismos gestos y expresiones del rostro que en los inicios de nuestra relación, la mirada huidiza, huyendo del amor, encerrándose en sí mismo, refugiándose en el silencio, rehusando la confrontación, sumiéndose en una especie de melancolía... Pero esta vez lo veo mucho más azorado y triste. Sabe muy bien que estás muy lejos de su alcance, y yo percibo su pasión por ti, pero no me molesta. Ni siquiera siento los celos habituales de una mujer despechada. Me digo a mí misma que es pura justicia. La inexorable ley del talión: yo te robé a Michael y, si consigues hacer un milagro y curarte, te lo daré —o te entregaré a ti a él—. Pero, ¿lo aceptarías? ¿Le correspondes acaso? No he visto en tus ojos ningún atisbo de amor hacia él. ¿Pensará nuestra santa que este intercambio de hombres constituye un pecado? No importa, Fiona. Haz lo imposible, cúrate y déjame a mí, ya arreglaré lo vuestro. Quiero decir, deja que él mismo se acerque a ti. El amor se acabó entre nosotros después de llegar a este oasis. Ya ni siquiera somos marido y mujer desde que se interpuso entre nosotros Malika. Desde entonces ni me toca, y yo tampoco deseo que lo haga.

¿Cómo pasó todo? Si fuese capaz de hablar de estos asuntos con alguien inocente y puro como tú lo haría. Pero solo me tengo a mí misma. He de indagar más en mi interior si aspiro a comprender lo que ha ocurrido. Más aún, debería olvidarlo todo y pasar página. He de retomar mi búsqueda, mi verdadera tarea. Solo así podré recuperar a la Catherine de verdad.

Hojeaba distraídamente la revista que me había dejado Wasfi cuando oí los habituales toquecitos en la puerta de Mahmud. Al momento entró como una estampida. Recorrió con la mirada el salón y vino a sentarse junto a mí.

—¿Descansarás un poco antes de salir de patrulla? —le pregunté.

Se acodó y se sujetó la cabeza con las manos.

—No, esta noche no salgo. He aplazado la ronda hasta mañana. Estoy muy cansado.

Sonreí para mis adentros. Conozco muy bien este cansancio, Mahmud. ¡Lo conozco muy bien!

16

Mahmud

Unas ligeras nubes blancas que no presagian lluvia ocultan el sol y nos privan de su calor.

Las veo desde la ventana del despacho; se juntan para luego separarse en copos. Hoy va a ser un día difícil para Catherine y Fiona. No tiene suerte Fiona; el problema aquí suele ser el calor, pero ha tenido que venir justo cuando por las noches tenemos que procurar calentarnos un poco. Ojalá le sirvan los remedios del jeque Yahya. Vi ayer el nerviosismo en los ojos de Catherine. Miraba de reojo a su hermana, que estaba pálida como una muerta. ¡No, no menciones la muerte! ¿No se soliviantó y se le puso la cara roja cuando Wasfi tachó de traidores a los revolucionarios? ¡No! Recuperará la salud con estos remedios, seguro. Sus ojos recobrarán el brillo con el que narraba sus cuentos irlandeses en las veladas nocturnas. No se apagará esa mirada pura y penetrante que traspasa el alma, no.

¡Basta!

Me levanto y voy hasta la ventana para ver qué pasa en el patio. ¿No se cansa nunca, señor capitán, de las marchas, los saltos y las carreras de sus soldados desde el alba? Esos pobres desgraciados están preparados para entrar en guerra con cualquier ejército. Pero, ¿de qué sirve todo eso aquí? En los momentos de peligro solo se necesita un cañón, siempre y cuando funcione. Me pregunto si poner a prueba su valentía encomendándole una salida al desierto al frente de la compañía, para acorralar a los beduinos. Con ellos no servirán de nada las alabanzas. O los cazas o ellos te cazan a ti.

Ni te inmutaste cuando Fiona dijo que la derrota no desmerece en nada el heroísmo de aquellos revolucionarios. Callaste, por respeto —eras mi invitado—, pero te delataba la ira que desprendían tus ojos. ¿Quiénes son, en concreto, esos antepasados egipcios tuyos cuyos vestigios estudias, señor capitán caucásico y de cabello rubio?

Durante la revolución, tuve ocasión de conocer a unos cuantos circasianos que amaban Egipto y lo consideraban su patria. Pero la mayor parte se creían dueños y señores de esta tierra e hicieron todo lo posible por acabar con Orabi, el campesino. Se alegraron mucho de su derrota, como usted. Así pues, ¿qué le importan las ruinas de los antepasados de aquellos campesinos cuya gloria quiere recuperar?

¡A lo mejor se refiere usted a los faraones! Bien podría gustarle que fueran antepasados suyos; al fin y al cabo fueron señores, gobernantes de unos egipcios a quienes tenían esclavizados. Vosotros también fuisteis señores, al amparo de los grandes señores turcos; cuando los siervos se levantaron recabasteis la ayuda de otros señores, los ingleses, para poner fin a la rebelión y seguir dominando el país. Y yo, ¿qué pienso yo de los revolucionarios? ¿No los llamé «sediciosos» en los interrogatorios?

¡Cuánto me odio!

Vuelvo a sentarme. De repente, oigo un estrépito en el patio del cuartel. Ya no se oye la voz chillona de Wasfi dando órdenes. Me levanto de nuevo y miro por la ventana. Los soldados forman una fila en posición de descanso y, mientras el cabo Salmawi habla con Wasfi, que parece enfrascado en la lectura de un papel. Al cabo, gira sobre sus talones y da una orden a dos de sus soldados, los cuales se dirigen a la carrera hacia la puerta del cuartel mientras él se encamina a toda prisa a la escalera.

Irrumpe en el despacho seguido del sargento Ibrahim.

—Salga y cierre la puerta —le ordena con su tono marcial, girándose hacia él—. Quiero hablar a solas con el prefecto. Que no entre nadie.

Ibrahim ejecuta la orden, pero su rostro refleja sorpresa y fastidio.

—¿Qué ha pasado, capitán? —Trato de parecer calmado.

Wasfi se cuadra mientras me tiende una cuartilla plegada.

—Gracias a Dios que nuestro prefecto no salió ayer de patrulla. Un chiquillo ha arrojado esta nota atada a una piedra dentro del patio y después ha salido corriendo. El cabo Wahba Salmawi lo vio y corrió tras él, pero el chico fue más rápido. He enviado a dos soldados con la orden de atraparlo y traerlo aquí.

Despliego el papel. Un mensaje de dos líneas, escritas con letras grandes y torcidas:

> Prefecto, no salga de patrulla a solas estos días por la noche. Hay gente dispuesta a tenderle una emboscada para matarlo.

Observo el escrito con atención. Resultaría sencillo reconocer al autor: ¡pocos saben escribir por aquí! Pero ¿por qué mandarme este aviso? No creo que haya nadie en este oasis a quien no le gustara verme muerto... ¡y cuanto antes, mejor!

Doblo la cuartilla de nuevo y la dejo encima del escritorio. Levanto la mirada hacia Wasfi y permanezco en silencio hasta que me pregunta, de pie como estaba, con su imperturbabilidad de siempre:

—¿Qué significa esta amenaza, señor? Espero que los soldados den con el muchacho que arrojó el mensaje para poder interrogarlo. ¿Sospecha de alguien en particular? Procederemos de inmediato a su detención.

—¿Podemos detener a todos los habitantes del oasis? —le pregunto con una sonrisa.

—Por supuesto que no —dice él azorado—, pero podemos pedirle al jeque Sáber...

—Pero, ¿de verdad que no conoce usted, Wasfi, el sentido de esta amenaza? —lo interrumpo—. ¿No le ha hablado el jeque Sáber o algún otro notable de los sucesos acaecidos aquí antes de su llegada?

Mis palabras parecieron desconcertarlo.

—Señor prefecto, yo solo quiero...

—Solo quiere ayudarme, gracias. Pero tampoco había motivo para enviar a esos dos soldados. No encontrarán al muchacho y no serán capaces de reconocerlo porque no han llegado a verlo. Puede retirarse, capitán. Continúe con el adiestramiento. Los ejercicios pueden sernos útiles si la gente de aquí decide volver a atacar el cuartel.

En cuanto sale puedo escuchar los toques característicos del sargento Ibrahim en la puerta. Entra. Su semblante revela un gran malestar.

—Perdóneme, señor prefecto, pero ¿qué ha ocurrido?

Escruto su rostro durante un buen rato. Su nerviosismo va en aumento a cada segundo, y comienza a temblar. Parece envejecido desde que vio la muerte de cerca; las arrugas que surcan su rostro son más profundas. Mis silenciosas reflexiones quedan interrumpidas por sus palabras.

—Dígame qué ocurre, por la gracia de Dios —dice con impaciencia—. Ya sabe bien que, salvando la diferencia de rango, lo aprecio como a un hijo. ¡Dios es testigo!

—Lo sé muy bien, sargento Ibrahim, y no hace falta que me lo diga. Usted también es muy importante para mí. Lo que ha pasado...

Le cuento toda la historia, no tenía sentido ocultársela. Su rostro se le apergamina aún más.

—¿Recuerda, señor, lo que le dije el otro día? Nunca olvidan. Tenga mucho cuidado —acierta a decir con aire de amargura. Luego calla, pero al momento continúa, con ímpetu: —¡Y guárdese también de ese capitán!

—¿Por qué me dice eso? ¿Qué sabe de él?

—No sé nada, pero todos los soldados se quejan de él. No es tan buena persona como usted, señor. Sus ojos de gato me dan miedo.

—No debe tener miedo de nada, sargento Ibrahim —trato de tranquilizarlo—. Puede retirarse.

Hace el saludo militar, del cual solía olvidarse, pero antes de salir se detiene y habla de nuevo levantando el dedo:

—Pero puede fiarse del cabo Wahba Salmawi. Es un buen hombre. Lo conozco desde hace tiempo.

—Muchas gracias, sargento. Ahora puede irse.

Cuando sale trato de mantenerme ocupado escribiendo respuestas a los comisionados del ministerio para enviarlas con la próxima caravana. Pero no puedo concentrarme en nada.

La nota aquella no era nada en comparación con las amenazas que pesaban sobre mí desde el día de mi llegada, o desde antes incluso. ¡Hasta se me estaba haciendo largo! La espera quema más que el fuego, como dicen. Si quisieran ejecutar sus amenazas, podrían hacerlo en cualquier momento; nada se lo impide. También ellos están haciendo sus cálculos. Se acabó el segundo periodo de calma. El primero llegó tras mi supuesta heroicidad a la hora de salvar a aquel muchacho, y el segundo, en el que todavía estamos, después del cañonazo aquel. Ya no hablan de catástrofes ni de las calamidades de las que culparon a Malika, pero sí hablan de la amenaza de un posible desastre causado por Catherine. Ella, además, parece empeñada en volver a las andadas. Quiere ir a Jamisa y que la acompañe Fiona. No se lo voy a permitir. Es impredecible esta mujer, ¿por qué tuve que embarcarme en esta historia? ¿Fui yo quien la embarqué a ella o ella a mí? No importa. Las primeras noches me recordaba a Nima y eso me bastó. Nunca más volveré a ver a Nima ni volveré a tener veinte años. «Ya que has perdido a Nima —me decía entonces—, conserva al menos a Catherine». Pero desde que llegamos al oasis, siento que algo se ha roto, no sé exactamente el qué. Nuestra historia ha llegado a su ocaso, a «la última estación en el horizonte de Poniente», como llama Catherine a este lugar. Nuestro matrimonio se ha desmoronado como la arena tras la tormenta desatada por Malika.

¿Por qué Fiona ha tenido que venir precisamente ahora?

No, debo pensar en otra cosa. ¡A trabajar! Pero no me siento en condiciones de hacer números ni de leer o redactar informes para el ministerio. ¿Y si le escribiera una carta al general Saíd? Él me escribe de vez en cuando para mantener nuestra amistad, y ha seguido siendo fiel a sí mismo. Yo intento leer entre líneas sus cartas y enterarme de lo que pasa en El Cairo, en el ministerio, pero no dice nada. Gracias a esta contención, ha podido protegerse estando en el corazón de los acontecimientos. ¿Por qué no soy como él? Saco su última misiva para releerla:

> Querido Mahmud Effendi Abdel Zahir, amigo mío:
>
> Recibe mis más sentidos y fraternales deseos; bien sabe Dios, alabado sea, la estima que por ti siento. Me resulta difícil expresar mis sentimientos más profundos sin alargarme demasiado. Solo puedo desearte que estéis todos bien, sanos y plenos de felicidad...

¡«Plenos de felicidad»! ¿Cómo podría responder a este buen hombre sin caer en la mentira?

Lo intento, pero me levanto y hago lo de siempre, dar vueltas por el despacho. No sirve de nada.

Por mucho que intente concentrarme en otra cosa siempre termino pensando en ella. Según Catherine, su padre la llamaba «la Santa». ¿Por qué ha tenido que venir esta santa enferma a este lugar apartado del mundo? ¿Para atormentar aún más mi alma? Su beatitud no es lo que me fascina de ella; todas esas cosas no me dicen nada desde mis días de relación con las logias masónicas. No es que haya perdido la fe por completo pero, después de aquello, no volví a darle demasiada importancia a asuntos como qué es ilícito y qué no... Dejé a los masones cuando supe de las críticas de al-Afgani y su desvinculación del grupo, y cuando vi a los masones europeos apoyar con entusiasmo la ocupación inglesa de Egipto. Pero guardo la fe en la razón y la lógica por encima de todo, por mucho que aún me reste un poso de la fe de antaño. Y cuando llega ramadán vivo un periodo de arrepentimiento y espiritualidad, no pruebo el alcohol y ni me acerco a una mujer. Rezo las oraciones preceptivas y las opcionales, y leo el Corán. Pero en cuanto termina el mes del ayuno retorno a mis viejas costumbres. A veces, cuando estoy pasando un momento difícil, me refugio en la oración. Catherine no sabe nada de todo esto. Ella me acepta tal y como soy. O mejor dicho, le es indiferente. Pero, ¿y ella? Me temo que no sabe demasiado de su religión, más allá de esa cruz de plata colgada sobre su pecho según qué días. Siempre dice que se la regaló su abuelo.

¿Y Fiona? Las historias que nos cuenta por las noches no contienen enseñanzas o prédicas morales, y nunca la he visto rezar o murmurar oraciones de ningún tipo. Se limita a contar hermosas historias. Es una mujer de verdad...

¡Basta!

Llaman a la puerta. ¡Sea quien sea, gracias! A voz en grito, como si estuviera pidiendo auxilio, digo:

—¡Adelante!

El sargento Ibrahim abre la puerta y dice que el cabo Salmawi desea verme. Le digo que lo haga pasar y acto seguido lo llama desde la puerta. Es tan corpulento que cuando aparece en el umbral tiene que apartarse a un lado para dejar salir a Ibrahim. No alcanzo a imaginar el motivo de su presencia, pero quiero preguntarle por los detalles de su visita en compañía de Fiona y Catherine a la casa del jeque Yahya. Recuerdo lo que me contó Ibrahim sobre él.

—¿Conoció usted al sargento cuando vino la primera vez al oasis con el ejército?

—No, lo conocí más tarde, cuando luchamos juntos en el ejército de Orabi, en la batalla de Kafar el Dawwar.

Al decir eso me acordé de los beduinos de Alejandría.

—¿Lucharon juntos en las filas de Orabi? —le pregunto sorprendido.

—Sí, señor prefecto, combatimos codo con codo. Es un soldado valiente. En una batalla puso su vida en peligro por salvar la mía. Estaba fuera de la trinchera cuando comenzaron a bombardearnos y él saltó desde dentro y me arrastró hasta que estuve a salvo.

—Parece que salvar a la gente se ha convertido en una práctica habitual en el sargento Ibrahim —comento tras unos segundos de silencio.

No parece comprender el sentido de mis palabras. Permanece en silencio.

—Pero lo desmovilizaron después de la guerra —prosigo—, al igual que al resto de soldados de Orabi, incluido Ibrahim, ¿no es así?

—Así es, pero después me llamaron para el cuerpo de policía de Marsa Matruh. Necesitaban soldados experimentados. No tenían muchos.

—Bien. ¿Por qué ha solicitado hablar conmigo, cabo?

Me dice que habría querido hacerlo antes, pero la historia del chico y la piedra con el mensaje se lo había impedido. Lo habían estado buscando pero no hallaron ni rastro. Pero ahora quería informarme de que el jeque Yahya le había hecho llegar una nota a través de uno de sus nietos. Pedía hablar conmigo lo antes posible.

—Es extraño. ¡Puede venir a verme aquí cuando le plazca! —exclamo, después de unos instantes de silencio.

—No puede, excelencia. Prometió no volver a salir de su huerto hasta el día de su muerte.

—¿Eso quiere decir, entonces, que debo ir yo a verlo a él?

—Como a usted le parezca, excelencia. Pero si decide ir, permítame acompañarlo.

—Falta me hará, no conozco el camino.

Camino del huerto del jeque Yahya quise pasar por casa para decírselo a Catherine y comprobar si Fiona había comenzado a tomar los remedios. Pero cuando me apeé del caballo, uno de los soldados de la guardia que había puesto en la puerta me salió al paso. Había una mujer del oasis dentro, me dijo.

—¡Otra mujer del oasis en mi casa! —grité—. ¿Qué desgracia nos espera ahora?

Me lancé hacia la escalera pero cuando me disponía a subirla a saltos Salmawi me detuvo con un gesto de su mano.

—Espere un momento, señor prefecto —me dijo en tono de súplica—, preguntemos antes a los guardias. Como usted ha dicho, no hay necesidad de más desgracias.

El guardia se mostraba impaciente por contarnos cuanto sabía: una mujer se había acercado a la casa, apoyada en el hombro de un muchacho. Parecía muy mayor, pues andaba muy despacio y fatigosamente. Al acercarse a ella y ver parte del rostro oculto por el manto comprobó que, en efecto, era una anciana. Quería subir las escaleras, pero él se lo impidió. Entonces, la mujer se dirigió a él mezclando palabras en árabe y en la lengua del país. A duras penas logró entender lo fundamental: conocía a la señora y deseaba verla.

—¿Dijo llamarse Zubaida? —preguntó Salmawi.

—Sí, mi cabo —repuso el soldado.

—Conozco a esa mujer, señor prefecto —me explicó Salmawi al comprobar mi mirada interrogante—. Habla un poco de árabe. Venía con nosotros en la caravana y la señora Fiona le tomó cariño. Quería comprarle un manto de esos que llaman *tarfutit*, pero ella se lo regaló.

—Con todo, señor prefecto, no le permití subir las escaleras —siguió el guardia—, pero le pedí al chico que llamara a la puerta y dejase el mensaje. La señora más joven salió al umbral y le hizo una seña a Zubaida para que subiese. Luego la abrazó y la hizo entrar.

El soldado de guardia puso punto y final a su relato con la misma excitación con la que lo comenzó y movió la mano hacia un muchacho que estaba sentado en la arena, el cual nos observaba desde su lejana posición.

—Ese es el muchacho que vino con la mujer —dijo como si estuviera tratando de defenderse a sí mismo—. Él le explicará, señor, cómo le impedí el paso.

Me dispuse de nuevo a intentar subir la escalera, pero Salmawi volvió a interponerse.

—Aunque sea una anciana y tenga cien años, señor prefecto, ningún hombre debería entrar en la casa estando ella dentro —me susurró al oído. Luego apuntó con el dedo hacia el *tarfutit* que estaba en la escalera y continuó—: Si ha dejado el *tarfutit* puesto así es que no quiere que entre ningún hombre. Son sus costumbres, y el chico de allí se lo contará a todo el mundo si usted entra. No se preocupe, estamos seguros de que la anciana no hará daño a las señoras. Podemos retomar nuestro camino sin preocuparnos, si usted lo permite...

Dudé unos instantes y monté en el caballo seguido de Salmawi. «Ahora es él quien da las instrucciones y yo escucho. No pasa nada. Voy a seguir el consejo de Ibrahim y darle un voto de confianza. Veamos cómo responde cuando llegue el momento», pensé.

Nos dirigimos hacia Aghurmi a través del camino que rodea los huertos amurallados. Los cantos que se alzaban en el interior de los muros cesaban en cuanto los campesinos oían el ruido de los cascos de los caballos. Algunos salían a las verjas de entrada para vernos. Evité girarme hacia ellos después de las primeras miradas de odio y de escucharlos hablar entre dientes; era fácil imaginar lo que estaban diciendo. Algunos saludaron con afecto a Salmawi, repitiendo una y otra vez su nombre, para dejar claro que en ningún caso hacían extensible el saludo a mi persona.

Yo precedía a Salmawi, pero al llegar a una acequia se puso a mi altura para cruzarla a la vez. Aproveché la ocasión para preguntarle:

—¿Sabe usted, Salmawi, por qué desea verme el jeque Yahya?

—No sé más de lo que le conté en su momento, señor prefecto. A lo mejor se trata del estado de salud de Mrs...

No completó la frase. Su voz ronca se quebró, y pensé que iba a echarse a llorar.

Refrené mi montura.

—¿Qué ocurre, cabo? —le pregunté intrigado.

—Discúlpeme, excelencia, pero estaba pensando —repuso agachando la cabeza y haciendo un esfuerzo por contenerse—. El jeque Yahya solo vio a la Mrs. una vez y estaba muy enfadado con... Pero a pesar de todo sintió afecto por ella y decidió enviarle el medicamento. ¡Si su excelencia hubiera visto a la Mrs. en la caravana! Hablaba con los soldados y las mujeres de Siwa, con las beduinas y sus niños, con todo el mundo. Por Dios, no sé cómo podían entenderse, pues ni ella sabía la lengua de aquí ni ellos la suya, pero así y todo se pasaron el camino riendo, intercambiándose saludos y gestos, y cuando le venían los ataques de tos, algunas mujeres lloraban al verla irse, sola, a un lugar apartado...

Espoleé al caballo y salió al trote; Salmawi me siguió. ¿Y qué más? ¿Y qué más? ¿Y qué más? Yo miraba hacia delante, sin prestar atención a las ofensas de los campesinos ni percatarme de que habíamos pasado la fuente de al-Yuba, hasta que reparé en las columnas del templo de Um Ubayda. ¡Allí empezaron todas nuestras desgracias!

Me dirigí hacia allí al galope, pero mi guía me llamaba, espoleando a su vez a su caballo con fuerza para alcanzarme.

—¡Espere, señor prefecto! ¿Adónde va? Es por aquí.

Y señaló con el dedo una senda que salía hacia la izquierda. Volví sobre mis pasos y marché tras él.

Por fin llegamos al huerto del jeque Yahya. Parecía más pequeño que los que habíamos visto por el camino. Calculé, guiándome por el perímetro del muro exterior, que tendría poco más de dos hectáreas. Salmawi dio una palmada y dijo unas palabras. Enseguida apareció un muchacho que no dejó de mirarme fijamente mientras Salmawi se dirigía a él. Cuando este terminó de hablar, se retiró sin decir nada y al poco volvió y nos hizo una seña para que lo siguiéramos.

Dentro abundaban las palmeras, como de costumbre, y algunos árboles que aún no habían dado fruto. Detrás, un pequeño campo de olivos. El olor de las plantas aromáticas, desconocidas para mí, colmaba mis sentidos. Nada más traspasar la puerta del huerto, el muchacho nos señaló una esterilla en el suelo con cojines forrados de tela, a la sombra de unas palmeras. Me senté y Salmawi permaneció en pie. Le indiqué que se sentara y él obedeció, sentándose con las piernas cruzadas lejos de mí, como si estuviese dispuesto a levantarse en cualquier momento. De hecho, cuando apareció el jeque pegó un brinco para recibirlo. Yo también me incorporé.

Caminaba hacia nosotros muy lentamente, apoyándose en su bastón. Salmawi fue hacia él y le tendió la mano diciendo: «La paz sea con nuestro señor», y se inclinó para besarle la mano, pero el anciano la retiró con gran rapidez.

Yo también acudí a él y le estreché la mano. La mantuvo unos instantes aferrada entre las suyas mientras me miraba fijamente desde detrás de las gafas. Después me dijo que me sentara.

Ya lo conocía. La primera vez que lo vi fue con la delegación de notables que recibí a mi llegada; después volví a verlo en numerosas ocasiones en el rezo de los viernes. Me habían llamado la atención sus gafas; creía recordar que jamás había cruzado una sola palabra con él. Parecía haber envejecido desde nuestro último encuentro en la mezquita, pero debía de rondar los ochenta años, así que no me extrañó.

Salmawi lo tomó del brazo y le ayudó a sentarse en uno de los cojines. El jeque se reclinó sobre el tronco de una de las palmeras y dijo sonriente:

—Gracias, Salmawi. Te has dado cuenta de que necesito ayuda.

—Más bien somos nosotros quienes precisamos de su ayuda, señor nuestro —repuso el cabo.

—¿Por qué me llamas «señor nuestro», Salmawi? —preguntó el jeque con cierta irritación—. No soy ningún santo. No lo vuelvas a hacer.

Luego me miró a mí. Estábamos sentados el uno frente al otro.

—Mi escrito le llegó con retraso, prefecto. Alabado sea Dios, al menos no salió usted de patrulla ayer —me dijo.

Salmawi se había vuelto a sentar con las piernas cruzadas entre el anciano y yo, y dijo:

—Por Dios, mi corazón me decía que había sido nuestro señor quien había enviado el mensaje. Pero, ¿cómo se había enterado usted de la conspiración, señor?

«¡Señor, señor!», mascullaba el anciano con evidente fastidio. Le hice un gesto de advertencia a Salmawi. Se puso en pie y se sentó lejos de nosotros. Desde allí no podía oír nuestra conversación.

—¡Todo se acaba sabiendo en este oasis! —exclamó el jeque—. ¿Ha visto usted a estos muchachos que se pasan el día correteando por casas y huertas? Nadie les presta la más mínima atención, pero no se les escapa nada, hasta lo más insignificante lo acaban sabiendo. Y luego lo van contando todo.

Calló durante unos momentos y luego recitó unos versos:

Quien hace el bien tendrá siempre recompensa
pues Dios y los hombres lo acabarán reconociendo.

—Usted salvó a un muchacho que lleva su mismo nombre, Mahmud —prosiguió—. Y él ha querido, también, librarle de la muerte. Él fue quien me habló ayer de la intención de usted de salir al desierto y, además, de los planes de ellos para tenderle una emboscada.

—¿Quiénes son «ellos»?

—Eso es algo que no puedo decirle, prefecto —repuso sacudiendo la cabeza—. Yo no traiciono ni delato a mi gente. Basta con saber que debe tomar precauciones. —Luego se quedó un momento pensando en algo y añadió—: Y prométame también que no intentarán dar con el pequeño Mahmud para interrogarlo.

—Puede estar tranquilo, jeque, se lo prometo, ni lo buscaremos ni lo interrogaremos. Les estoy muy agradecido a ambos, a usted y al niño, por haber querido salvarme.

—No debe agradecer nada, pero sea precavido. Evitaremos emboscadas y nos libraremos, usted y nosotros, de nuevos derramamientos de sangre.

—¡No temo a la muerte! —exclamé espontáneamente y a mi pesar.

—Más bien, la desea —apostilló el jeque con suma tranquilidad.

—¿También puede leer secretos impenetrables?

—No, eso solo saben hacerlo los demonios, y yo, prefecto, gracias a Dios, no soy uno de ellos. Pero, ¿por qué dijo a voz en grito, en el patio del cuartel, que se proponía salir esa noche de patrulla? Sus salidas nocturnas, con destacamento o sin él, son habituales y suelen alejar a los ladrones de nuestros contornos. Pero nunca se lo anunciaba a nadie. ¿Por qué lo hizo ayer, si sabe perfectamente que vive en un constante peligro? Ignoro lo que está escrito, eso solo puede saberlo Dios, alabado sea, prefecto, pero sí sé leer e interpretar los actos y las palabras de la gente.

Dicho esto, calló y se afanó en ajustarse la correa de las lentes en las orejas.

—Bien —dije, pasados unos instantes—. Pero hace tan solo dos días, usted se negó a recibir a mi mujer y a su hermana y dijo ciertas cosas sobre mí. Sé también que, como el resto de los habitantes del oasis, no me tiene ningún aprecio. ¿Por qué, entonces, muestra tanto interés por mi vida, sobre todo después de lo del cañonazo y de la desgracia de Malika?

—¿Por qué no se calla? —gritó con un súbito arranque de cólera—, ¿a cuento de qué viene eso ahora? Malika no era solo la hija de mi hermana, ¡la quería más que a mis propias hijas!

—¿La hija de su hermana? —grité como si me hubieran lanceado—. ¡Ni siquiera sabía que era familia suya! ¡Nadie me lo había dicho!

—Y ahora que lo sabe, ¿acaso cambia algo? ¿Qué quería usted que hiciera cuando vi a su mujer y me recordó todo lo que le había pasado a Malika por culpa suya y de su mujer? La mataron ustedes dos.

—Ella fue la que salió de su casa, a pesar de tenerlo prohibido, y trajo la desgracia al pueblo. Era la bruja —traté de defenderme.

—No era la primera vez que salía sin permiso. De niña se disfrazaba de chico y se iba por ahí sin que nadie pudiera reconocerla. Pero ustedes le arrancaron la ropa con la que se cubría y la arrojaron a la calle. La dejaron en evidencia ante el resto de la gente. Y no contento con eso, ¡usted reclamó venganza! ¿Vengar el qué? ¿Había matado acaso a su esposa?

—Cuando entré en la casa —dije, triste y compungido—, vi a mi mujer defendiéndose, con la ropa desgarrada, y pensé que Malika quería matarla.

—¡Tonterías! ¿Por qué iba a querer matarla? Justo antes de morir dijo que quería tener una amiga. La gente de aquí la odiaba y ella los odiaba a ellos. Fue a su casa en busca de afecto y ustedes solo le dieron odio. Y muerte.

—Pero, ¿acaso no se suicidó, jeque Yahya?

—¡Malika no se habría suicidado nunca! —dijo, incorporándose, con voz temblorosa y colérica—. ¿Cómo iba a quitarse la vida, ella, que tanto la amaba! Veía... en todo veía belleza, en los jardines, en las ruinas de los templos... Gracias a ella yo mismo terminé amando esas ruinas que tanto asustan a la gente del oasis... Malika...

—Entonces, ¿la mataron? —insistí yo, intentando conseguir respuesta a mi pregunta.

—Pero, ¿quién lo reconocería? ¿Quién va a confesar que le clavó un puñal en el pecho? ¡Todos ellos son cómplices, todos ustedes son cómplices, incluidos los ancestros que se inventaron la patraña de lo de la bruja!

Volvió a acomodarse sobre el tronco de la palmera. Era evidente que hacía grandes esfuerzos por dominar la ira. Inclinó la cabeza y una sombra de tristeza cubrió su rostro.

—En ocasiones, veo en mi jardín una flor o una planta de gran belleza que yo no he sembrado, o que me es desconocida —dijo, después de un prolongado silencio en voz baja—. La cuido, arranco las hierbas y las otras plantas que crecen junto a ella; la riego más que a las demás, pero siempre, al cabo de un tiempo, termina marchitándose. No consigo revivirla, ni tampoco que nazcan nuevos brotes. Ojalá Malika siguiera viva..., pero se ha ido para siempre...

—Pero, jeque... —Era el momento adecuado para hacerle la pregunta que llevaba rondándome todo el rato—. ¿No era ese motivo suficiente para haber dejado que me matasen ayer?

Levantó la cabeza y dijo con voz fatigada:

—He aprendido hace ya mucho tiempo a odiar la sangre y las guerras —afirmó con voz fatigada, alzando la cabeza hacia mí—. Pero soy un ser humano, prefecto, y nunca he podido, desde mi niñez, dominar mis arrebatos de cólera, por mucho que lo intente. Al menos he aprendido a arrepentirme y hacer propósito de enmienda después de verme arrastrado por uno de esos arrebatos. Y por ello, les pido a usted y a su esposa que me perdonen. Malika les tenía aprecio, a usted y a ella... —El dolor le trababa la lengua.

—¿Es usted o somos nosotros quienes debemos pedir perdón, jeque Yahya? —dije—. Si supiera cuánto lamento lo que le ha ocurrido a su sobrina.

—No basta con lamentarse. Hay que hacer penitencia.

—¿De qué sirve la penitencia si ya no hay vuelta atrás? Está muerta, se acabó todo.

Permaneció unos instantes escrutando mi rostro y luego me hizo esta pregunta:

—¿Si uno no se perdona a sí mismo cómo puede pedir a los demás que lo perdonen? —cambió de tono y prosiguió—. No lo he llamado para hablar de esto, sino de la hermana de su esposa.

El corazón me dio un vuelco. Ojalá mi gesto no hubiera reflejado nada que pudiera dejarme en evidencia ante el jeque. A pesar de sus ojos cansados, podía leer mi mente como si fuera un libro abierto.

—Es una mujer de gran bondad y valentía. Pero vi su cara de cerca hace dos días, y escuché su tos... —Se detuvo. Parecía absorto, como pensando en algo completamente distinto—. A lo largo de mi vida —prosiguió pasados unos instantes— he conocido a mucha gente como ella, de todas las religiones, razas y nacionalidades. A muy pocas personas les ha concedido Dios el don de la magnanimidad y la pureza de espíritu. Un regalo que nuestro Señor concede a unos pocos. No es mérito de ellos sino de Él, alabado sea. No quiso crearnos ángeles; comprendió que somos seres desobedientes y pecadores y que debemos arrepentirnos y luchar día a día por regenerarnos y purificarnos. Solo a través de nuestro esfuerzo y trabajo.

—Ha hablado, jeque —le acucié al ver que volvía a guardar silencio—, ha hablado de su tos. ¿Qué quiere usted decir exactamente?

—Preferiría no haber dicho nada nunca —respondió sin mirarme a los ojos—, pero temo, hijo mío, y Dios quiera que me equivoque, que sufre la enfermedad para la cual nadie conoce remedio.

—¡No! —grité con terror—. ¡Los médicos de su país nunca dijeron nada de eso! Al contrario, dijeron que se curaría viviendo en un clima seco.

—Dios lo quiera. Como ya he dicho, ojalá esté equivocado; solo quería indicárselo. Deben pensar muy bien qué hacer. A lo mejor solo se trata de un exceso de humedad en los pulmones que no se ha tratado a tiempo.

—¿Y todos esos remedios —acerté a balbucir, completamente desazonado— que usted mismo nos envió ayer, no pueden hacer desaparecer la humedad de sus pulmones?

—Dios es el gran sanador, prefecto.

—Por supuesto. Pero esos remedios ¿pueden curarla?

—¿Ha escuchado bien cuanto le he dicho, prefecto? —Esbozó una tenue sonrisa que acentuó las arrugas de su rostro.

Yo hice gesto de no entender bien lo que quería decir.

—En cualquier caso —prosiguió—, lo que le he hecho llegar son remedios que ya tenía preparados. Quiera Dios inspirarme otros. Si en efecto tiene el pecho lleno de agua, lo mejor es que se entierre en la arena caliente. Pero estamos en invierno... Conozco ese tratamiento —añadió tras una pausa—, pero yo no salgo de aquí y ningún hombre puede tratar a las mujeres de esa manera. Le he enviado hoy una mujer que sí sabe hacerlo.

—¿Zubaida?

—Pero, como digo, solo sirve cuando la arena quema como el fuego —respondió moviendo la cabeza con pesar—. Y estamos en invierno.

Me aferré a esta esperanza:

—Puede que algún día haga mucho calor, a pesar de ser invierno.

—Puede, pero hace falta que haga calor muchos días seguidos, semanas más bien, para que la arena se recaliente por dentro.

—Pidamos a Dios que llegue el calor.

—Deberíamos pedirle más al Todopoderoso —repuso, sonriendo de nuevo.

Incliné la cabeza y me quedé pensativo. He aquí que de la noche a la mañana nos envía este jeque un hatillo con remedios para Fiona y luego un escrito previniéndome contra los asesinos. Luego manda a esta mujer, Zubaida, y nos perdona a Catherine y a mí; después nos pide que le perdonemos nosotros a él. ¿Qué significa todo esto?

¿También él es un santo? Quiero decir, ¿será un hombre santo, al servicio de Dios, por mucho que lo niegue? Entonces debería de ser capaz de sanar a alguien con su misma santidad. Pero ha dicho algo de una enfermedad para la cual nadie conoce cura. Me ha hecho ilusionarme y, al momento, desesperar.

—Pida pues a Dios que la sane y yo le pediré que usted sea capaz de reconciliarse consigo mismo.

—¿Por qué habría de reconciliarme conmigo mismo?

—Y de reconciliarse con los demás, prefecto —prosiguió él como si no me hubiera escuchado—; bien lo sé, no puede hacerse de un día para otro, sé que puede llevar toda una vida. —Luego añadió, como si de pronto hubiera recordado algo—: Ahora será mejor que no le diga nada de todo esto a su mujer ni a su cuñada. A menos que decida llevarla a otro sitio donde haga más calor y se pueda iniciar el tratamiento.

—¿Dónde? Ya habló con los médicos en su país y ellos le recomendaron venir aquí.

—Entonces no diga nada. No le haga perder la esperanza.

Dicho esto, se apoyó con las manos en el suelo para ponerse en pie, y yo me levanté de un salto para tomarle la mano y ayudarlo. Salmawi nos vio, se acercó a toda prisa, lo asió de las axilas como si fuera a abrazarlo y lo asentó sobre los pies.

—Gracias, Salmawi —añadió dirigiéndose al cabo—. Trata de pasar por aquí mañana. Quizá tenga más remedios para llevar a la casa del prefecto.

Luego me estrechó la mano con un vigor que no se correspondía con su avanzada edad, y se despidió también de Salmawi. Se dio la vuelta y, sosteniéndose con el bastón, desapareció entre los árboles del huerto.

Según salíamos, le pregunté a Salmawi:

—¿Por qué lo llamaba «nuestro señor» y por qué se enfadaba él tanto?

—¡Es la mejor persona que he conocido en este oasis, señor prefecto! —respondió con entusiasmo—. ¿No lo ha visto, señor? Apenas ha hablado con la Mrs. y se ha tomado la molestia de tratarla y enviarle remedios, a pesar de estar muy enojado con...

Calló, pero no me costó imaginar el final de la frase.

En el camino de vuelta, Salmawi retomó la conversación, con ese tono de voz quebrada y ronca que invitaba a pensar que en cualquier momento rompería a llorar.

—Y la Mrs. también, excelencia, usted no la vio durante el viaje de la caravana. Todos...

—¡Ya me lo ha contado antes, cabo! —lo interrumpí, airado—. ¡No hable de ella como si ya estuviera muerta! ¡Y deje de gimotear!

Por Dios, que realmente no se muera.

17
Catherine

Otra mañana nublada.

Hoy, una vez más, no hace suficiente calor para Fiona, y siento un gran desasosiego en mi corazón. Debo apaciguarme, pero no puedo leer nada con esta luz tan débil. Si quiero ayudar a Fiona, debo ayudarme antes a mí misma. Me prometí en su momento que no me dejaría derrotar por este oasis. Ya llegará el momento en que pueda salir sola, aunque me cueste la vida. Malika también abandonó su casa sabiendo que acabaría pagando el precio. Cada vez que intento alejarla de mis pensamientos pasa algo que la hace volver. Da igual si no es en sueños, viene de otra manera. Todo lo que pasa en el oasis me recuerda a ella, y Mahmud no me deja olvidarla. Me quedé atónita cuando me dijo que era pariente del jeque, y que este la quería con toda su alma. Me trasmitía sus palabras como si cada una de ellas fuera una acusación contra mí. Malika había venido a nuestra casa para ganarse nuestra amistad; mejor dicho, mi amistad. Solo por eso.

Mahmud quiere que me avergüence de mí misma por haberla golpeado y rechazado. Le recordé, una vez más, que fue él quien la echó de casa y la dejó en evidencia delante de todo el mundo. ¿Cuál era mi culpa? Pero no lo he convencido. Quería que yo también rindiera culto a ese venerable anciano, día y noche, por habernos enviado, a pesar de todo lo que le habíamos hecho, remedios y hierbas medicinales para curar a Fiona.

¿Qué puedo responder a eso? Cierto, el hombre nos manda regularmente hierbas medicinales para Fiona. Unas veces maceradas en agua y otras en infusión, por la mañana y por la tarde. Manda también aceites de muchos colores para que se unte en el cuello y el pecho, junto con instrucciones precisas sobre los tiempos y modos de aplicación. Sí, pero ¿cuál ha sido el resultado? Fiona siempre dice, después de cada sesión, que su salud mejora y que es cuestión de tiempo. Sin embargo, yo no veo avances ni creo que todos esos remedios caseros hayan servido para nada. Cada día está más pálida y delgada; si acaso, los accesos de tos ahora son más espaciados pero, cuando ocurren, lo hacen con una fuerza mucho mayor que antes. Como si el único efecto de esos remedios fuera retener el impulso de la tos en el pecho y concentrar todos los espasmos en uno solo, de gran violencia, que le congestiona el rostro y le hincha los ojos, lo que me sume en el pánico. Ella no se queja pero yo lo veo. Entonces, ¿por qué debería estarle agradecida a este jeque?

Bueno, al menos lo intenta; lo mismo que esta mujer, Zubaida. Pero su generosidad y entrega nunca están destinadas a mí. Hoy ha traído un presente de dátiles y almendras para Fiona, y a duras penas he podido entender lo que quería decirme. Sin embargo, se entiende sin dificultad con mi hermana, por medio de signos y gestos, a pesar de que Fiona ni siquiera habla árabe. Alguna vez incluso me ha dejado sorprendida al verla utilizar palabras del siwi que le ha enseñado Zubaida. Yo intento imitarla; las lenguas son lo mío. Me acerco a ellas y las escucho con atención, pero la vieja raras veces me dirige la palabra. Peor aún, ni siquiera me mira, pero aun así logro anotar alguna de las palabras que creo entender. Me sonrío recordando su primera visita, cuando la mirábamos desconcertadas, incapaces de entender nada. Cerraba los puños y los movía, el uno pegado al otro, como si estuviera arrancando con ellos algo mientras decía en árabe, señalando hacia el suelo: «¡Bajar!, ¡bajar!». Después, gracias a Mahmud, supimos que existía un tratamiento que consiste en enterrarse en la arena ardiente. Pero el calor asfixiante que casi nos aniquiló los meses pasados se niega a volver.

Fiona quiere mucho a esta vieja de piel morena con el rostro surcado de arrugas y los ojos embadurnados de *khol*. Parece feliz con su compañía y siempre encuentra algo sobre lo que conversar con ella. Recuerdo que me extrañó que, en la primera visita, Fiona le tomara la mano y contemplara fascinada el dibujo de henna que la vieja tenía en las palmas. Le preguntó en siwi: «¿Y yo?». Nunca pensé que, en tu precario estado de salud, tuvieras fuerzas y ganas para interesarte por esas cosas, pero la mujer comprendió tu propósito y aceptó enseguida. Al día siguiente no solo te pintó las palmas de las manos sino también el dorso, donde dibujó líneas y espirales de henna en forma de ramas floridas en cuyo interior moraba un pájaro. Me mostraste los dibujos orgullosa, con las manos extendidas, con la sonrisa amplia y radiante de siempre.

¡Si eso te hace feliz!

Sí, le hace feliz que Zubaida venga a casa todos los días... Cuando no la acompaña uno de sus nietos, viene sola a lomos de su burro. Siempre le trae un regalo. Y al final de cada visita apunta con el dedo al sol mortecino y da una palmada. Lo único que podemos hacer es seguir esperando la llegada del calor.

Pero Mahmud, ¿será capaz de seguir esperando?

Él también está cada día más delgado. Siempre ha tenido buen apetito, es más bien glotón, pero desde la llegada de Fiona no es capaz de acabarse el plato. Lo veo en la mesa con la cabeza gacha para evitar mirarla, tragando los bocados con dificultad, como si algo le estuviera obstruyendo la garganta. Luego engulle unos cuantos trozos a toda velocidad y se levanta de la mesa. También ha dejado de beber, ya no se toma ni siquiera la copa de por la noche, que se permitía incluso cuando quería moderarse. ¿Estará buscando él también alcanzar su propia santidad? Está mucho más calmado y accesible y ya no tengo que sufrir sus abruptos cambios de humor. Desde hace dos días le tiembla la mano. Entiendo la razón y me gustaría decirle que rehuyendo sus miradas no podrá escapar del amor que siente por ella.

No olvidaré la noche en que entró en casa con un aspecto lastimoso y taciturno. Nunca lo había visto tan hundido. Parecía que se iba a echar a llorar en cualquier momento. Me llevó a un rincón apartado y me preguntó, tragando saliva, si no sería mejor llevar a Fiona a Alejandría o El Cairo, donde la podrían atender mejor. No me costó ver en sus palabras un nuevo intento de alejarla de sus ojos. Respondí con serenidad que estaba completamente de acuerdo con él; ahora bien, ¿estaba Fiona en condiciones de emprender un viaje en la caravana? ¿Soportaría el frío y las penurias del desierto? Sería como condenarla a muerte.

—¿Una condena para quién? —susurró con voz temblorosa.

—Esperemos a ver si mejora el tiempo —me limité a añadir, pasando por alto el desliz.

Pude ver entonces cómo la alegría luchaba con la desesperación en su rostro y luego musitaba, resignado:

—Esperemos pues.

Por un instante casi sentí compasión por él, como cuando por las noches daba vueltas en la cama asediado por el insomnio o por terribles pesadillas que le hacían despertarse aterrorizado. Pero se ha convertido en un extraño; es como si jamás hubiéramos sido marido y mujer.

Por fortuna, Fiona no se ha dado cuenta de nada. Es demasiado inocente y pura como para imaginarse objeto de la pasión del esposo de su hermana. Es incapaz de pensarlo siquiera, aunque le dijera que entre Mahmud y yo todo se ha acabado. Solo me queda esperar a que se cure o que, al menos, su salud mejore. De este modo, yo dispondría de más tiempo para mis investigaciones. En cualquier caso, solo me iré de aquí con ella. Está completamente decidido. Pondré fin a las historias de Mahmud, Malika, el oasis, Egipto y los egipcios. Dentro de poco dejaré todo esto atrás.

Aprovecho que un rayo de sol ilumina el salón para leer el texto del historiador Arriano sobre los últimos días de Alejandro —a él le fascinaba tanto el personaje como a mí—. No pertenece al grupo de historiadores críticos que le reprochan sus guerras; él prefiere centrarse en la gloria de Alejandro. Voy cambiando de sitio para aprovechar la luz que se filtraba a través de la ventana. Pasado un rato, oigo los pasos de Fiona.

Estaba en mitad del salón con su vestido de invierno. Se cubría los hombros con un manto de lana. Parecía algo más descansada, en comparación con el día anterior. Pienso que hice bien trasladándola al piso de abajo, con nosotros. El cambio le evitaba los esfuerzos de subir las escaleras para llegar al dormitorio de arriba. Se sentó a mi lado.

—¿Te he interrumpido? —preguntó, y señaló el libro.

—Ya lo he leído muchas veces —respondí sonriendo, mientras se lo tendía—. Me lo sé casi de memoria.

—¿Otro libro sobre Alejandro? —exclamó al ver la cubierta—. Yo también lo he leído, en la biblioteca de nuestro padre. Sé que te interesa mucho Alejandro, sobre todo su estancia aquí, en el oasis, pero, ¿por qué todos estos libros? ¿Qué te atrae tanto de él?

—¡Su tumba!

—¿Su tumba? —Fiona soltó una carcajada—. ¡Pensé que te interesaba su vida, no su cadáver! Yo he leído mucho sobre él y nunca me gustó. Derramó mucha sangre y destruyó ciudades enteras. Lo que hizo en el puerto de Tiro, en Líbano, es un buen ejemplo. Los habitantes de la ciudad resistieron su ataque, y lo obligaron a emprender un largo asedio antes de rendirse. Su majestad ordenó degollar y crucificar a miles de personas...

—Todo eso y más lo conozco, Fiona. Pero también hizo cosas grandiosas, además de todas esas carnicerías. Construyó ciudades nuevas e intentó, tras conquistar Asia, unir Oriente y Occidente.

—Sí, ¡unirnos a todos como esclavos bajo el yugo de su imperio! ¿Has oído hablar alguna vez de un imperio que no proclame tener objetivos nobles y elevados? ¿Acaso no hablan los ingleses de su misión civilizadora? ¡Ven y observa su gran gesta de sangre, desde Irlanda hasta Egipto pasando por la India y llegando hasta no sé dónde!

No quería polemizar con ella. Siempre se le agría el carácter cuando hablamos de los ingleses y sus matanzas en Irlanda, en especial en Connacht, nuestra provincia, con cuya población se han ensañado en más de una ocasión.

—En cualquier caso —me limité a decir—, no me interesan ni su imperio ni sus guerras. Ya se han ocupado de ambas cosas cientos de historiadores. Solo me interesa su tumba, como te he dicho. Quería que lo enterraran en Siwa, pero llevaron su cuerpo a Alejandría. ¿Dónde estará su tumba?

—¡Cuántas tumbas y sepulcros de ricos y pobres habrán terminado desapareciendo con el paso del tiempo! ¿Qué tiene de extraño que la de Alejandro sea una de ellas? —preguntó Fiona.

—Lo extraño es que hemos hallado en Alejandría tumbas de ciudadanos griegos de a pie, pero no hemos encontrado ni una sola piedra, ni un solo resto que nos dé una mínima pista sobre dónde puede estar la tumba de su rey, el hombre que construyó la ciudad y cuyo templo y sepulcro, dicen los historiadores, estaba situado en el centro mismo de la urbe y recibía visitas de emperadores, poetas y personajes reputados, que acudían allí por curiosidad o para rogar su bendición como si fuera un dios.

—Sí —concedió Fiona después de fruncir el entrecejo y reflexionar unos instantes—, ahora lo recuerdo, una vez estabas hablando de eso con nuestro padre y creo que él dijo que probablemente la tumba quedó anegada por el mar a consecuencia de un terremoto que asoló la costa, ¿no es así? Pero no negó que Alejandro fuera enterrado en Alejandría.

—Yo también lo creo, pero me pregunto cómo puede no quedar ni rastro.

Le expuse a Fiona mi hipótesis en torno al posible traslado, en secreto, del cadáver de Alejandro a la ciudad que él mismo mandó construir en este oasis, que había elegido para que fuera su última morada.

—Si piensas que ocultaron su tumba aquí, déjalo descansar en paz, Catherine —dijo sonriendo de nuevo—. No hay necesidad de desenterrarlo. ¡Los herederos de Alejandro son legión!, en la historia abundan ese tipo de personajes.

—No te inquietes —respondí sonriendo a mi vez—. No interrumpiré su descanso eterno allá donde esté. No estoy loca, y no quiero desenterrar su tumba ni su mausoleo. Necesitaría muchos hombres y dinero en abundancia y no dispongo de nada de ello. Solo busco una prueba; no, un simple indicio. Me gustaría publicar un artículo, pero necesito una prueba convincente para que otras personas puedan proseguir la investigación.

—A lo mejor no te he entendido bien, Catherine. Según me ha parecido entender, ¿buscas una prueba que confirme tu teoría?

—Sí.

—¿Y en qué se basa tu hipótesis?

—En una intuición.

—Pero en la escuela nos enseñaron a no extraer ninguna conclusión sin disponer antes de una prueba determinante, y tú empiezas por el final. Has preconcebido una conclusión y ahora buscas cómo demostrarla. ¿No te parece raro?

—En absoluto, muchos descubrimientos han sido posibles gracias a locuras como esta.

—¡Y muchas locuras como esta han terminado en auténticos disparates! —Parecía a punto de romper a reír, pero de repente se contuvo y prosiguió con semblante serio—. Perdóname, Catherine, solo estaba bromeando. No me hagas caso; sigue con tu trabajo.

—Me parece muy bien, tienes derecho a bromear. No por ello voy a renunciar a mi tarea. Jamás voy a reconocer... —En ese momento me asaltó una idea repentina y le pregunté de sopetón—: Pero dime tú ahora, Fiona, ¿por qué renunciaste a Michael?

Me arrepentí al instante de haber formulado la pregunta, pero ya era demasiado tarde. Evidentemente, mi hermana no se la esperaba.

—¿Y por qué no dejas a Michael descansar también en paz? —dijo tras mirarme fijamente durante unos segundos—. Ahora está en un mundo completamente aparte, en el que ha dejado de preocuparle lo que nos preocupa a nosotras.

—Perdóname, no tenía intención...

Calló de nuevo, pensativa, y al cabo prosiguió:

—Te inquieta mucho ese asunto, Catherine. Ya antes de casarte me lo dijiste, y te respondí entonces. ¿Serviría ahora de algo que te dijera si amaba o no a Michael? ¿Para qué? ¿No estábamos ambas a su alcance y prefirió casarse contigo? ¿No aceptaste tú sin que nadie te forzara? ¿Por qué no te basta con eso?

No respondí.

—Pero lo reconozco —continuó—. Me sorprendió mucho verte aceptar la propuesta de matrimonio de Michael. ¿Por qué lo hiciste si no lo amabas?

—No lo sé, aunque he pagado el precio.

—También lo pagó él.

—Convirtió mi vida en un infierno. Nos pasábamos el día discutiendo.

—Estuve presente en una de esas peleas. Estaba criticando una traducción tuya de un artículo escrito en griego, creo. Decía que estaba llena de errores, y tú le decías que tenía celos de ti.

—Y era verdad: estaba celoso.

—Bueno, olvidemos todo eso, ahora pertenece al pasado. Lo importante es que hoy amas a Mahmud, ¿no es verdad? Aquellas cartas tan largas que me escribías antes del matrimonio, y también después, me hacían muy feliz. Por fin habías encontrado a un hombre a quien amar y que te correspondía. ¿O me equivocaba?

—No.

—Entonces, ¿por qué no sois felices? —preguntó muy pausada, mirándome fijamente a los ojos.

—Pues... —La pregunta me había pillado ahora a mí de sopetón y no sabía cómo responder—. Hemos cambiado. Han pasado cosas aquí, en el oasis...

—Espero que superéis estas dificultades. No quiero conocer vuestras intimidades, pero os merecéis ser felices.

—¡Enséñame entonces tú, Fiona, a ser feliz! —exclamé exaltada—. Toda mi vida he creído en el trabajo. Lo he heredado de nuestro padre, al igual que tú, pienso, has heredado la calma y la serenidad de nuestra madre. Padre siempre me animaba a seguir trabajando, a aprender un nuevo idioma, a escribir un nuevo artículo o, más adelante, quizá, un libro. He seguido su ejemplo, pero ¿dónde podré hallar la felicidad y la tranquilidad de espíritu?

—Eres más inteligente que yo, Catherine. No me pidas consejo a mí. De joven te envidiaba cuando comenzabas a aprender una lengua, cuando me leías tus traducciones o tus artículos. Luego, ya de mayor, me he enorgullecido de ti, he sentido que aquellos logros eran míos también, y hoy estoy más convencida que nunca de que para ti la felicidad es trabajar en lo que te gusta. No prestes demasiada atención a cuanto yo o cualquier otro podamos decirte. Sabes cuál es tu camino mejor que nadie. Sigue así.

Evidentemente, Fiona se ha dado cuenta de mis problemas con Mahmud. Es demasiado lista como para dejarse engañar con nuestro intento de guardar las apariencias. Pero, aun haciendo acopio de todo el valor posible, ¿cómo podría explicarle lo que nos pasa si ni yo misma soy capaz de entenderlo? Si le digo, por ejemplo, que nuestro matrimonio terminó con la muerte de Malika, ¿cómo voy a contarle la historia completa? Todavía sigo teniendo presente nuestro primer encuentro. Por mucho que me repita, una y otra vez, que no sucedió nada, que aquello ya está olvidado, sigo sintiendo el mismo escalofrío que cuando me besó y yo hundí su rostro en mi pecho. Sigo sintiendo la humedad de sus lágrimas y su saliva, a pesar de todos mis esfuerzos por olvidarla. Trato de tranquilizarme a mí misma diciéndome que toda mi vida he vivido como una mujer normal y que he disfrutado de mi relación carnal con Mahmud, pero al momento me acuerdo de Safo y de sus relaciones con otros hombres. Ella era también una mujer normal, y además madre, muy vinculada con su hija. ¡Y yo soy estéril! No, aún no me he repuesto.

Si le cuento todo esto a Fiona, ¿seguirá estando orgullosa de mí? Al principio sentía celos, ha dicho, pero luego comenzó a enorgullecerse de su hermana. ¿Por qué? No debe de saber que era yo quien solía estar celosa de ella, para mí era el ideal de belleza y de bondad, y enseguida se ganaba a todo el mundo. Es la persona de este mundo a la que más quiero. Pero siempre le he tenido envidia por todo lo que tenía. Probablemente aún hoy sigo envidiándola. No ha querido decirme si llegó a amar a Michael o no. Ha dejado la pregunta en suspenso. Quizá tenga razón, dejémoslo descansar en paz. Y dejemos también en paz su pregunta sobre las razones que me impulsaron a casarme con él. Desconozco la respuesta. Así que olvidemos los fantasmas del pasado. Ya tenemos bastante con los del presente, y nos sobra. El de Malika, por ejemplo, ya es más que suficiente.

Vamos, hay que volver al trabajo. Si este no me trae tranquilidad al menos me hará olvidar la búsqueda de una tranquilidad que nunca llega. «Sigue trabajando», me dice Fiona. ¿Me queda otra solución acaso? No hace falta que nadie me lo recuerde.

Me he pasado varios días leyendo afanosamente todo cuanto pude reunir sobre los últimos días de Alejandro. He leído y releído las crónicas de los historiadores por si encontraba esa prueba de la que hablaba Fiona para fijar mi conclusión. No basta con tener una intuición o un ataque de locura. Tiene razón. ¡Como siempre!

Tengo que ordenar todos los datos. A lo mejor así termino por sacar algo en claro. ¿Qué pasó después de su muerte? Hicieron todo por cumplir su voluntad enterrándolo en el oasis de Amón, junto a su padre, y le ofrecieron un último homenaje. Construyeron un inmenso carruaje y lo convirtieron en sepulcro andante para llevar su cadáver de Babilonia a Egipto. Lo adornaron con imágenes y estatuas de oro que narraban la singladura del rey-héroe-dios. El carro lo tiraban decenas de mulos, con campanillas atadas al cuello cuyo eco se escuchaba a millas de distancia. De este modo emprendieron su marcha fúnebre, desde Mesopotamia hasta las tierras de Egipto, a través de desiertos, valles y selvas y pasando por ciudades que él mismo mandó construir o derruir, según los casos.

Dos años tardó aquel cortejo en cubrir la ruta entre Babilonia y el valle del Nilo, pero no pudo llegar al oasis de Amón y completar así la última voluntad de Alejandro. Ptolomeo, su sucesor en tierras egipcias, desvió la comitiva hacia su capital, Menfis, en el sur, para establecer allí el sepulcro, que habría de servir de testigo y garante de la gloria de su ambicioso heredero. Y cuando trasladó la capital a Alejandría se llevó el cadáver consigo, y allí erigió un nuevo mausoleo, entre el faro prodigioso y la floreciente biblioteca, levantada por él mismo. Pronto se convirtió en un santuario del dios Alejandro, hijo de Zeus-Amón. Un templo con columnas de estilo dórico, que visitaban ingentes comitivas de peregrinos, tanto en las efemérides de su aniversario como en días normales, para recibir su bendición y adorar a aquel dios momificado, que reposaba en un sarcófago de mármol, antes de que lo trasladaran a una urna de cristal para que todos pudieran contemplar su magnificencia. Durante siglos, aquel templo fue destino de todos los dignatarios que pasaron por Alejandría, desde Julio César y Marco Antonio, a quienes a buen seguro acompañó la misma Cleopatra, hasta un sinfín de emperadores romanos. Todos se postraban ante el sepulcro del supremo conquistador que nunca conoció la derrota, quién sabe si envidiosos de la gloria que solo él llegó a conquistar.

Pero, al cabo de seis siglos, de pronto, deja de constar alusión alguna a su tumba o a sus restos mortales. Un emperador romano, celoso de la nueva religión, ordenó clausurar todos los templos dedicados a dioses paganos, incluido el de Alejandro. El cristianismo se había convertido en la religión oficial del imperio.

¿Adónde fue a parar el dios momificado y su ataúd de cristal? ¿Qué pasó con el templo? ¿Por qué no queda ni rastro de él? Los historiadores no aportan ninguna respuesta. ¿Quedó sumido bajo el mar, como pensaba mi padre, o terminó convertido en polvo, víctima del tiempo, como dice Fiona?

¿Por qué mi mente se niega a aceptar un final así para un mito tan espléndido y eterno? ¿Es mi mente o soy yo la que se aferra a la posibilidad de conseguir algo importante en mi vida? ¿Por qué no?

La vida es muy breve, ya lo sabía Alejandro. Y quien se vea capaz de dejar huella debe hacerlo cuanto antes, sin dilación. Él conquistó el mundo, y yo solo aspiro a verlo en el regazo de su padre Amón y que se cumpla su última voluntad. De esta forma, yo también podría tener mi pequeña cuota de gloria. Una compensación por mis fracasos con Mahmud y Michael que me haga olvidar el fantasma de Malika. Aunque fracase, al menos merecerá la pena intentarlo. En cualquier caso, seguiré sin saber lo que es vivir en paz.

Mi intuición me empuja a perfilar un epílogo mucho más lógico y plausible. El cristianismo no vino a acabar de forma terminante con el culto a los dioses paganos en Alejandría y Egipto. Hubo muchos mártires en las filas cristianas que pagaron con su vida la defensa de su fe, pero también los hubo entre los politeístas. Ellos también sufrieron las torturas de los cristianos y dieron su vida por Amón, Isis, Horus y otras divinidades. ¿Por qué no pensar que entre quienes se resistieron a la nueva fe se hallaban los seguidores del propio Alejandro, hijo de Amón-Ra? Eran numerosos por aquella época y, quién sabe, tras el cierre del templo, a lo mejor se llevaron el cadáver de Alejandro en secreto al oasis de su padre. Es el lugar ideal: lejos del poder romano y libre del cristianismo. Allí se siguió adorando a los dioses egipcios durante siglos, al margen del Gobierno central de Egipto. Es lógico, por tanto, suponer que sus adeptos hicieron todo lo posible por cumplir su última voluntad, después de siglos de exilio. ¿Por qué no? Eso me dice la razón. Mi intuición me dice que está muy cerca, pero ¿dónde puedo encontrar la prueba?

He vuelto a leer todo lo que escribieron los viajeros sobre el oasis y sus templos. Como siempre, me detengo en los pasajes dedicados al templo dórico erigido, y hoy desaparecido por completo, junto a la laguna de Jamisa. El explorador francés Cailliaud dejó escrito que sus dimensiones eran las habituales de un templo griego. Más importante aún eran sus descripciones sobre las columnas dóricas, únicas en el oasis. Bien, pero ¿dónde está ese templo ahora para poder tener una prueba, la que sea?

El capitán Wasfi podría serme de gran ayuda y acompañarme a ese lugar y a otros a los que no puedo ir sola. Pero Mahmud sigue recluyéndome aquí. Ni siquiera puedo invitar a Wasfi para tratar el asunto con él. Fiona no lo soporta desde la última vez que vino, cuando tachó a los revolucionarios de traidores, y no tiene ninguna gana de volver a verlo. ¿Por qué tanta inflexibilidad, Fiona? Se trata de los revolucionarios de su país y es libre de decir de ellos cuanto le venga en gana. Alejandro Magno no es Cromwell, el comandante inglés que ordenó arrasar Connacht y degolló a sus habitantes. ¿Por qué, entonces, te indignas con el rey macedonio? La ayuda de Wasfi es indispensable. Debo encontrar la manera de verlo.

Pero antes he de asegurarme por mí misma de algo muy importante. Y también he de pensar cómo.

—¿Por qué no, Catherine? ¡Ve! —me alentó Fiona con entusiasmo.

Yo miraba a Zubaida, en cuyo rostro arrugado se dibujaba un gesto de contrariedad y recelo. Fiona y yo tratábamos de hacerle comprender, con una mezcla de árabe, siwi y ademanes, que le quería pedir prestado el burro durante un breve periodo de tiempo. Luego se lo devolvería sano y salvo. Pero ella respondía:

—El *eizzit* está enfermo.

Yo trataba de hacerle comprender con gestos que no pensaba fatigarlo y que volvería enseguida a casa.

Fiona también intentó convencerla.

—Hay soldados abajo —insistía, señalando con el dedo índice hacia el exterior. Intentaba explicarle que me protegerían a mí y al burro si pasaba cualquier cosa. Luego pasó la mano por el hombro de Zubaida y añadió con su sonrisa mágica: —¡Yo te compraré otro *eizzit*!

Solo entonces, a regañadientes, accedió Zubaida a dejarme el burro.

No le había dicho toda la verdad a Fiona. Había aprovechado que Zubaida había venido sola para decirle que solo me proponía dar una vuelta alrededor de la casa, si la anciana me prestaba su animal. Fiona aceptó enseguida.

—Necesitas, y mucho, salir y airearte.

Hablaba como si se sintiese culpable de mi reclusión, pero no hice ningún esfuerzo por convencerla de que no tenía nada que ver con ella. Necesitaba su ayuda si quería convencer a la vieja testaruda.

En cuanto esta dio su brazo a torcer me puse las ropas que había preparado para parecer una mujer de Siwa: una túnica amplia de color oscuro y debajo unos pantalones largos. Después me cubrí el cuerpo entero con el *tarfutit* de Fiona y me tapé la cara con el velo, dejando solo los ojos al descubierto.

Mientras bajaba las escaleras con parsimonia, el corazón me latía con fuerza. Vi cómo los soldados de guardia me miraban extrañados. «¡No importa! Antes de que tengan tiempo para pensar o hacer nada ya habré vuelto», pensé.

Me monté en el burro tal y como lo hacía Zubaida, a horcajadas, y lo azucé para enfilar el camino de Aghurmi lo más rápido posible. Era el mismo camino que tomaron Malika y el jeque Yahya, la ruta que llevaba a Yuba y a muchos otros sitios. Me convencí de lo apropiado de mi disfraz cuando vi a los campesinos asomarse a la puerta de los huertos según oían el rebuzno del burro y, tras echar una mirada despreocupada, volvían a meterse dentro con normalidad. Aun así, el corazón me latía cada vez con más fuerza. ¿Por qué había dicho antes que no tenía miedo de nada? ¡Estoy temblando! ¿Otra mentira más con la que intentaba engañarme a mí misma?

En todo caso, no disponía de demasiado tiempo para pensar en nada de eso. Debía seguir espoleando al burro pues, tal y como me había dicho su dueña, se paraba cada dos por tres y se quedaba plantado soltando rebuznos que parecían más bien gemidos. Pero al final llegamos.

Miré alrededor. No había nadie.

Dejé al animal atado a la misma palmera bajo cuya sombra se tendía siempre el pequeño Mahmud y entré en el templo. Saqué el cuaderno y el lápiz de debajo del manto y me dirigí a toda prisa hacia el muro del que había copiado el texto. Comencé a leerlo mientras pasaba los dedos por el relieve de las letras. No me había equivocado: era una oración dedicada a Amón-Ra. Debía cerciorarme también de las alusiones al agua. No podía equivocarme, debía descifrar cuidadosamente las inscripciones en escritura demótica, apenas perceptible. Esta nueva lectura me reveló errores en mi transcripción anterior. Apoyé el cuaderno en la pared y puse todo mi empeño en copiarlo todo de forma fidedigna, pero volvía a equivocarme, por la premura, y borraba lo escrito para volver a copiarlo otra vez, sin dejar de censurarme por los errores. ¡No podía perder ni un segundo!

No había transcrito ni una hoja cuando sentí unos murmullos en el exterior, convertidos enseguida en estrépito de voces y gritos. El corazón me latía con la furia de un tambor a punto de reventar y el cuaderno se me cayó de la mano temblorosa. Me agaché a recogerlo y entonces pude ver los rostros de los zejeleros, a la entrada, que me miraban con indignación.

La primera piedra pasó por encima de mí —estaba agachada—, pero al momento la siguieron otras, esta vez con mejor puntería. Trataba de cubrirme el rostro y la cabeza con manos y brazos. Yo chillaba, ellos chillaban y, por fin, llegó el relincho de un caballo seguido de un disparo. Los campesinos dejaron de tirarme piedras y se volvieron para mirar hacia atrás. Un breve silencio y después la voz ronca de Salmawi y con ella la del sargento Ibrahim. No tardé en verlos aparecer junto a la entrada. Salmawi se plantó ante los campesinos, con el fusil en bandolera, y comenzó a hablar con ellos en tono jovial, dándoles palmaditas en la espalda. Mientras tanto, Ibrahim vino corriendo hacia mí y me preguntó con gran preocupación:

—¿La señora está bien? ¿La han herido? —Luego reparó en las piedras, dispersas por doquier, y prosiguió—: ¿Le han hecho algo estos canallas?

—No..., sargento... Ibrahim.

«No gritaré, no gemiré.». Tenía el cuerpo dolorido pero había conseguido protegerme la cabeza y la cara. Debía asegurarme, en todo caso. Me palpé el pelo, la nariz, la boca... No, no había sangre.

Salmawi se las arregló para alejar a los zejeleros de allí. Les hablaba en voz alta, con jovialidad, riéndose. Las palabras de Ibrahim sonaban tristes.

—¿Por qué, señora?

—¿Cómo han sabido dónde estaba? —respondí yo con otra pregunta, intentando que mi voz pareciese lo más natural posible.

Los soldados de guardia informaron al cabo. El manto de Zubaida seguía tirado delante de la puerta y se dieron cuenta de que no era ella quien había salido. Pero...

Iba a decir algo más cuando el cabo Salmawi se acercó.

—Perdón, señora, pero hemos de volver ya mismo, antes de que esta gente cambie de opinión o el señor prefecto se entere de lo que ha ocurrido. Hemos venido sin informarle.

Recogí el cuaderno y me dirigí con paso firme hacia la palmera. Por lo menos el burro de Zubaida no había sufrido mal alguno.

Salmawi montó su caballo y, seguido de Ibrahim, vino hacia mí con el fusil en ristre. Echó a andar por el camino y yo marché tras él. Ya no tenía sentido disfrazarse. Me dejé el manto caído sobre los hombros y me descubrí el rostro mientras me palpaba el cuerpo dolorido y ahogaba los gemidos como mejor podía.

Mahmud irrumpió en la casa como un poseso, con el rostro completamente desencajado. Nunca lo había visto tan enfadado.

Zubaida también estaba enojada. Cuando llegué se fue, resoplando y lanzando reproches que ni siquiera me molesté en tratar de entender. Y, esta vez, no abrazó a Fiona ni le dio un beso, como hacía siempre antes de irse.

Fiona se sentó a la mesa, ante mí, con la cabeza gacha; estaba triste y abatida.

Antes de que Mahmud dijera algo, me adelanté:

—Lo siento mucho. Me he equivocado.

Él abrió la boca pero las palabras se le ahogaron en la garganta. Cada vez estaba más congestionado.

—¿La señora lo siente? —explotó por fin. Luego añadió entre tartamudeos de cólera—: ¡Y yo soy el último en enterarse!

Vino hacia mí con los brazos estirados y las manos abiertas, como si fuera a pegarme o a estrangularme, pero en el último momento se llevó las manos a la frente y empezó a darse palmadas de desesperación.

—¡Los voy a despellejar —balbucía—, a Salmawi y a Ibrahim! ¡El último en enterarse! ¡Juro que...!

—¡Espera un momento, Mahmud!

Se calló, sorprendido, al ver a Fiona plantada frente a él. Tenía el rostro pálido como la ceniza pero hablaba con voz clara y precisa, intentando controlarse.

—¡La culpable soy yo, Mahmud, Catherine no tiene la culpa! Yo le pedí que saliese a dar un paseo.

—¡Tú también! —Se quedó mirándola sin comprender—. Pero, ¿por qué?

No se quedó a esperar la respuesta. Se dio la vuelta y salió con el mismo ímpetu con el que había entrado. Fiona me puso la mano en el hombro y repitió la misma pregunta, con voz temblorosa.

—¿Por qué, Catherine?

18

Mahmud

Me levanté antes de lo habitual en medio de la más absoluta oscuridad.

Otra noche más casi en vela.

Y ese nombre... ¿Deira? ¿Deirdre? ¿Deiradre?

Me daba vueltas en la cabeza desde que había abierto los ojos; pero no lograba recordar, un nombre difícil y una historia más complicada aún, Fiona.

No daba con el nombre correcto ni tampoco conseguía acordarme de los detalles. Un cuento, un rey malvado que quería para sí a la inocente Deirdre, la cual amaba a un hermoso caballero. Tampoco me acordaba de si era el rey quien había matado a su amado y los hermanos de este o si lo había hecho otra persona, y no podría decir si la propia Deirdre se había quitado la vida, desconsolada por haber perdido a su pretendiente, o si había muerto de tristeza. Todos esos detalles se diluían en mi mente. Recordaba perfectamente el final. El rey, resuelto a impedir la unión incluso en la muerte, mandó enterrarla lejos de la tumba de él, con un río o un canal de por medio. Pero una planta terminó echando raíces en la fosa de la joven y se extendió bajo el suelo hacia donde corría el agua. Cruzó a la otra orilla y se abrazó a la rama de otra planta nacida en la tumba del caballero. Del abrazo de ambas nació un arbusto que el rey ordenó talar. Pero enseguida volvieron a nacer y corrieron a abrazarse de nuevo. Así una y otra vez, hasta que el rey, resignado, ordenó que dejaran de podarlas. De esta forma, el amor de ambos logró, tras su muerte, derrotar al mal.

No fue la Fiona sonriente y jovial de siempre quien nos narró este relato ayer por la noche, sino una Fiona pálida que desgranaba sus palabras con pesadumbre. Cuando calló, Catherine le preguntó, preocupada, por qué la había acortado y no había hablado de la magnífica melena de la princesa. Pero ella, poniéndose en pie, le respondió que con aquello era suficiente; se sentía muy cansada.

No dejó de toser durante toda la noche. Cada día estaba peor, y yo me sentía cada vez más impotente. Las hierbas del jeque Yahya, que habían hecho milagros con Ibrahim, no habían servido de nada con ella. ¿Qué podíamos hacer? Catherine se había negado a acompañarla a El Cairo, donde quizá encontraran algún remedio mejor. Me contestó lo que ya sabía.

—¿Y cómo? El viaje la mataría.

Pero quedarse aquí va a acabar con ella, y conmigo también. Si el diagnóstico de Yahya es correcto, no hay ninguna esperanza, excepto los baños de arena. Pero falta mucho tiempo para que llegue el calor... ¿Resistirá hasta el verano? ¿Sobrevivirá? Tiene que vivir, si alguien merece seguir con vida en esta casa es ella, no Catherine o yo.

Las toses remitieron y me tranquilicé un poco. Después de su traslado al piso de abajo he acabado por diferenciar y calibrar la virulencia de sus ataques de tos, y sigo atentamente los cambios de su respiración. ¿Qué quiero de ella? Nada, solo quiero que viva. Como dijo el jeque Yahya sobre la muerte de Malika, su vida le daría sentido al mundo. Entonces, ¿por qué no dejo de pensar en ella día y noche, en casa, en el despacho, en la calle? Cuando estoy solo en la cama o cuando Catherine se tumba a mi lado... ¿Cómo puede acabar esto si ni sé lo que quiero ni mucho menos cómo conseguirlo? ¿Hasta dónde me llevará este sentimiento que no exige nada y del que no me puedo liberar?

Volvía a toser con fuerza renovada. Mi corazón se aceleró. «Debo salir, alejarme». Salté de la cama. Catherine seguía dormida. Nada la habría despertado, ni mis movimientos ni la tos de su hermana.

Dormía a pierna suelta después de las noches que había pasado quejándose por todas las contusiones que cubrían su cuerpo. ¡Los templos de los antiguos eran su único desvelo! ¡Ojalá, en vez de arrojarle piedras, la hubieran...!

No, perdóname, Fiona, no le deseo ningún mal a tu hermana.

Me lavé a toda prisa, me puse la ropa y salí de la casa.

Todo seguía a oscuras; las tenues líneas del alba apenas se intuían en el horizonte. No había nadie despierto en el cuartel, solo los soldados de guardia. Se sorprendieron al verme llegar a esas horas; pero según cruzaba el patio vi una silueta deslizándose hacia la salida. En la penumbra no pude distinguir quién era.

Él también parecía sorprendido de verme allí a esa hora. Se me acercó y me saludó, azorado. Después se quedó de pie, en silencio.

—Buenos días, jeque Sáber —le dije.

Solo lo había visto una vez tras el ataque a Catherine en el templo derruido. Cuando vino haciéndose el compungido por la agresión de los zejeleros. Pero sus palabras escondían algo, como siempre. Por ejemplo, una censura implícita a Catherine, pues «esos (ignorantes) pensaban que la señora estaba haciendo sortilegios». También me criticaba a mí, por no haberla hecho acompañar de un escolta, ya que le daba permiso para ir hasta allí. En cualquier caso, tuve que reconocer para mis adentros que tenía razón, pero me contenté con darle las gracias, añadiendo que haría todo lo posible para que no volviera a ocurrir. Wasfi insistía en pedirle a Sáber los nombres de los autores de la agresión, para azotarlos en público y que sirvieran para dar ejemplo al resto, pero me negué tajantemente. Me bastaban, dije, las excusas del jeque Sáber. Por mi parte, el asunto estaba cerrado.

Y ahí estábamos de nuevo, en mitad del patio, frente a frente, sin decir nada.

—¿Ha ocurrido algo, jeque Sáber —dije por fin—, que precise la intervención de las fuerzas del orden?

—No, en absoluto. —Parecía cada vez más turbado—. Nada, señor prefecto, he venido a visitar al señor capitán Was... Estábamos repasando las cuentas de los impuestos.

—¡Repasando números a estas horas, jeque Sáber! —exclamé sin poder reprimir una risotada.

—Sí, me lo pidió él, antes de la oración del alba. Hay que trabajar desde muy temprano.

—A quien madruga Dios lo ayuda... Adiós, jeque Sáber.

Me alejé y subí al despacho. Uno de los soldados de guardia quiso despertar al sargento Ibrahim pero se lo impedí.

—Comenzaremos la faena a la hora de siempre —le dije.

Sentí frío nada más entrar. Cerré la ventana y me senté a oscuras ante el escritorio. Necesitaba soledad y silencio para pensar.

¿Pensar en qué, en concreto? No dejo de pensar en mí mismo, y cada vez que paso una página es peor que la anterior. ¡Ojalá no fuera quien soy! Ojalá fuera mi hermano Suleimán, por ejemplo, yo de comerciante en Damasco y él de oficial en la policía. ¿Por qué no?

El mismo padre, la misma madre, solo es cuestión de azar. Podría haber nacido en su lugar. No lo veía desde hacía años, ni a él ni a su esposa ni a sus hijos. Se me habían borrado sus rasgos de la memoria. Rompió con su pasado y se construyó una nueva vida, lejos de nosotros. No lo culpo de nada; nunca dejó de preocuparse por mi madre, le enviaba algo de dinero, aun cuando estaba empezando su negocio en Siria y necesitaba hasta la última piastra. Pero su decisión de no venir cuando le envié el telegrama con la noticia de su fallecimiento fue como una puñalada en el corazón. Me envió una carta de pésame, diciendo que no tenía ningún sentido que viniera cuando ya se habían celebrado el entierro y el funeral. Mejor, añadía, distribuir los gastos del viaje en limosnas, para honrar su memoria. Pero yo deseaba verlo a mi lado y llorar a nuestra madre juntos. El que lo necesitaba era yo. En fin, puede que hiciera lo correcto. Si fuera Suleimán no habría vivido toda mi vida en el desconcierto. Si fuera Suleimán...

La tienda es enorme y yo estoy en pie, dispuesto a recibir el pésame por la muerte de Mahmud Abdel Zahir, pero todas las sillas están vacías. No ha venido nadie. Un jeque recita el Corán desde lo alto de un estrado. Abre y cierra la boca sin emitir ningún sonido. La gente sigue sin aparecer. Al momento, la tienda se convierte en un jardín muy grande, lleno de gente. Hay muchos niños jugando, y yo camino solo con unas telas blancas en la mano. Me cruzo con un anciano y le pregunto dónde está el cementerio. Sin detenerse, me señala con el dedo en una dirección. Llego a la orilla de un río en el que abundan las plantas con las ramas colgando sobre el agua. Yo voy de la mano de una joven hermosa y estamos riéndonos. «Imagínate, estaba muerto y ahora he vuelto a la vida», le digo. «Gracias a mí», replica ella con orgullo. Montamos en una barca y en ese momento me doy cuenta de que es Nima. Riendo, le pregunto: «¿Cuándo te has cambiado el color del pelo?». «Cuando me dejaste», responde. Pero de repente comienza a gritar y a señalar algo detrás de mí. Entonces aparece un enjambre de personas en la orilla, todas apuntando con las manos hacia el mismo lugar. Me giro y veo un enorme cocodrilo con las fauces abiertas de par en par. Se abalanza sobre el bote. Yo tomo la mano de Nima y saltamos de la barca. Corremos a toda velocidad por encima de la superficie del agua y llegamos a la tienda, en medio de las sillas vacías. El jeque, mudo, sigue abriendo y cerrando la boca.

«¿El jeque podría ser normal, no?», protesta Nima airada. Me dirijo con gran enfado hacia él y descubro que no solo no lee sino que, además, se está riendo. Lo reconozco cuando lo miro a los ojos, y agarrándolo de las solapas le digo, fuera de mí: «¡Eras tú, jeque».

—¡Adelante! —grité de repente.

El eco de los nudillos del sargento Ibrahim me sacó de mi sopor.

Sus palabras se entremezclaban con los retazos del sueño. Solo alcancé a entender que estaba disgustado conmigo por no haber permitido que lo despertaran. ¿Ya no servía de nada en el cuartel? Lo tranquilicé y le pedí que trajera una taza grande de té. Me había quedado profundamente dormido y no me había dado cuenta de que la jornada había empezado ya. La primera luz de la mañana inundaba el despacho, a pesar de los postigos cerrados. Me incorporé y abrí la ventana. Después, me puse a andar por la habitación, deprisa, para entrar en calor y espabilarme.

Ibrahim volvió con el té y se quedó de pie frente a mí, viéndome beber con el pulso tembloroso. Intentaba mantener la taza firme, pero no hacía más que salpicar. La dejé en la mesa.

—¿Desea algo, sargento Ibrahim? —le pregunté.

Después de un momento de duda, dijo que el jeque Sáber había venido de madrugada a ver al señor capitán.

—Lo sé, me he cruzado con él. Me dijo que había venido a repasar la contabilidad de los impuestos.

—¿La contabilidad? ¿Y por qué lo hacen en secreto, señor prefecto? No es la primera vez. El jeque viene muchas veces en plena noche y se encierra con el capitán en su despacho, donde nadie los oye. Se va antes de que se despierte la guarnición. ¿A eso se le llama hacer la contabilidad?

—Retírese, sargento, y no espíe ni al capitán ni a nadie más. Si hay algo extraño, lo sabremos en su momento.

—¿Cómo, señor? —protestó él, no obstante—. ¿Cuál será el momento? Debemos actuar antes de que nos apuñalen.

—Ya veremos. Y ahora puede retirarse.

Salió a regañadientes. ¿Cómo podría decirle que todo eso me traía sin cuidado? Todo lo que podía hacerme daño lo he dejado atrás. Se acabó.

Me pasé el día trabajando en el cuartel. Me inventaba ocupaciones: inspeccionar los almacenes, escribir cartas al ministerio para pedir más municiones y pertrechos en la próxima caravana... El capitán Wasfi vino a traerme el inventario de los tributos recibidos. Dijo que se había reunido con el jeque Sáber antes del alba para revisar las cuentas y que se había satisfecho la cantidad exigida por el ministerio. Comprendí que se había enterado de mi encontronazo con aquel y había venido a toda prisa a exponer los resultados de un informe que debería haberme dado hace ya mucho tiempo. Estaba sentado delante de mí, mirándome con esas pupilas que no dejaban de moverse en el blanco de sus ojos. Me estaba poniendo nervioso. Me limité a echar un rápido vistazo a los papeles y luego los dejé a un lado tras darle las gracias. Pero también llevaba en la mano un taco de periódicos. Me los tendió.

—Han llegado en la última caravana, puede que el señor prefecto desee leerlos —dijo.

Se trataba de números antiguos de *al-Muqattam*, periódico que yo detestaba. Leí sin detenimiento alguno los titulares de alguno de ellos y luego le devolví el taco tal cual.

—Parece que el joven jedive no es como su padre, no le gustan mucho los ingleses —comenté.

—¡Le gustarán!

La contundencia de sus palabras me llamó la atención.

—¿Y cómo va a ser eso?

—Nuestro Gobierno no puede prescindir de los ingleses. Los necesitamos.

—Pero en aquella velada usted enfatizó la grandeza de nuestros antepasados egipcios —continué, sonriente— y alabó la magnificencia de su legado. ¿No considera a los nietos igual de capaces para hacerse cargo del país, tal y como hicieron nuestros antepasados?

—Todavía no, antes debemos aprender mucho de los ingleses. Fíjese, señor, hasta los restos arquitectónicos de los egipcios antiguos tienen que venir a enseñárnoslos los ingleses. No sabemos nada de nuestra propia historia. Mrs. Catherine estuvo a punto de sacrificar su vida por la ciencia, y mire cómo le han pagado su afán de conocimiento todos esos estúpidos. Y eso que ella lo hacía por su bien.

Como yo no decía nada, prosiguió, con los ojos moviéndosele a mayor velocidad aún. Parecía enardecido.

—Por desgracia, no pude explicarle, señor, mi punto de vista aquella noche; Mrs. Fiona me interrumpió. Me proponía decirle que la revuelta de los sediciosos cortó en seco cualquier posibilidad de progreso. Usted mismo, a buen seguro, pudo comprobar por sí mismo el caos y el desorden reinantes en el país durante aquellos días. Mi padre me habló de ello.

—Exactamente, ¿qué vio su padre y qué le contó? ¿Dónde trabajaba por aquel tiempo?

—Era general de división.

—¿Presidió alguna comisión de investigación contra los partidarios de Orabi?

—No, no creo —repuso sorprendido por la pregunta—. En cualquier caso, ahora está en la reserva. Pero recuerda muy bien todos los detalles de aquellas algaradas. Una vez me dijo, incluso, que uno de aquellos traidores, Muhámmad Abid, ese era su nombre, creo, ¡llegó a planear la muerte de nuestro señor el jedive! ¡Imagine, ilustrísimo, el desastre que podría haber resultado de aquello!

—Me lo imagino, señor capitán —repuse riéndome entre dientes—. En definitiva —añadí al cabo de unos instantes, en un tono que daba a entender mi deseo de poner fin a la conversación—, según lo ve usted, los orabíes cometieron un delito contra Egipto por pretender que la gente del país se gobernase a sí misma.

Esbozó un rictus de repulsa con los labios y apostilló:

—Ese es el mal que acaba corrompiéndolo todo, cuando el vulgo se mete a gobernar solo obtenemos caos y descomposición. Mire el caso de Francia, cómo se ha echado a perder desde que comenzó la pesadilla de la Revolución y el poder pasó a manos del populacho. Incluso teniendo ese genio militar sin parangón que Dios les ha dado, Napoleón, terminaron siendo derrotados por los ingleses, y todo por dejarse gobernar por la plebe. A los ingleses, por el contrario, los rige una clase política capaz y poderosa.

—Querrá decir una clase de nobles.

—¡Políticos!

—Sí, una nobleza metida a política. —Me levanté—. Ya seguiremos hablando del asunto algún día, capitán.

Él también se puso en pie.

—Sí, con mucho gusto, aprenderé mucho de su excelencia —respondió.

Hizo el saludo con el mismo ademán impecable de siempre; pero cuando se disponía a salir, con la puerta en la mano, le dije con gran tranquilidad:

—Escúcheme, Wasfi.

—Señor.

—Orabi pachá era más noble y honorable que diez jedives juntos, y el bey pachá Muhámmad Abid tenía más honor que todos los jedives y nobles señores traidores que nos han vendido a los ingleses.

Se quedó de pie, mirándome atónito.

—Ahora puede retirarse —me limité a decirle.

Volví a sentarme al escritorio. Una voz se burlaba de mí, en alguna parte de mi ser. «Muy bien, pero llega tarde. Veinte años de retraso, señor mío. Y eran otros a quienes deberías habérselo dicho». Pero las palabras de Wasfi me habían hecho rememorar aquellos días de gloria, en un momento de pesadumbre como el de hoy, porque yo estaba allí, lo viví, en la casa del sultán pachá, presidente del Parlamento. El capitán Saíd, el teniente Talaat y yo vigilábamos la reunión. Todo Egipto estaba allí, los diputados, los altos funcionarios, los ulemas de al-Azhar, los representantes de la iglesia copta, los principales de las provincias y hasta los emires de la familia del jedive. Yo estaba allí, muy cerca, cuando aquel oficial campesino, hermoso y esbelto, se puso en pie y, con el gesto contraído y los músculos de la cara batiéndole con fuerza, esgrimió la espada en el aire.

El jedive estaba lejos, en Alejandría, y había dado el visto bueno al ultimátum de los ingleses de desterrar a Orabi pachá y disolver el gobierno revolucionario. Pero Orabi habló y dijo que la única solución era derrocar al jedive, y todos lo aplaudieron. Talaat sacó la pistola con la intención de disparar al aire en honor de Orabi pero Saíd lo reprendió y le bajó la mano.

—¡Quien esté con nosotros que se ponga en pie! —gritaba Orabi.

Casi todos se levantaron de sus asientos, menos el sultán pachá y los notables, los cuales permanecieron inmóviles. En ese momento podía oler ya el olor pútrido de la traición que se avecinaba.

Muhámmad Abid también lo sintió, por eso enarboló la espada en un arrebato de furia y gritó fuera de sí:

—¡Yo lo mataré, señor, y después fusílenme si quieren!

Orabi también gritaba:

—¡Haced callar a este loco!

Sí, pero ese loco, señor capitán mío, fue el único que murió plantando cara a los ingleses de todos los que estábamos allí. El sultán pachá terminó volviendo en el cortejo del ejército conquistador, y puede que tu padre también estuviera por allí, Wasfi.

Sí, ese era también Muhámmad Abid, y yo mismo lo taché, a él y a los suyos, de sediciosos. Así que no debo darme ínfulas delante de Wasfi o de cualquier otro. Demasiado tarde para hacerme el valiente.

Envié al sargento Ibrahim a darle el recado a Catherine. No almorzaría en casa. Me quedé en el despacho hasta la tarde, aun cuando nada me retenía allí. Ni trabajo ni ninguna otra cosa.

Cuando regresé no vi a Fiona, solo a Catherine. Tenía sus papeles y libros desplegados por encima de la mesa. Leía y escribía a la luz de dos quinqués grandes. Solía hacerlo mucho en los últimos tiempos, trabajar allí; siempre se estaba quejando de no disponer de un despacho donde poder trabajar a gusto. No dije nada, pero presentí la inminencia de una nueva desgracia. Desde el suceso del apedreamiento hacíamos todo lo posible por ignorarnos. De una manera casi amistosa, la verdad. ¿Cómo no se nos habría ocurrido antes esta fórmula?

Estaba absorta en su tarea y apenas me respondió cuando la saludé de manera escueta. Le pregunté por su hermana. Se sentía muy cansada, repuso, y se había ido a la cama sin probar la cena. Enseguida volvió a embutirse en sus papeles, llenos muchos de ellos de dibujos e inscripciones diversas que iba copiando en otros folios. Me quedé un rato observando sus movimientos y luego anuncié que me iba a dormir.

—¿También sin cenar?

—No tengo hambre.

—Iré en cuanto termine aquí.

—Tómate el tiempo que quieras.

Me metí rápido en la cama, pero el sueño se negó a comparecer una vez más. No pensaba en nada, con los ojos abiertos, convencido de que esa noche tampoco podría dormir. Luego, una tos apagada a lo lejos y la habitación se llenaba de un resplandor repentino. El cuerpo se me distendía y una extraña sensación de paz se apoderaba de mí. Una desesperanza reconfortante y una resignación definitiva: no hay escapatoria, no lo intentes pues. Hazte a la idea y conténtate al menos con la dicha de conocer algo distinto. Amar sin deseo, sin afán de trato carnal, no hace falta entender nada ni ser feliz. Vino y tú la amaste sin querer nada de ella; que viviera, solo eso. Ni más ni menos. No busques nada más.

Después de un buen rato sin cerrar los ojos, con todos mis sentidos concentrados en escuchar el más mínimo susurro, entró Catherine. Con sigilo, se desvistió y se metió en la cama. Me revolví y ella me preguntó con entusiasmo:

—¿Te he despertado?

—No, no estaba dormido.

Con voz entrecortada, que denotaba una emoción apenas contenida, me dijo con voz muy queda:

—¡Mahmud, he encontrado una pista!

Después siguió murmurando, como si hablara consigo misma:

—He encontrado una pista... He encontrado una pista...

—Magnífico —apostillé.

Luego me di la vuelta y cerré los ojos.

Otro despertar entre tinieblas. Y dos noches seguidas en vela.

Los soldados de guardia estaban a la puerta. Se habían protegido la cabeza con chales de lana, arrimados a una hoguera que habían encendido para calentarse las manos. Cuando me vieron, se retiraron del fuego y se pusieron firmes. Les dije que podían irse a dormir.

—Pero el relevo no ha llegado aún.

—No se preocupen.

Hicieron el saludo preceptivo y se alejaron a toda prisa.

Wasfi no estaba en el patio, en contra de lo acostumbrado. Le sustituía el cabo Salmawi, el cual se me acercó justo cuando iba a subir las escaleras. Le pregunté por el capitán y respondió que había salido con algunos soldados temprano, de madrugada, para recibir la caravana de Kirdasa. Había prometido regresar antes del inicio de la jornada. Pero, parece, se habían equivocado de camino, porque el destacamento de la caravana había llegado ya y le habían entregado al cabo las cajas de municiones y un pliego de misivas que había dejado en mi escritorio.

Así pues no nos enviaban oficiales ni refuerzos para ser instruidos por Wasfi.

No importa.

Ibrahim me estaba esperando al final de la escalera y me precedió con toda la agilidad que le permitía su cojera. Después abrió la puerta, entró después de mí y la cerró.

Aún no había alcanzado a sentarme cuando ya me estaba diciendo, presa de la excitación:

—¿Qué le dije, señor prefecto?

—¿Qué es lo que me dijo usted? Abrevie porque estoy muy cansado esta mañana.

—¿Qué le dije del jeque Sáber y el capitán Wasfi? —prosiguió. Y sin esperar mi respuesta añadió—: Vino en mitad de la noche, como de costumbre, antes de la salida del capitán, y pude oír algunas palabras.

Hizo una pausa pero al momento continuó, con la misma agitación:

—Quiere quitarle el puesto, hijo mío, y ese maldito jeque le está dando ánimos. ¡Ya le previne, esos dos estaban urdiendo algo!

—¿Prefecto? ¿A su edad? —exclamé entre risas—. ¡Por qué no! Y hoy mejor que mañana. Si dependiera de mí le dejaría mi silla ahora mismo y me volvería a...

—¡Que muera quien ambicione el cargo de nuestro prefecto! —me interrumpió.

—No se inquiete —le dije en tono apaciguador—, el jeque Sáber tampoco tiene potestad para designar a los mandos de la policía. Y ahora, retírese.

Salió murmurando y yo me puse a mirar los sobres del ministerio que tenía sobre el escritorio. Podía adivinar perfectamente el contenido de cada uno de ellos: comprobantes de entrega de municiones pendientes de firma, informes de pagas y salarios, modificación de ordenanzas, ascensos, traslados, etcétera.

Casi todo papeles que terminaba archivando después de echarles un vistazo.

Abrí el sobre amarillo y grande. Tal y como me esperaba, contenía un listado con la munición enviada. Pero algo me llamó la atención: junto con los fusiles y las cajas de municiones, se citaba una caja de dinamita. ¿Dinamita? ¡Para qué la queríamos en mitad del desierto! A lo mejor les sobraba en los almacenes del ministerio o querían renovar existencias.

El sobre contenía, además, una carta. La abrí y vi que no tenía fecha. Leí el encabezamiento y descubrí que estaba dirigida al capitán Wasfi. También aparecía su nombre en el sobre. Estaba a punto de cerrarla de nuevo para dársela cuando reparé en que mi nombre se repetía con frecuencia en el texto. «En ese caso, también me incumbe su contenido», pensé.

La leí dos veces y estallé en una carcajada.

No había motivos para sorprenderse. Hasta Ibrahim había sido capaz de predecirlo.

Había recibido muchos escritos de diferentes departamentos del ministerio, pero nunca había oído hablar de la Dirección de Regímenes Especiales. Tampoco tenía la más remota idea de cuál era el nombre del director, que firmaba con las siglas «S. H.» y felicitaba al capitán por haberse ganado la confianza de los notables del oasis. Al honorable señor inspector jefe del ministerio le preocupaba especialmente la degradación en las relaciones entre el prefecto y los habitantes del oasis y hablaba del ataque al cuartel y de la decisión del prefecto de disparar el cañón sin haber consultado al ministerio ni haberlo informado con posterioridad de los hechos. La situación había adquirido, usando sus palabras, «un cariz inquietante», y se habían tomado numerosas decisiones en la dirección equivocada. Por ello, se estaba estudiando con gran atención cómo proceder. Le pedía al capitán que no cuestionara la autoridad del prefecto y que obedeciera sus órdenes como siempre, hasta que el ministerio pudiera adoptar las medidas apropiadas. El respetable inspector jefe expresaba su plena confianza en el capitán Wasfi Effendi y lo animaba a no cejar en sus contactos con el líder de las tribus orientales que aspiraba al cargo de alcalde. Debía seguir albergando esperanzas sin recibir en ningún caso ninguna promesa en firme y sin alterar sus buenas relaciones con los notables occidentales. Por último, S. H. felicitaba al señor Wasfi por responder a la confianza depositada en él por Mr. Harvey y le pedía que siguiera redactando aquellos detallados informes en torno a cualquier información relacionada con los notables, los habitantes del lugar y el prefecto, insistiendo en la necesidad de que tal correspondencia debía permanecer en secreto. Al final, en una posdata se apuntaba que había hablado con el señor padre del capitán, su excelencia el pachá, el cual disfrutaba de muy buena salud, a Dios gracias.

Metí la carta dentro del sobre y la dejé ante mí, en el escritorio. Me reí de nuevo. ¿Qué me estaba pasando? ¿Por qué no me sentía indignado? ¿Por qué no sentía nada en absoluto? ¿Me merecía todo este castigo? Puede ser.

Oí un estruendo de caballos que se acercaban al galope y entraban en el patio de la guarnición. Y antes de lo que esperaba, unos toques en la puerta. Wasfi entró tras apartar a Ibrahim.

Cerró la puerta tras de sí. Era la primera vez que lo veía con el fez sucio y el uniforme desastrado y cubierto de arena. Hizo el saludo, con el rostro desencajado, y preguntó con ademán impaciente:

—¿Señor prefecto, acaso...?

—Tome, capitán. —Le tendí el sobre abierto—. Esta carta es para usted. La he abierto porque venía con las circulares oficiales del ministerio, pero puede considerar que no la he leído. Y ahora, retírese.

Se quedó de pie, perplejo, girando el sobre entre las manos.

—¡Retírese! —repetí en tono imperativo.

A los pocos minutos, alguien volvió a llamar a la puerta ansiosamente. Esta vez era el cabo Salmawi, con la cara congestionada.

—¡Vengo a presentar una queja, señor prefecto! —dijo con esa voz entrecortada suya que invitaba a suponerlo siempre al borde del llanto.

—Tranquilícese, cabo, ¿cuál es el motivo de su queja?

—El capitán Wasfi. Me lo encontré al final de la escalera, según bajaba de verlo a usted, y me dio una bofetada sin razón ninguna.

«Sí la tenía, Salmawi, ¡y con alguien tenía que pagarla!», me dije.

—¿Ha cometido usted alguna infracción? —le pregunté—. ¿Ha enojado usted de algún modo al señor capitán?

—En absoluto —repuso tratando de contener su enfado—. Me vio junto a la escalera y me dio una bofetada delante de los soldados y después se fue, señor. ¡Delante de todos los soldados!

Después alzó la cabeza, que había mantenido agachada todo el rato, y exclamó:

—¡Exijo que se respeten mis derechos, señor prefecto! Somos beduinos y no aceptamos las humillaciones. Y se lo haré pagar muy caro si no me queda otro remedio que tomarme la justicia por mi mano.

—No vuelva a hablar así, cabo. No lo repita ni ante mí ni a mis espaldas. Usted se siente agraviado y yo voy a tramitar su queja. Y si tiene usted razón, se le resarcirá.

No volví a ver al capitán Wasfi durante el resto del día. Envió a un soldado con el mandado de que se sentía fatigado y pedía permiso para permanecer en su cuarto, a lo que accedí de inmediato: así podría librarme por aquel día al menos de su atronadora instrucción, de sus órdenes en tono autoritario y de los gritos de los soldados corriendo y saltando por el patio.

Salí del despacho y llamé al sargento Ibrahim. Me miraba con ojos llenos de curiosidad y ansia por conocer lo que había ocurrido allí dentro con Wasfi y Salmawi, pero no le di ni la más mínima oportunidad.

—Tenemos trabajo, Ibrahim —le dije.

Mandé llamar al sargento encargado del almacén donde guardábamos las armas y los tres nos encaminamos hacia allí. Pasamos revista a las armas y municiones enviadas por el ministerio y el artillero firmó los recibos de entrega. Me los devolvió y regresé al despacho a seguir respondiendo a los escritos ministeriales. No corría prisa, pero necesitaba mantener la cabeza ocupada en algo... y no pensar absolutamente en nada.

Al abandonar de nuevo el despacho, al mediodía, el sargento Ibrahim me dijo sentirse también muy cansado. Pedía permiso para retirarse a descansar. Le escruté el rostro y, en efecto, se le veía al borde de la extenuación. Sin embargo, le solté en broma:

—¿No le habrá dado envidia el capitán Wasfi?

—¡Dios me libre! —repuso con un gesto de repulsión.

Por supuesto, tenía permiso para descansar cuanto quisiera. Además, yo no pensaba volver por la tarde.

Se me acercó y me reveló en voz baja que deseaba pedirme algo. Lo miré expectante.

—Júreme, señor prefecto, que si muero aquí hará que me entierren en mi pueblo —me dijo en susurros, con la cabeza gacha—. No me deje en tierra extraña, en mitad del desierto. Temo más el destierro en la muerte que en la propia vida.

Sentí gran angustia. Tenía el rostro surcado de arrugas. Pero intenté parecer lo más natural posible, como si no hubiera dicho nada.

—Solo Dios decide cómo y cuándo hemos de vivir y morir. Lo mismo me pidió tras romperse la pierna y mírese, más fuerte que una mula, válgame Dios. ¡Si usted nos va a enterrar a todos nosotros!

—¡No lo quiera Dios! —zanjó él esbozando un amago de sonrisa.

Lo seguí con la mirada mientras se alejaba, despacio. Cojeando. ¡Nunca me lo perdonaré!

Bajé del despacho y me encontré, para mi sorpresa, con el capitán Wasfi. Se había cambiado el uniforme y el fez y posaba elegante y erguido. Llamó a los soldados y les ordenó con su voz imperativa de siempre que presentaran filas para saludar a su superior. Pero me limité a devolverles el saludo, sin acercarme a ellos, y abandoné el lugar sin pronunciar ni una sola palabra. Había decidido dejar el interrogatorio para el día siguiente.

El clima me pareció cálido según regresaba a casa, mucho más que por la mañana.

Apenas unas nubecillas en el cielo que, en ningún caso, entorpecían el fulgor de un sol reconfortante y apacible que invitaba a dejarse querer por sus rayos. Pero cuando abrí la puerta me encontré a las dos sentadas alrededor de la mesa. Catherine había desplegado sus papeles como si fueran mapas.

—¿Hoy tenemos faraones para comer? —pregunté sorprendido.

—¡Comeremos más tarde, con tu permiso! —gritó Catherine con entusiasmo—. Has llegado antes de lo habitual, pero me alegra que así sea. Quiero tu opinión. Estaba a punto de leerle a Fiona mi hallazgo.

Fiona se giró hacia mí y me dijo con una sonrisa que encendió por unos momentos su rostro pálido y marchito:

—¿No es maravilloso? Catherine ha encontrado lo que buscaba. ¡Por fin! —Tosió, de forma entrecortada, y se llevó la mano a la boca—. Creo... —prosiguió con gran esfuerzo—, creo que los historiadores... los... historiadores lo considerarán muy interesante.

Dirigí la mirada hacia Catherine y le pregunté, desconcertado:

—¿Qué historiadores? ¿Considerar interesante el qué?

—La prueba, el indicio, te lo dije ayer por la noche pero no prestaste atención —repuso. Como veía que yo seguía mirándola, interrogante, añadió—: ¿Recuerdas cuando fuimos al templo de Um Ubayda?

—¡Cómo habría de olvidarlo!

—¡La prueba estaba allí, Mahmud! —continuó sin ceder un ápice en su entusiasmo—, pero no le di ninguna importancia. Lo había copiado, con mis propias manos, pero no me di cuenta, pensé que se trataba de una simple plegaria dirigida al dios Amón y me centré, estúpida de mí, en la búsqueda de inscripciones griegas, sin reparar en que no era un dios exclusivo de los griegos. Era, además, el hijo de Amón-Ra, el dios del Universo y del Sol. Los egipcios le rendían culto con esta denominación. Algunas líneas estaban borradas y por eso volví al templo, para asegurarme de...

—¡Por favor! —la interrumpí gritando casi—. ¿De qué me estás hablando, Catherine? No entiendo absolutamente nada.

—¿Cómo que no entiendes? —preguntó ella a su vez, alzando la voz también—, ¿no te había dicho ya que estaba buscando indicios sobre la ubicación de la tumba de Alejandro en Siwa?

—¡En absoluto! ¿La tumba de Alejandro Magno aquí, en el desierto? ¿En el funesto templo ese de Um Ubayda? Si lo hubiera oído antes habría dicho que estás loca.

—¡Claro! —dijo con una sonrisa de triunfo—, y no serías el único. Otros muchos dirían que estoy loca. Pero, por favor, escúchame, presta atención y luego juzga por ti mismo...

Entonces empezó a leer, enfatizando algunas palabras y alzando los ojos de vez en cuando hacia Fiona o hacia mí. «¿Veis?». Yo tenía la mirada fija en Fiona, cuyo rostro había adquirido en los últimos días una tonalidad casi completamente amarilla, pero me obligué a escuchar a Catherine. Leía como si estuviera recitando una letanía y se detenía a observarnos, entre frase y frase, para asegurarse de que entendíamos cuanto decía.

> Oh, venerado de nombres ocultos, oh, Tú, que inundas la vida de luz cuando abres los ojos y la dejas en tinieblas si los cierras, gobiernas a tus siervos con justicia, iluminas su Tierra durante el día y por la noche te marchas de aquí para cuidar de los moradores eternos de tu reino de Occidente. Concédeme tu bendición, Dios mío, dame tu fuerza, Tú, que has vencido a todos los enemigos de la Tierra, acepta

la oración de tu siervo Senahrib, que gobierna en tu nombre tu desierto sagrado. Sumergieron tus pies en las aguas profundas pero has vuelto para bendecir tu tierra y la tierra de tu padre. A ti elevo mis preces, rindiéndote culto en este templo erigido en honor de tu gloria. El templo de tu hermano el faraón... hijo de Amón...

Catherine calló y nos miró con orgullo.

—El nombre del faraón no está claro... —había un deje de impotencia en su voz—. En otros muchos pasajes he tenido que recurrir a la imaginación para descifrar las líneas que no podían leerse. La alusión al agua está clara, y la he confirmado cuando volví a visitar el templo, pero cuando se habla del retorno posterior a «la tierra de su padre», ahí he tenido que suponer muchas cosas, porque la mayor parte de las palabras habían desaparecido. Después, ¿quién es ese que ha derrotado a todos los enemigos de la Tierra? ¿Quién sino Alejandro podría ser el destinatario de esta oración?

Durante unos momentos se hizo el silencio.

—¿Y eso es todo? —preguntó Fiona, rompiendo el silencio.

—Sí... —repuso Catherine. Después, mirándome, añadió—: Hasta que las circunstancias me permitan una nueva visita a los restos del templo de los griegos. Creo que es el lugar al que se refiere esta oración, creo que ese es el sepulcro, o que la tumba está enterrada en un cementerio oculto junto a él. Los egipcios eran especialistas en esconder las tumbas de sus reyes para despistar a los ladrones, como bien sabéis.

—¡Pero todo eso que nos has leído no prueba absolutamente nada, Catherine! —afirmó Fiona con repentina firmeza.

—¿Cómo? —protestó Catherine—. Después de todo el esfuerzo que he hecho para explicar...

Pero Fiona no la dejó acabar. Ahora era ella la que estaba realizando un gran esfuerzo para articular un discurso coherente y continuado, a pesar de su respiración entrecortada:

—Es una oración... o una loa, dirigida a cualquier dios... o a cualquier rey de la Antigüedad... Además, en las partes más relevantes reconoces haberte confiado a la imaginación. ¿No era eso lo que siempre criticaba en ti Mi...?

No completó el nombre, pero comprendí que se refería a Michael, el primer esposo de Catherine.

—Eso lo decía porque él no tenía ninguna imaginación —insistió Catherine—. El tiempo le dará la razón a mi teoría: ¡la tumba de Alejandro está aquí!

—Quizá —arguyó Fiona, con un hilo de voz apenas perceptible—, a lo mejor tienes razón. Perdóname, Catherine...

Calló. Pero vi cómo la sangre se le escapaba del rostro y se apoyaba con ambas manos en la mesa, jadeante, tratando con gran dificultad de levantarse y mantenerse en pie. Luego comenzó a tambalearse y yo corrí a sostenerla antes de que cayera al suelo. Catherine también se incorporó a toda prisa y, gritando, fue a sujetarla. Juntos la llevamos a su cama. Catherine le humedecía la cara con agua y le aplicaba un perfume en la nariz. Respiraba muy débilmente, pero abrió los ojos y trató de dedicarle una sonrisa a su hermana. Luego volvió a cerrarlos.

Contemplé el cuerpo tendido sobre el lecho. La tez se le iba azulando cada vez más.

—¿Se está muriendo? —le pregunté a Catherine, con gran tranquilidad.

—¡No! ¡No! —gritó ella golpeándome el pecho con los puños cerrados—. ¡No se te ocurra decir eso! Ya ha perdido el conocimiento otras veces... y volvió en sí... ¡Se va a recuperar! Inmediatamente...

—Sí, tiene que ser así.

No desvié los ojos del rostro dormido. Unos ojos que aun cerrados seguían esculpidos en mi mente.

—El sol comienza a calentar y Zubaida podrá... Quiero decir, los remedios del jeque Yahya... Pero no esperaré...

—¿Qué quieres decir? ¿Adónde vas? ¿Me vas a dejar sola estando ella así? ¿Te has vuelto loco? —gritó Catherine.

—¡No esperaré! —respondí también a gritos mientras salía.

En el cuartel volví a encontrarme con el capitán Wasfi.

Se me acercó. Yo estaba ajustándole la silla y las riendas al caballo. No me preguntó adónde iba; se plantó delante de mí y me dijo con el rostro ensombrecido y un destello de determinación en los ojos:

—Señor prefecto, solo quería explicarle...

—No me explique nada, no quiero escuchar ninguna explicación. La culpa es de la vida.

—Perdón, no he entendido lo que quiere decir, señor prefecto. ¿La culpa es de la vida?

—Ya lo entenderá todo sin ayuda. No, ¿qué digo?, usted lo ha entendido ya todo. Antes de tiempo —respondí, y mientras subía al caballo, añadí, como de pasada—: Pero le aconsejo que arregle sus asuntos con Salmawi.

—¿Salmawi? —repitió con cara de desprecio—. No lo conozco.

—Bueno, olvide cuanto le he dicho y haga lo que le parezca, pero no lo envíe, ni a él ni a nadie, tras de mí. No, espere un momento, mándelos, a él y al sargento Ibrahim, a mi casa, enseguida. A lo mejor la señora necesita alguna cosa. Yo, por mi parte, no necesito a nadie que me escolte. Es una orden, capitán. ¿Ha entendido bien?

—A sus órdenes, señor.

Espoleé al caballo y salí del cuartel. Pasé de largo por mi casa y continué el camino hacia Aghurmi al trote, por entre los huertos, iluminados por la última luz del día. Como de costumbre, algunos campesinos y muchachos estaban de pie delante de los jardines, pero no les presté atención. Me acercaba ya a la bifurcación que conducía a la casa del jeque Yahya. A pesar de su bondad, ni sus consejos, ni los remedios que nos dio para Fiona habían funcionado. O puede que los remedios sí terminen sirviendo de algo, pero los consejos seguro que no. ¿Qué más se puede hacer, jeque, cuando ni toda la sabiduría del mundo es capaz de traer la paz al espíritu? Sí, la culpa es de la vida, yo no he elegido vivir esta vida. Ni tampoco venir a este oasis, ni que Malika entrase en mi casa, ni que Fiona viniera al corazón de este desierto.

Lo único que quería es que viviera, nada más. Vine para que usted me ayudara, pero no me vio.

De repente oí unos rebuznos. Un ejército de campesinos se había plantado, a lomos de sus burros, en mitad del camino con el propósito manifiesto de impedirme seguir avanzando. Mi caballo se encabritó y se detuvo en seco, después comenzó a relinchar y a patear el suelo. Los campesinos me miraban en silencio y con gesto desafiante, moviendo las piernas embutidas en sus largos pantalones blancos. Le di unas palmadas al caballo en el cuello mientras gritaba con furia a los campesinos:

—¡No! Os llevo esperando mucho tiempo y no habéis hecho nada. Pero hoy, precisamente hoy, no os crucéis en mi camino.

Espoleé mi montura mientras le pedía a gritos que no me fallara, y me lancé hacia ellos al galope. Los zejeleros, tomados por sorpresa, pusieron pie en tierra y los burros comenzaron a bufar y darse empellones los unos a los otros, pugnando por despejar el camino ante el empuje de mi caballo. Este se abrió paso entre todos ellos, desperdigándolos, mientras sus dueños gritaban y lo insultaban.

Haced lo que os venga en gana, lo único que se puede hacer en este mundo lleno de errores es, precisamente, cometer errores.

Continué al galope hasta llegar al templo. Las columnas se veían con toda claridad a la luz del ocaso del sol, esas altas columnas de la entrada principal cuyos bloques de piedra habían aplastado la pierna de Ibrahim. No podía ver las inscripciones, los bajorrelieves tallados a cincel cuyos enigmas obsesionan a Catherine hasta el punto de no prestar atención a su hermana, que se está muriendo delante de ella. ¡No hables de la muerte! Pero ¿cómo pueden llegar a merecer tanto interés unos simples vestigios cuando el fantasma de la muerte acecha a su hermana? ¡Qué absurdo!

No hay tiempo que perder, el sol comienza a ponerse en este horizonte de la eternidad que tanto aprecia Wasfi. No lo dejaremos marcharse sin compañía.

Salté del caballo. Numerosas sombras pueblan este templo. Las siento aunque no pueda verlas. ¿Serán los espíritus de los faraones? ¿Ánimas convertidas en palmeras? ¿Entes asesinos? ¿Quién los ha enviado tras de mí? ¿Sáber y Wasfi? ¿Talaat? ¿Harvey? ¿Catherine?

Me pitan los oídos, me retumban. Rebuznos, cascos de caballos, ecos de tambores y canciones. Todos los ruidos de este mundo pequeño y hermético... Démonos prisa, hay que acabar la tarea antes de que perdamos lo que nos queda de cordura, debemos saldar cuentas enseguida.

Agarré al caballo por el cuello y giró hacia mí la cabeza. Sus ojos negros me miraban, enrojecidos. ¿Qué estás tratando de decirme? ¿Aún cabe otra posibilidad? ¿Quieres llevarme a otro sitio y probar una solución distinta? Pero está escrito que no me salvaré. Si el dolor, la vileza, las puñaladas de la traición y la injusticia eran el precio a pagar para poder salvarse yo me habría salvado, y conmigo, todo el mundo, así que vete. Cogí las alforjas y le di unas palmadas en la grupa, lo fustigué, pero se negaba a moverse de allí. Tuve que empujarlo hasta la última palmera y dejarlo en mitad del camino. Y allí se quedó, bufando y pateando el suelo. Si prefiere permanecer ahí, está bien, ya estaba lo suficientemente lejos.

Volví a las ruinas y me quedé un rato contemplándolas, con las alforjas colgadas del hombro. He aquí, pues, los restos de nuestra gloria antigua, redescubierta por los ingleses para que sepamos cuán grandes fuimos en el pasado y cuán pequeños somos hoy.

Los ancestros no lo hicieron mal. Pero sus descendientes... solo sirven para ser colonizados.

¡Qué orgulloso está Wasfi de este descubrimiento, de que los amos siempre serán los amos! Tengo que poner fin a esta pesadilla, no me creo las palabras del jeque Yahya. ¡Cómo iba Malika a sentir pasión por estas malditas ruinas, cómo iban a parecerle hermosas y dignas de aprecio!

¡No me lo creo! ¡No puede haber nada en común entre Malika y Wasfi!

El anciano divaga y termina por imaginar cosas que no son. Por eso, he de acabar con todos estos fantasmas del pasado.

Saqué los cartuchos de dinamita de las alforjas y entré en el templo. Primero, un buen fardo bajo la entrada que sirve de pilar al edificio. Después, dentro, donde se encuentran los restos de columnas que marcan las sendas de pasillos y galerías llenos de inscripciones, inscripciones de muertos.

Tengo suficiente para todo, hasta para poner debajo de las paredes. No debe quedar ni una sola piedra en pie. Hemos de poner punto y final, de una vez por todas, a todas las historias de los antepasados, liberar así a nuestros nietos de todas esas patrañas de grandeza y de falsos consuelos. ¡Algún día me lo agradecerán! Sí, así lo harán.

Extendí la mecha desde las bases de las columnas hasta el exterior.

El caballo seguía en el mismo sitio, relinchando con furia. También podía oír el ruido de pezuñas golpeando el suelo con fuerza. ¿Eran las suyas o las de otros caballos? ¿O se trataba, una vez más, de imaginaciones mías?

No importaba, debía apresurarme. Prendí la mecha y me quedé de pie, esperando. ¿Por qué avanzaba la mecha tan despacio? Vamos, fuego sagrado, devora este templo tan sagrado como tú y acabemos con todas estas historias.

Pero no pasaba nada. Solo un estruendo de voces y ruidos que se acercaban más y más. ¡Venga!

Explosiones y lluvia de cascotes volando por el aire, llamas de fuego consumiendo y devorando el templo, ¿qué te parece, Catherine? ¿No nos podrían valer todas estas piedras para construir una escalera nueva? También se podría hacer una casa, u otro cementerio, quizá... Puedes hacer con ellas lo que te plazca, pero, eso sí, ya no encontrarás restos de inscripciones. Juro que no voy a dejar ni una sola.

Perdóname, Malika, has sido más valiente que yo; perdóname, Fiona, porque no he sabido esperar, y perdóname, Ibrahim, porque al final, como te dije, me marcho de aquí antes que tú. Pero las piedras caen lejos de mí, no sobre mí... ¿Qué hago esperando afuera, entonces? ¿Otro arranque de cobardía en el último momento? ¡Jamás! ¡Allá voy! ¡A correr, hasta el fondo!

Corro pero caigo al suelo antes de llegar al interior del templo. Lo veo, antes de derrumbarse, precipitándose sobre mí. Las piedras caen sobre mi cabeza y doy con mi cuerpo en tierra. Siento que me desmayo, pero al momento recobro el conocimiento y me palpo el cuello y el cráneo. El tacto viscoso y cálido de la sangre, y un gran fragmento incrustado en el cuello. Intento sin éxito arrancármelo con la mano exánime. No hay dolor... Una luz brilla de pronto en mi interior, sí, ahora puedo verlo todo... Entender todo lo que hasta ahora me parecía incomprensible... Intento alzar la cabeza pero no puedo... La luz se apaga y solo queda el sopor de un profundo letargo y el eco distante de una voz ronca y trémula que grita mi nombre como si estuviese a punto de echarse a llorar... Y entonces cierro los ojos y le digo: «Gracias..., sí..., por... no llegar a tiempo».

Nota del autor y agradecimientos

Para escribir esta novela, cuyos hechos transcurren en diferentes épocas históricas, me he basado en varios libros y estudios. El lector interesado en contraponer la realidad y la ficción puede consultarlos y elaborar sus propias hipótesis.

1. El libro del fallecido arqueólogo Ahmad Fajri, *El oasis de Siwa*, me ha servido para la primera fase de trabajo, sobre todo sus alusiones a la relación del prefecto Mahmud Azmi con la destrucción del templo de Um Ubayda, que tuvo lugar en el año 1897. En esta novela he tratado, pues, de comprender al personaje y los hechos. La fuente en cuestión me ha sido de gran utilidad por su rigor científico y enciclopédico y por la recreación literaria del ambiente social en el oasis de Siwa a finales del siglo XIX, sobre todo en lo referente a los usos bélicos de sus tribus y determinadas costumbres concernientes a las viudas.

2. Hoy ya no queda nada de aquellas tradiciones decimonónicas del oasis de Siwa, que es hoy una región egipcia al cien por cien cuya lengua es el árabe, de enseñanza obligatoria en todos los niveles educativos en el oasis, aunque también conservan su lengua originaria. La singular belleza del oasis perdura, es la misma que fascinó a Heródoto y a los viajeros, árabes y extranjeros, por la frondosidad de sus palmerales, campos de olivos, huertos, lagunas de agua dulce y salada y manantiales, en mitad de un mar de arena amarilla. Las imponentes ruinas de Shali, con su forma de pirámide,

continúan presidiendo la ciudad aun después de haber sido «derretidas» por las lluvias torrenciales del año 1926. Y uno mi voz a todos los amantes de este hermoso oasis que abogan por que los esfuerzos por modernizar y desarrollar la región no repercutan negativamente en su ecosistema único.

3. También es Siwa la tierra de Alejandro Magno. Aquí, en el famoso Oráculo de Amón, que aún hoy se mantiene en pie, le fue revelada su divinidad. Para la descripción del ilustre rey macedonio, me he basado en una serie de libros de historia. El más relevante, el del historiador romano Quinto Curcio Rufo, *Historia de Alejandro Magno*, centrado más en su faceta de hombre que de líder guerrero, aspecto este último tratado con profusión por la generalidad de los manuales al uso. También he leído con deleite el libro *Las memorias de Alejandro Magno*, una autobiografía ficticia obra del novelista griego contemporáneo Nestor Matsas, en la versión en árabe del famoso escritor tunecino Tahir Qiqa, el cual hubo de añadir numerosas notas a pie de página, de gran aporte al contenido original del texto.

4. En cuanto a la tumba de Alejandro, los lectores de mi generación podrán recordar los polémicos titulares de prensa en torno a los hallazgos del «muchacho» griego Alexander Astelios, que situaba la tumba bajo la mezquita del profeta Daniel. Sus pesquisas tuvieron como resultado la amenaza de un posible derrumbe de los cimientos de la mezquita, por lo que las autoridades terminaron prohibiendo las excavaciones. Aún hoy hay un grupo de arqueólogos polacos que buscan la tumba en Alejandría. ¡La buscan hasta en tres continentes distintos! La hipótesis de que se encuentra en Siwa es de una arqueóloga griega llamada Liani Souvaltzi. Comenzó a excavar en el oasis en el año 1989 y llegó a sacar a la luz algunos lugares arqueológicos. Decía que iba en la buena dirección, pero las excavaciones se interrumpieron en 1996 por divergencias con el Servicio de Antigüedades Egipcias. Tiempo después, Liani editaría un extenso libro titulado *La tumba de Alejandro Magno en el oasis de Siwa*, en el cual habría de refutar las acusaciones vertidas contra

ella por el Servicio de Antigüedades, insistiendo en que seguía una buena pista para verificar el mayor descubrimiento arqueológico en la historia moderna. ¿Quién sabe?

5. En cuanto a los sucesos de la revolución de Orabi, he tomado como referencia dos fuentes básicas. La primera, el libro de Abdel Rahmán Rafii, *La revolución de Orabi y la ocupación inglesa*; la segunda, el de Alfred Blunt, *La historia secreta de la ocupación inglesa de Egipto*.

6. Quiero dar las gracias a mi amigo, el gran poeta y escritor Nassar Abd Allah, cuyos consejos me han sido de gran utilidad en más de una ocasión a lo largo del proceso de escritura de esta novela. El agradecimiento debe hacerse extensible también a mis dos lectoras y críticas más exigentes, mis queridas hijas Dina y Yusr. Cumplieron su cometido y espero haber sabido aplicar convenientemente sus agudas observaciones.

7. Y para terminar, en la introducción de la novela afirmaba no haber encontrado datos sobre la vida del personaje real, el prefecto Mahmud Azmi, o de su paradero tras el suceso del templo. Pero no está de más señalar que, según se contaba, las piedras del templo sirvieron ¡para erigir una nueva escalera en el cuartel y restaurar la vivienda del prefecto del oasis!

BAHAA TAHER
El Cairo, octubre de 2006